KB017094

답
사
의
맛
!

홍지석 지음

답사의 맛!

우리 문화유산
무엇을
볼 것인가

모요사

서문

이 책을 쓰기 시작한 때가 정확히 삼 년 전이다. 출판사로부터 문화유산 답사를 테마로 책을 한번 내보자는 연락을 받았다. 나는 선뜻 제안을 받아들였다. 출판사가 제시한 답사기의 성격이 몹시 마음에 들었기 때문이다. 우리는 느린 호흡의 여유로운 답사 형식이 필요하다는 데 뜻을 함께했다. 2박 3일 이상의 긴 일정으로 특정 지역의 문화유산을 부지런히 훑어보는 답사여행도 좋지만 하루 일정으로 한두 장소를 방문해 차분한 사색과 치유의 시간을 누리는 답사여행이 더 만족스러울 때가 있다. 실제로 내 주변에는 학교 공부와 직장 일에 매여 이틀 이상의 바쁜 답사를 생각조차 할 수 없는 이들이 참 많다. 그러니 좀 더 느긋한 답사를 추구해도 좋지 않겠는가!

작품 한두 점을 보아도 수십 점의 작품을 보는 것 못지않은 충만감을 느낄 때가 많다. 산해진미로 풍성한 밥상이 아니라 매콤한 김치찌개 한 그릇만으로도 깊은 감동을 느낄 때가 있는 것처럼 말이다. 그 김치찌개 같은 답사기를 써보고 싶었다.

내가 이 책을 쓰기로 결심한 데는 특별한 이유가 하나 더 있다. 나는 미술비평가로서 답사 현장에서 만나는 유물들을 하나의 미술작품으로서 향유하는 방법을 오랫동안 고민해왔다. 우리가 박물관이나 미술관, 또는 지역 답사에서 만나는 문화유산들은 역사의 발전, 선인先人들의 기억과 경험, 지혜를 반영하는 유물이자 사료史料인 동시에 인간의 감성과 지성에 호소하는 '예술작품'이다. 그 예술작품을 제대로 경험하려면 몸을 움직여야 한다. 오직 답사를 다녀본 사람만이 알고 있는 각별한 즐거움이 있다. 무엇보다 답사 현장에 있는 빼어난 작품들이 선사하는 감각적 충격과 만족을 이야기해야 한다. 작품의 실제 규모, 작품 표면의 미세한 색감이나 재료의 질감, 광택이 주는 자극을 만끽하려면 반드시 그것을 직접 찾아가서 보아야 한다. 특히 작품이 주변 환경과 어울려 자아내는 미묘하고 독특한 분위기는 오로지 답사 현장에서만 체감할 수 있다. 그것을 직접 내 몸으로 경험하는 것은 얼마나 유쾌하고 흥미진진한 일인가! 이 각별한 즐거움을 오롯이 아우른 감각적인 답사기를 쓰고 싶었다. 한국미술사의 큰 별이자 근대 문화유산 답사기의 선구자인 고유섭 선생은 자신의 답사기에 종종 '유기遊記'니 '유관기遊觀記'라는 제목을 붙였는데 그것은 아마도 답사의 감각적 즐거움을 강조하는 방편이었을 것이다.

이렇게 책의 기본방향을 정하고 나서도 꽤 오랫동안 실제로 무엇을 볼지 고민을 거듭했다. 일단 오래 머물며 느긋하게 시간을 보내기에 적당한 곳이면 좋겠다. 독특한 매력을 지닌 빼어난 작품이 있으면 머무는 시간이 지루하지 않을 것이다. 많은 사연을 간직하고 있어서 이야깃거리가 풍성하면 금상첨화일 것이다. 그런데 이 조건을 모두 충족시키는 답사지가 있을까?

한국미술사를 관찰하다보면 매우 독특한 위치를 점하고 있는 작품들이 있다. 미술사의 전개과정에서 갑자기 익숙한 미美의 표준이나 관습적 형식을 벗어난 파격적인 작품이 등장할 때가 있다. 조화미, 균형미, 절제미를 자랑하는 고전적인 예술작품과는 달리 뭔가 넘쳐 보이거나 부족해 보이는 작품, 독특하고 개성적인 감각을 간직한 작품들이다. 예를 들어 10세기에 만들어진 논산 관촉사의 은진미륵은 매우 독특하다고밖에 할 수 없는 형태를 지니고 있다. 이 불상은 4등신 비례의 기이하고 강렬한 외양을 지녔다. 게다가 18미터 높이의 거대한 불상이다. 이 불상을 처음 본 사람은 일단 그 규모에 놀라고 다음으로는 그 낯선 외모에 놀라 한동안 말을 잃게 될 정도다. 이 작품은 매우 파격적이다. 8세기에 조성된 석굴암 조각의 위대한 전통을 전혀 따르고 있지 않기 때문이다. 은진미륵의 제작자들은 왜 면면히 이어져 내려오던 석굴암 조각의 위대한 전통을 무시하고 완전히 새로운 조각을 만들었을까? 이런 까닭에 은진미륵을 두고 미술사가들의 입장은 크게 엇갈린다. 일단 석굴암 조각의 전통을 사랑하는 미술사가들은 은진미륵의 등장을 기괴한 일탈이나 역사의 퇴보로 본다. 하지만 은진미륵을 전혀 새로운 조각 전통의 탄생으로 간주하는 미술사가들도 있다. 비단 은진미륵만 그런 것이 아니다. 미술사의 매 시기에 그리고 미술의 모든 영역에서 때때로 파격적인 작품들이 출현했다. 조선 초기에 제작된 보신각종은 상원사동종, 성덕대왕신종으로 대표되는 한국 종의 위대한 전통에서 크게 벗어나 있으며 고려 말에 제작된 경천사지석탑은 불국사 삼층석탑(석가탑)으로 대표되는 전형석탑과는 전혀 다른 미감을 지니고 있는 것이다.

이런 파격적인 작품들은 늘 논란의 대상이 됐다. 그것은 미술사의 퇴보일까, 아니면 진보일까? 그 파격을 긍정할 것인가, 아니면 부정할 것인가? 이 작품들은 왜 만들어졌을까? 은진미륵이나 보신각종, 경천사지석탑 같은 작품들은 빈번히 서로 다른 예술관, 가치관, 미적 취향이 주도권을 두고 다투는 경쟁의 장場을 열어놓았다. 그런 의미에서 이 작품들과의 만남은 가치의 교차로, 취향의 갈림길 위에 서보는 특별한 경험에 해당한다. 그 특별한 경험을 독자들과 공유해보아도 좋겠다고 생각했다. 한국미술사의 규범적 걸작들이 아니라 오히려 그 규범에서 벗어나 있는 작품들을 최우선의 관심사로 삼는 답사를 그려보고 싶었다. 그것이 한국미美를 대표하는 보편적 걸작들이 아니라 파격적인 작품들, 독특하고 개성적인 작품들을 찾아다닌 이유다. 이 가운데는 매우 장식적인 작품들도 상당수다. 자연에 순종하는 소박하고 담박한 맛이야말로 가장 한국적인 것이라고 믿는 미술사가들이 마뜩지 않아 하는 작품들이다. 그러나 그 미술사가의 취향을 곧이곧대로 받아들여 내 것으로 삼을 필요는 없다. 심심한 평양냉면을 좋아하는 사람도 많지만 그만큼 싫어하는 사람도 많은 것이다. 우리의 답사를 서로 다른 가치관과 취향을 지닌 사람들이 한자리에 모여 갑론을박하는 시간으로 만들어도 좋지 않을까?

아직 모든 것이 결정되지 않은 상태에 있던 시기를 떠올려볼 수 있다. 한국미술사의 경우 일제의 식민지배로 얼룩진 20세기 전반이 그런 시기다. 근대의 '미술' 개념이 자리 잡기 시작하고 근대 학문으로서 미술사나 미학이 이제 막 발걸음을 떼기 시작한 시기다. 작품과 유물, 유적지를 찾아 떠나는 근대적인 답사가 본격화한 것도 이 무렵이다. 한국미술사의 교과서라 할 만한 통사通史나 개설서도 거의 없던 시대다. 따라서 그때 사람들은 아직 저명한 미술사가들이 일러준 규범적 가치와 질서에 따라 작품을 보기보다 실제 자기 눈으로 직접 작품을 보는 경향이 있었다.

나는 당시 지식인과 예술가들이 자신의 미술 체험이나 답사 경험을 신문이나 잡지에 발표한 글들에 아주 관심이 많다. 그중에는 고유섭, 김용준 등 근대 미술사가들의 글도 있지만 언론인, 학자, 소설가, 시인, 화가들이 쓴 글도 제법 많다. 이분들의 글을 읽다보면 한국미술사의 가치와 취미가 만들어지는 과정을 살필 수 있다. 그들이 한국의 미술을 관찰하여 얻은 질서와 논리, 그들이 규범으로 내세운 작품들은 훗날 한국미술사 서술의 든든한 기초가 됐다. 그런 의미에서 일제강점기의 지식인들은 진정한 의미의 교차로, 갈림길에 서 있었다고 할 수 있다. 이 책에 등장하는 작품과 답사지를 찾을 때 그들의 글을 열심히 찾아서 읽고 그 내용을 책의 서술에도 적극 반영했다. 이로써 작품에 대한 다양한 태도와 취미들을 답사기에 포괄할 수 있었다. 게다가 그들로부터 특별한 답사지를 추천받기도 했다. 이태준, 김기림 등 당대의 문인들이 잡지에 발표한 글을 바탕으로 경기도 광주의 분원마을을 방문했다. 그들을 따라 깨진 도자기 파편들, 그들의 표현을 빌리면 '사기 파편의 산'을 미적으로 체험해보는 일은 아주 독특하고 황홀한 경험이었다. 그 경험을 토대로 「조선백자의 고향에서 보낸 하루」를 썼다.

과거, 지식인과 예술가들의 독특한 미적 감각과 태도를 엿볼 수 있는 표현이 있다. 예를 들어 고유섭 선생은 1941년에 발표한 글에서 우리 미술에는 정치精緻한 맛, 질박한 맛, 둔후鈍厚한 맛, 순진한 맛, 구수한 맛 등이 두루 나타난다고 썼다.[1] 이렇듯 주로 시각에 호소하는 미술작품을 두고 미각적인 '맛'을 운운하는 서술이 나는 몹시 흥미롭다. 고유섭 선생은 다른 글에서 조선백자가 외면적으로 일견 단순한 백白으로 보이지만 "여러 가지 요소가 안으로 응집 동결된 특색"을 갖는다면서 그 특색을 '고수한 맛'으로 지칭했다. 선생에 따르면 고수한 맛은 "씹고 씹어야[咀嚼] 나오는 맛"이다.[2] 그런가 하면 김용준 선생은 1936년에 「회화로 나타나는 향토색의 음미」라는 글을 발표했다. 내 경험상 '향토색'도 어디까지나 색色인 까닭에 눈으로 보아야 하는 것이지 맛보는 것이 아니다. 그러니 '맛보다'는 뜻을 내포한 '음미吟味'라는 단어가 예사롭게 들리지 않는다. 아닌 게 아니라 선생은 같은 글에서 여러 가지 맛을 이야기했다. 우리 예술에는 "고담枯淡한 맛이 숨어 있다"거나 "소규모의 깨끗한 맛"이 있다거나 "한아閑雅한 맛"이 있다는 식이다.[3]

그러니까 고유섭, 김용준 선생은 "눈으로 맛보는" 일이 가능했던 모양이다. 어떤 의미에서 그들은 공감각synesthesia 능력을 지녔다고 할 수도 있겠다. 눈으로 만지거나 냄새를 보거나 귀로 보는 일이 가능했던 사람들을 상상해볼 수 있지 않겠는가. 이것은 미술작품을 '시각예술'로 부르면서 그것을 미각이나 청각, 후각, 촉각 등 다른 감각들과 떼어놓는 데 몰두하는 우리 시대에는 좀처럼 상상하기 힘든 접근 태도다. 그런 태도를 따라 배우고 싶었다. 고유섭 선생처럼 씹고 씹어야 나오는 조선백자의 고수한 맛을 느껴보고 싶고 김용준 선생처럼 작품을 음미해보고 싶었다. 이 책의 제목을 '답사의 맛!'으로 정한 이유다.

나는 박물관 관람보다 지역 답사가 훨씬 좋다. 지역 사찰이나 서원, 고택, 폐허로 남아 있는 유적지를 방문해 자기 자리를 지키고 있는 작품과 유산을 직접 돌아보는 일은 매우 특별한 미적 경험이다. 거기서는 내 몸의 모든 감각이 활성화된다. 시각에 특화된 박물관이나 미술관에서는 좀처럼 기대하기 어려운 상황이 전개된다. 거기서 나는 눈으로 보고, 귀로 듣고, 냄새를 맡고, 바람을 느낀다. 발끝에서 올라오는 대지의 촉감을 만끽한다. 작품을 대하는 몸의 감각도 훨씬 예민해진다. 그 감각들은 어느새 뒤섞여 분리 불가능한 상태가 된다. 그럴 때면 나는 "눈으로 맛보는" 일이 가능했던 시대로 돌아간 것 같은 흥분감에 사로잡힌다. 그렇게 답사 현장에서 오감을 뒤흔드는 자극들에 몸을 열면 잊고 지냈던 온갖 기억들이 새록새록 올라온다. 고유섭 선생을 따라 그 자극과 기억들을 차근차근 곱씹어본다. 또는 김용준 선생처럼 그 자극과 기억들을 느긋하게 음미한다. 그러면 거기서 맛이 난다. 물론 그 맛은 한결같지 않다. 씹을 때마다 다른 맛이 난다. 어떨 때는 달콤하고 어떨 때는 시큼하며 가끔은 쌉쌀한 맛도 난다. 그 맛을 독자들과 함께 나누고 싶다.

2017년 7월

홍지석

차례

인경이 있던 자리

보신각종, 종로 네거리, 그리고 종각

아버지의
그릇

아버지께서 생전에 애지중지하시던 자기 그릇들이 있다. 그것은 아버지의 할머니, 그러니까 나의 증조할머니의 유품이다. 증조할머니께서 돌아가시고 임자가 사라진 그릇들을 유달리 그분의 사랑을 받았던 아버지께서 떠맡아 간직하셨던 것이다. 이 그릇들은 고가의 명품 자기는 아니지만 하나같이 수수하고 단정해서 보기 좋다. 아버지께서는 그것들을 진열장에 두고 시간이 날 때마다 꺼내어 흐뭇하게 바라보셨다. 그릇들을 모두 꺼내서 정성스럽게 닦으시던 아버지의 모습도 생각난다. 언젠가 소설가 이태준(1904~?)의 수필에서 다음과 같은 구절을 발견했을 때 나는 그때의 아버지를 떠올렸다.

우리 집엔 웃어른이 아니 계시다. 나는 때로 거만스러워진다. 오직 하나 나보다 나이 높은 것은, 아버님께서 쓰시던 연적이 있을 뿐이다. 저것이 아버님께서 쓰시던 것이거니 하고 고요한 자리에서 쳐다보며 말로만 들은 글씨를 좋아하셨다는 아버님의 풍의風儀가 참먹 향기와 함께 자리에 풍기는 듯하다.[1]

몇 년 전 아버지께서 돌아가셨다. 자연스럽게 그 그릇들을 관리하는 일은 남은 가족들의 몫이 됐다. 어떻게 할까? 결정은 쉽지 않았다. 그때 나는 그릇들을 주방에서 사용하자고 주장했다. 아버지의 그릇들이 실제로 살아 있기를 원했기 때문이다. 그릇은 생활 속에서 사용될 때 비로소 '살아 있을' 수 있다고 믿었던 것이다. 나는 고집을 꺾지 않았고 결국 우리는 그것을 사용하기로 했다. 그릇들이 밥상에 올라오게 되면서 우리 가족의 식문화는 눈에 띄게 달라졌다. 밥상은 더욱 정갈하고 고상해졌으며 그릇에 담긴 국과 밥, 반찬들은 한결 먹음직스럽게 보였다. 무엇보다 나는 그 그릇들이 아버지의 기억을 불러일으키는 것이 좋았다. 아버지와 함께 밥을 먹고 있다는 느낌이라고 해도 좋다. 그런 기분에 젖어 나는 이렇게 말했다.

"거봐, 좋잖아. 우리 결정이 옳았다고!"

그런데 얼마 전 나는 설거지를 하다가 그 그릇들 중 하나를 깨트렸다. 한눈을 팔다 그리 됐다. 그때 내가 느낀 황망함은 뭐라고 표현하기 어렵다. 그저 "잘못했다"는 말밖에 달리 할 말이 없었다. 하지만 그 잘못을 너그럽게 용서해줄 존재는 세상에 없었다. 지금도 가끔 그 그릇들을 사용할 때가 있지만 나는 더 이상 "그때의 결정이 옳았어!"라고 목소리를 높이지 못한다.

국립중앙박물관

'애도의 길'

　지금 살아서 숨 쉬고 행동하는 모든 인간은 언젠가 죽는다. 그것은 모든 인간이 감당해야 할 운명이다. 그리고 여전히 살아서 사랑하는 소중한 누군가의 부재不在를 감내해야 하는 사람들이 있다. 살면서 우리가 절절히 경험한 대로 사랑하는 존재의 부재는 너무나 견디기 힘들다. 그 부재를 견뎌내기 위해 인간은 존재의 흔적에 매달리곤 한다. 어릴 때 우연히 집에서 목격한 엄마의 모습, 돌아가신 친정어머니의 사진을 손에 쥐고 울던 엄마의 모습을 나는 잊을 수가 없다. 할머니의 그릇을 애지중지하시던 아버지의 모습도 그와 다르지 않을 것이다.

　국립중앙박물관 상설전시동에서 오른쪽으로 난 널찍한 길이 있다. '염거화상탑'에서 시작해 '보신각종'으로 이어지는 길에는 국보와 보물로 지정된 숱한 걸작들이 전시되고 있는데 내 나름대로 그 길에 '애도의 길'이란 이름을 붙여놓고 소중히 여기고 있다. 이 길에는 유독 기억과 연관된 작품들이 많다. '사라진 것들에 대한 그리움'이나 '부재의 아픔' 또는 '영원에 대한 동경'이 가득한 길이다.

　박물관 중앙광장에서 오른쪽으로 난 길을 걷다보면 처음 만나게 되는 작품이 '염거화상탑'이다. 원주 흥법사 터에 있었다고 전하는 염거화상탑은 통일신라 말기 도의선사道義禪師에 이어 가지산문迦智山門을 이끈 염거화상廉居和尙(?~844)의 승탑(부도)이다. 이 탑은 현재 남아 있는 승탑 가운데 상중하의 3단 기단에 팔각당의 형태를 가진 가장 오래된 승탑이다. 그 후에 정말 많은 승탑들이 이 형식(팔각당형식)을 따랐기 때문에 염거화상탑은 한국 승탑의 시원에 해당하는 무척 중요한 작품이다. 탑의 모습이 아주 담대하면서도 온화해서 보는 사람은 그 앞에서 묘한 설렘을 느끼게 된다. 믿고 따르는 스승을 대하는 마음 같다고나 할까? 그의 제자였던 체징體澄(804~880)에 따르면 염거는 "몸을 돌보지 않고 목숨을 걸고 오로지 한마음으로 정성껏 정각 해탈을 위해 수행한"[2] 승려였다.

염거화상탑을 지나면 진경대사眞鏡大師 심희審希(855~923)의 승탑인 '진경대사탑'을 만날 수 있다. 본래 창원 봉림사 터에 있었다는 진경대사탑은 염거화상탑의 형식을 계승한 전형적인 팔각당형 승탑이다. 고유섭 선생에 따르면 "염거부도는 부도 형식의 시초를 내인 자요, 봉림사 진경부도는 부도 형식의 정형을 이룬 자"[3]에 해당한다. 장식을 가급적 자제한 간결하고 날씬한 모습이 매우 유연해서 "공空과 유有 어느 한쪽에 치우치지 않는 매우 유연한 태도를 취했던"[4] 심희의 세계관을 넉넉히 짐작할 수 있다.

◀ 염거화상탑, 통일신라, 844년.

▶ 진경대사탑, 통일신라, 923년.

양평 보리사지에 있었다는 '대경대사탑비'(939년)를 지나면 원주 홍법사 터에 있었던 '진공대사탑'과 '석관'을 만날 수 있다. 탑은 나 말여초의 선승 진공대사眞空大師 충담忠湛(869~940)의 승탑이다. 앞의 두 승탑과 마찬가지로 팔각당 형식을 취했으나 기단 원통형 중간 부에 어울려 꿈틀대는 용과 구름을 새겨 힘이 넘친다. 상승감이 두드러진 지붕의 곡선 역시 활기가 있다. 진공대사탑의 주인공 충담은 앞서 만난 진경대사탑의 주인공, 즉 봉림산문鳳林山門을 개창한 심희의 제자였다. 하지만 후삼국의 혼란 속에서 신라왕의 국사로 활동한 심희와는 달리 충담은 고려 태조에 협력하는 길을 택했다. 태조 왕건의 왕사로 활동했고 940년에 입적했을 때 태조가 직접 그의 비문을 썼다고 한다. 이런 역사적 사실을 염두에 두면 '진공대사탑'의 역동적 외양은 '고려'라는 새로운 나라에 희망을 걸었던 충담의 시대감각을 반영한 것일 수 있다.

진공대사탑을 지나면 원주 거돈사에 있었다는 '원공국사승묘탑'이 나타난다. 탑의 주인공 원공국사圓空國師 지종智宗(930~1018)은 고려 광종대의 선승이다. 당대 불교의 화두였던 선禪과 교教의 일치를 추구한 지종의 삶에 걸맞게 탑은 장식을 갖추되 과하지 않고 무게감을 강조했으나 상승감을 간직한 매력적인 외형을 갖고 있다.

이렇게 내가 '애도의 길'이라 이름 붙인 길에는 한때 세상의 주목

◀ 진공대사탑, 고려, 940년.

▶ 원공국사승묘탑, 고려, 1018~1025년.

을 한 몸에 받고 자기 세계를 구가했던 이름 높은 고승들의 승탑과 탑비들이 줄지어 있다. 당시 사람들은 자기 스승의 죽음(입적)에 직면해 그의 삶과 사상이 오래도록 기억되기를 바라는 마음에서 승탑을 제작했을 것이다. 그런 뜻에서 보자면 이 작품들은 상실과 망각에 저항한 인간 의지의 극적인 결과물들이라 할 수 있다.

그러나 이쯤에서 나는 또 다른 상실에 대해 이야기해야 한다. 내가 '애도의 길'이라 이름 붙인 공간의 공식 명칭은 '국립중앙박물관 야외전시장'이다. 승탑들이 본래 있어야 할 자리에서 벗어나 박물관 야외전시장에 있는 것이다. 이 승탑들이 여기에 자리 잡게 된 데는 기구한 사연들이 있다.

일례로 1949년 9월 27일자 『동아일보』 지면에는 원주 거돈사 원공국사승묘탑에 관한 기사가 실려 있다. 기사에 따르면 해방 직후까지 서울 남창동 202번지의 일본인 와다和田 집에 있었던 승탑은 해방기 혼란 속에서 행방이 묘연해졌다가 문교부 당국의 탐문으로 서울 성북동 이 모 씨의 집에 있는 것이 확인됐다. 문교부 당국이 원상복구를 요구하자 그는 승탑을 실어다가 국립박물관 정원에 던져놓았다. 그 후 승탑은 해체된 상태로 일 년 넘게 방치되었다. 애초에 이 모 씨가 승탑의 기초를 축조하기로 서약했으나 이를 이행하지 않은 탓에 박물관 측과 갈등을 빚었기 때문이었다.[5] 아무튼 이렇게 본래

「우설(雨雪)에 덮인 채 일 년 — 박물관 마당에 방치된 승묘탑」, 『동아일보』 1949년 9월 27일.

함께 있었던 원주 거돈사 원공국사탑과 원공국사탑비는 서로 떨어져 있게 됐다. 지금도 승탑은 국립중앙박물관에, 승탑비는 원주 거돈사 터에 있다.

그런 의미에서 원공국사승묘탑, 더 나아가 박물관 야외전시장의 모든 승탑은 자기 자리를 상실한 상태라고 할 수 있다. 과연 승탑들은 본래의 자기 자리를 찾을 수 있을까? 나는 '애도의 길'에 설 때마다, 그리고 그것이 있었던 폐사지에 갈 때마다 그 승탑들이 자기 자리에 있었던 과거의 순간을 그려본다. 어느 쪽에서든 묘한 부재의 아픔이 내 마음을 뒤흔든다.

보신각종의
내력

그러나 애도의 길은 아직 끝나지 않았다. 이제 우리는 그 길의 끝에서 오래된 종을 만나야 한다. 세상에 '보신각종'으로 알려진 '성화4년명동종成化四年銘銅鐘'이 그것이다. 얼핏 보기에 보신각종은 '애도'와는 아무 상관이 없는 것처럼 보인다. 실제로 이 작품은 앞서 본 여러 승탑들과는 달리 누군가의 죽음과 직접 연관되지 않는다. 하지

보신각종. 조선. 1468년.

만 보신각종이 사람들에게 아주 강렬한 상실감과 그리움을 안겨준 시절이 있다. 그것은 "같이 있는데도 그리운" 어떤 마음의 상태와 연관된다. 그런 심정을 이해하려면 우리는 일제강점기로 돌아가야 한다. 물론 그전에 이 종을 차근차근 감상하는 시간을 가져도 좋을 것이다. 보신각종은 하나의 미술작품으로 봐도 꽤 큰 만족감을 선사하는 빼어난 작품이다.

종의 역사를 간략하게나마 살펴보기로 하자. 보신각종은 언제, 누가, 왜 만들었을까? 곽동해 선생에 따르면 이 종은 1468년 세조 때 태조 이성계의 비였던 신덕왕후의 능사陵寺인 정릉사의 종으로 만들어졌다. 그러나 이후 시대의 격변에 따라 여기저기를 떠돌아야 했다. 정릉사가 폐사되자 종은 원각사(지금의 탑골공원)로 옮겨졌다. 1504년 연산군에 의해 원각사가 문을 닫자 방치되었다가 1597년(선조 30년) 명나라 제독 양호에 의해 명례동현(지금의 명동)으로 옮겨졌다. 이 종이 마침내 안식처를 얻게 된 것은 1619년(광해군 11년)의 일이다. 이해에 종은 종로의 종각으로 옮겨졌다. 그 종각에 '보신각普信閣'이라는 사액이 내려진 1895년(고종 6년)부터는 보신각종이라는 별칭도 갖게 되었다.[6]

이렇게 보신각종의 역사에는 우리가 잘 알고 있는 인물이 여럿 등장한다. 말년에 몸에 생긴 종기로 고생하며 불교 신자로서 공덕을

▲ 사액이 내려진 후의 보신각.

▼ 보신각 앞에 멈춰 선 전차.

쌓기 위해 노력했던 세조, 도성 안 사찰을 파하고 그 자리에 기생집을 만든 연산군, 임진왜란으로 파괴된 도성의 재건을 도모했던 광해군, 게다가 고종까지! 그러니 이 종의 내력을 설명하는 일은 조선의 역사를 되짚어보는 일이 된다. 그리고 그런 역사의 흐름을 따라 본래 사찰의 범종으로 만들어졌던 종은 시간을 알리는 인경이 되었다. 광해군 때 종각에 배치된 이후 종은 파루罷漏(오전 4시)에 33번, 인경人定(오후 10시)에 28번을 울려 도성의 문을 여닫는 일과 하루의 시작과 끝을 알리는 기능을 담당했다. 그러나 그렇게 종로 네거리에 있던 종은 근래 다시 보금자리를 옮기게 됐다.

5백17년 동안 겨레와 애환을 함께하던 서울 종로 4거리 보신각 종이 2일 노환으로 현역에서 물러나 경복궁박물관으로 거처를 옮겼다. 시민 성금 8억 원을 들여 새로 주조된 종에 자리를 물려준 이 노종은 앞으로 경복궁박물관에 영구 보존, 후손에게 낭랑했던 옛 소리를 그 모습으로 전하게 된다.[7]

인용한 신문기사에서 보듯 1985년 여름에 보신각종은 현역에서 물러났다. 1979년에 종로 확장공사로 새로 지은 종각에 옮기다가 균열이 발견되어 은퇴가 결정된 것이다. 은퇴 이후 이 종은 국립중앙박물관에 속하게 되었다. 그때부터 보신각종은 청각보다 시각에 호소하는 미술작품으로 기능하고 있다.

보신각종의
미적 가치

보신각종은 우리 미술사에서 조금 특별한 작품이다. 대부분의 작품들이 수집가의 사랑방 혹은 깊은 산골이나 시골 마을에 비밀스럽게 숨겨져 있는 반면에 이 작품은 1619년 이후 도성 한복판인 종로 네거리에 자리를 잡고 오랜 기간 도성의 문을 여닫는 일과 하루의 시각을 알리는 기능을 담당했다. 시대가 바뀌고 주변의 모든 것들이 변해가는 동안에도 그것은 항상 거기에 있었다. 종은 일제 강점기에도 서울에서 제일가는 명물 가운데 하나였다. 당시 시골 사람이 서울 구경을 가면 반드시 그에게 문안 인사를 드려야 했고 또 고향에 돌아가면 반드시 그 이야기를 해야 했다. 서울을 구경한 시골 사람들은 "인경전 창살이 몇이더냐"라는 질문에 답해야 했다는 이야기도 전한다.[8]

실제로 종은 유명세에 부합하는 강렬하고 개성적인 외형을 지녔다. 이 작품은 권력의 정점에 있던 왕(세조)이 주도해서 만들었다. 게다가 그 왕은 열렬한 불교 신자였다. 허투루 만들었을 리가 없다. 보신각종은 당대의 미의식과 기술이 집약된 이 시기의 종 양식을 대표하는 작품이다. 이 종은 일단 크다. 높이 3.18미터, 입지름 2.18미터에 달하는 이 큼지막한 종은 경주박물관의 성덕대왕신종(에밀레종, 높이 3.75미터, 입지름 2.27미터) 못지않게 크다. 그 외에 우리 미술사에 이보다 큰 종은 달리 없다. 이 종은 클 뿐만 아니라 매우 의젓하다. 크고 의젓하다는 점에서 성덕대왕신종을 닮았다. 역항아리 형태의 둔중하지만 아주 무겁게 느껴지지 않는 외양은 고유섭 선생이 성덕대왕신종의 미적 특성으로 언급했던 "구수히 크다"는 표현을 그대로 적용해도 무리가 없어 보인다. 하지만 크기와 형태의 유사성을 제외하면 이 종은 성덕대왕신종과는 전혀 다른 예술 의욕을 간직하고 있다.

몇 가지 중요한 특징들이 있다. 이 종에는 성덕대왕신종으로 대표되는 한국 종의 가장 큰 특징이라 할 음통●이 없다. 게다가 종고리(용뉴)의 용은 한 마리가 아니라 두 마리다. 정확히는 용 몸 하나에 머리가 두 개다[一體雙頭]. 게다가 이 종에서는 상대, 하대, 연뢰, 연

● 용통(甬筒), 음관(音管)이라고도 불리는 대롱 모양의 관.

성덕대왕신종. 통일신라. 771년.

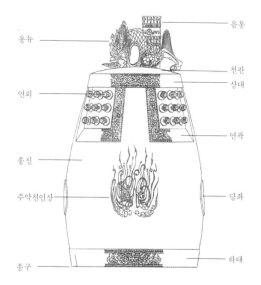

음통

용뉴

천판

상대

연뢰

연곽

종신

주악천인상

당좌

종구

하대

한국 범종의 세부 명칭.

곽 등 상원사동종이나 성덕대왕신종에 나타나는 특징적인 양상을 거의 찾아볼 수 없다. 몸체에서 우리는 다만 한가운데 세 겹의 굵은 띠와 밑면의 두 가닥 띠를 볼 수 있을 따름이다. 모두 한국 종보다 중국 종에 일반적으로 나타나는 특징들이라고 한다. 종신 상부에 보살입상과 두광의 윤곽이 남아 있으니 종을 주조할 당시에는 지금처럼 미니멀하게 보이지는 않았을 것이다. 하지만 그 보살입상을 염두에 둔다고 하더라도 장식 과잉을 제어하는 절제미는 이 종에서 매우 두드러진다. 몸체에 양각된 명문에 '성화4년4월일成化四年四月日'이 새겨져 있어 이 종을 '성화4년명동종'으로 부르기도 한다.

　나는 이 종의 미적 특성을 '중후하다'고 표현하고 싶다. 그것은 크고 단정하며 장식을 취하면서도 절제할 줄 아는 데서 오는 멋이다. 이 종은 전래의 한국 종 양식에 중국 종의 특성을 혼합하는 방식으로 그러한 멋을 얻었다. 물론 이와는 다른 해석도 가능할 것이다. 즉 중국 종의 특성을 받아들임으로써 (성덕대왕신종으로 대표되는) 한국 종의 고유한 아름다움을 왜곡 또는 훼손했다고 볼 수도 있다.

▲ 성덕대왕신종 용뉴부.

▼ 보신각종 용뉴부.

▲ 보신각종 종신 상부의 보살입상과 두광의 윤곽.

▼ 보신각종 몸체에 양각으로 새겨진 명문.

한국 종의 역사

클라이맥스에서 시작하는 서사

내친김에 보신각종이 한국미술사에서 차지하는 위치를 확인해 보기로 하자. 한국 종의 역사를 서술한 모든 미술사가들이 직면했던 특수한 상황이 있다. 그것은 한국 종 역사의 '첫머리'에 '최상의 작품'이 등장하는 상황이다. 실물로 남아 있는 가장 오래된 종은 상원사종(725년)이고 그다음이 에밀레종으로 알려진 성덕대왕신종(771년)이다. 이 작품들은 통상 현존하는 한국 종 가운데 가장 아름답고 뛰어난 것으로 평가받는다. 예컨대 최순우 선생은 상원사종을 "우리나라 종 중에서 조형적으로 가장 아름답고 가장 오랜 종"이라고 했고 성덕대왕신종을 "우수한 창의로써 한국적인 양식을 완성해서 고려시대, 조선시대로 전승된 소위 한국 종이라는 학명과 전통을 대표하는 명작으로" 남겨진 "국보 중의 국보"라고 했다.[9]

그래서 한국 종의 역사는 출발점에 '완성된 양식'을 두게 되었다. 이렇게 되면 성장사로 이야기를 전개하는 것이 어렵게 된다. 미술사는 다른 모든 역사가 그렇듯이 기본적으로 어떤 이야기[story] 또는 서사[narrative]를 구성하는 작업이다. 그리고 잘 구성된 대부분의 이야기는 클라이맥스(절정)를 중반 이후에 두기 마련이다. 클라이맥스에서 시작되는 이야기를 떠올리기란 쉽지 않은 것이다. 다시 미술사로 돌아오면 아주 많은 미술사가들이 이야기의 기본구조를 따라 발생-성장-절정-쇠퇴의 순으로 미술사를 서술했다. 가령 한국불교조각사는 보통 완성태 또는 전형으로서 8세기 석굴암 불상이 조성되기까지의 과정과 그 이후 쇠퇴의 과정으로 서술한다. 또 탑의 역사는 통상 시원양식(미륵사지탑, 정림사지탑, 분황사지탑)에서 시작해 과도기(의성 탑리탑)를 거쳐 전형양식(감은사지탑, 석가탑)에 이르고 그 완성태가 변화, 쇠퇴하는 이후의 과정으로 기술한다. 반면에 한국 종의 역사는 완성태에서 시작해야 했다. 그러면 흥미진진한 이야기를 구성하는 것이 불가능해진다. 발생-성장-절정의 과정이 빠지고 오로지 쇠퇴의 과정만이 다뤄지는 이야기나 역사가 되기 때문이다.

실제로 많은 경우에 성덕대왕신종 이후에 제작된 종은 언제나 그에 미치지 못하는 것으로 평가됐다. 심지어 성덕대왕신종 이후 한국 종의 역사에는 '발전'이 존재하지 않는 것으로 보일 정도다. 가령 다음과 같은 식이다.

고려시대에도 종이 대량으로 만들어졌다. 종을 만들기 위한 동기銅器의 기부 강요로 불가사리라는 괴물 전설까지 낳게 했지만 종의 크기는 작아지고 또 시대가 내려가면서 제작이 조잡해져 위

대한 통일신라 종의 전통은 12세기경이 되면서 완전히 사라지고 만다.[10]

불교를 국교로 삼았던 고려의 종이 이럴진대 숭유억불의 조선에서 상황이 나아질 리 없다. 김원용 선생에 따르면 조선시대에 일본으로부터 동을 수입해서 종의 크기는 다시 커지지만, 세부에서는 다시 변화가 일어나되 기술이 퇴화해서 신라 종의 전통은 이제 사라져 없어지고 말았다.[11]

그런데 보신각종의 제작자들은 왜 위대한 성덕대왕신종을 따르지 않고 낯선 중국 종의 양식을 끌어들여 종을 만들었을까? 기술의 한계 때문에 성덕대왕신종처럼 만들고 싶어도 만들 수 없었다고 해야 할까? 아니면 몇몇 논자들의 주장대로 그저 당시 비교적 습득이 용이했던 중국의 종 제작기술을 활용한 것일까? 그런데 어쩌면 보신각종을 만든 이들은 애당초 성덕대왕신종 양식을 따를 생각이 없었던 건 아닐까. 최응천 선생에 따르면 이 종은 고려 말에 이 땅에 파견된 중국 장인들이 제작한 개성의 연복사종(1346년)의 영향을 강하게 받았다. 전혀 새로운 양식을 접하면 기존의 양식도 변하기 마련이다. 이렇게 본다면 중국 종의 영향을 짙게 드러내는 보신각종은 외부의 절대적인 영향하에 제작됐다고 해야 할지 모른다.

개성 연복사종, 고려, 1346년.

아무튼 지금 한국 사람 대부분은 보신각종보다 성덕대왕신종을 훨씬 좋아한다. 보신각종이 노환으로 물러나고 시민의 성금을 토대로 그 자리에 놓인 새 종은 종래의 보신각종이 아니라 성덕대왕신종을 모델로 삼아 제작되었다. 흥미로운 것은 일제강점기까지만 해도 상원사종이나 성덕대왕신종 같은 통일신라 종 못지않게 고려 말 조선 초에 제작된 종들도 높이 평가하는 분위기가 있었다는 점이다. 예컨대 한글학자 이중화(1881~?) 선생은 1936년 『진단학보』에 발표한 글에서 조선의 4대 명종名鐘으로 예술성과 웅대성이라는 두 가지 기준을 세운 다음 예술적인 종으로 "상원사종과 봉덕사종(성덕대왕신종), 천흥사종, 그리고 연복사종"을 열거하고 다음으로 체용의 웅대한 종으로 "상원사종과 봉덕사종, 흥천사종과 보신각종"을 열거했다.[12]

침묵의 종
상실의 시대

보신각종의 운명을 결정적으로 바꾼 큰 사건이 있다. '모던modern의 도래'가 그것이다. 종의 시대가 가고 시계의 시대가 왔다. 더 이상

성문을 열고 닫는 소리가 필요치 않게 되면서 그것은 이제 인경이 아니라 관조의 대상인 고적古蹟이 되었다. 물론 사람들은 꽤 오랜 기간 여전히 그것을 인경이라고 불렀지만 말이다. 1985년 현역에서 물러나 국립중앙박물관에 들어오기 훨씬 전에 이미 보신각종은 귀에 호소하는 악기가 아니라 눈에 호소하는 미술작품이 됐던 것이다. 그것을 처음으로 고적 내지 미술작품으로 관조했던 사람들이 바로 일제강점기의 지식인들이다. 그들은 이 옛것을 어떤 기분으로 마주 대했을까? 그 기분을 맛보려면 '인경이 있던 자리'로 가봐야 한다. 보신각 말이다.

보신각은 종로 네거리에 있다. 지하철 1호선 종각역 4번 출구로 나와 뒤를 돌아보면 바로 보신각이 보인다. 그 건너편에는 종로의 랜드마크라고 하는 종로타워가 있고 그 맞은편에는 높은 은행 건물이 있다. 보신각은 지금 고층 빌딩이 즐비한 종로 네거리에서 서울이 오랜 역사적 도시임을 알려주는 유일한 지표다. 그런데 이층 높이의 이 건물은 유난히 눈에 띈다. 1924년『동아일보』에「학대받는 인경 던의 운명」을 발표한 이름을 밝히지 않은 필자도 마찬가지였던 모양이다. 그에 의하면 "시골서 처음으로 서울 구경을 온 사람이 종로 네거리에서 전차를 내리면 제일 먼저 눈에 띄는 것이 보신각이란 현판이 붙은 인경전"이다. 그리고 그다음에는 "좌우에 즐비한 크고 높

현재 종로의 보신각.

은 상점집"이다. 그는 혼자서 묻고 답한다. "그중에서도 제일 먼저 눈에 띄는 것이 인경전임은 무슨 까닭인가?" 답은 이렇다. "그 속에는 몇백 년 묵은 장안만호에 시각을 알리고 잠을 깨던 조선에 제일 큰 종이 있는 까닭이다. 오랫동안 우리 사람으로 더불어 역사를 같이 한 묵은 인경이 있는 까닭이다."[13]

이런 감회에 젖어 필자는 그 인경전 안을 들여다보았다. 그리고 아연실색했다. 그 안에 온갖 쓰레기가 산같이 쌓여 "인경전이 아니라 쓰레기간이 되고 말았기" 때문이다. 그래서 그는 총독부에 호소했다. "이렇게 두려거든 차라리 그것을 없이 하여 남의 조소나 면케 해달라"고 말이다. 이것은 근대화가 급격히 진행된 1920년대 도시 한복판에서 사람들이 옛 고적을 대했던 한 가지 방식이다.

다른 방식도 있다. 평론가 신남철(1907~?)과 화가 이마동(1906~1981)은 1935년 『동아일보』 7월 2일자에 보신각을 방문한 소회를 글과 그림으로 남겼다. 신남철 선생에 의하면 보신각은 "종로의 옛 기억을 환기시키는 현존한 유일의 기념물"이다. 계속해서 그는 이렇게 말한다. "이 건물이 비록 보잘것없다 한들 뉘라서 어찌 그 애상의 종을 되돌아보지 않으랴." 당시의 신남철 선생은 보신각종을 '애상哀想'한 것으로, 슬프게 바라보았다. 그것은 이제 울지 않고 다만 "침묵의 종으로 서울의 몸부림을 응시할 뿐"인 영어囹圄의 종인 까닭이

이마동, 〈종로 네거리〉, 『동아일보』 1935년 7월 2일.

다. 이 초라한 것을 더 초라하게 만드는 것은 그 옆에 있는 모던한 동일은행 건물이다. 그에게는 "구부정한 처마의 선이 동일은행의 육중한 직선과 부딪치는" 모양새가 "지난날의 서울과 지금의 서울이 부둥켜안고 몸부림"하는 것으로 보였다.[14]

신남철 선생의 글에서 주목할 부분이 있다. 그것은 보신각종을 '침묵의 종'으로 지칭하는 어법이다. 이 무렵 신문이나 잡지에는 보신각종을 '벙어리 종', '침묵의 종'으로 서술한 글이 아주 많이 등장한다. 예를 들어 『동아일보』 1934년 1월 1일자의 한 기사를 보자.

그렇게 하루도 쉬지 않고 61회씩 울고 있던 이 종은 세상의 변해짐에 따라 문을 굳게 닫고 들어앉아 버리고 그 대신으로 남산 잠두에 놓여 있던 대포가 오정이 되면 한 방 '탕' 소리로 정 낮을 알리었다.[15]

누군가 말했듯 금지된 것이 욕망을 낳는다. 즉 종이 울리지 않게 되자 울림에 대한 강한 욕망이 생겨났다. "네거리 인경은 오죽이나 울고 싶을까."[16] 하지만 일제는 이를 허용하지 않았다. 1920년대 후반에 종로 상인들을 중심으로 북가北街의 활기를 조장하기 위해 보신각의 큰 종을 울리자는 움직임이 있었고, 1930년대 초반에는 경성방송국에서 보신각종 소리를 제석除夕의 종소리로 방송하자는 제안이 있었으나 별 성과를 거두지 못했다.

어느 날 느닷없이 시작된 종의 침묵을 그들은 수긍하지 못했다. 그 침묵을 강제한 것이 일제였기 때문일 것이다. 그 앞에만 서면 그들은 깊은 상실감에 아파했다. 그로부터 "눈앞에 있어도 그리운" 감정이 생겨났다. 종소리는 현실에서 사라졌으나 진심으로 떠나보낼 수는 없었던 것이다.

어떤
작별

그리고 해방이 찾아왔다. 그와 더불어 영어 상태에 있던 보신각종도 해방되었다. 당시 해방을 기념하는 거의 모든 행사는 보신각종의 외침으로 시작되었다. "들었느냐, 경술국치 이래 근 사십 년 만에 처음 듣는 그 소리를 들었느냐."[17] 심지어 1949년에는 정부 수립 일주년을 기하여 아예 매일 세 번씩, 즉 아침에 33번, 정오에 33번, 밤에 28번씩 보신각종을 타종하는 결정이 내려지기도 했다.[18] 그들은 계속해서 종을 쳤다. 결핍에서 비롯된 욕망은 시인 김수영의 작품

에서도 보듯 꽤 오래 영향력을 행사했다(이 작품은 2011년에 문학평론가 고봉준 선생의 소개로 세상에 널리 알려졌다).

막상 세상이 다 무너지는 날이 오드라도 너만은 너의 모습을 지키고 있어라

허다한 권세에 변천에도 기우러지지 않은 슬기로운 날개 같은 너의 누각 안에

소리 없는 저항抵抗을 거듭하는 굳센 의기와 힘이 뭉쳐

너의 우에 고히 앉인 먼지와 팃끌과 아름다웁지 않은 때까지도 그것은 이조李朝가 남긴 유한有限의 역사는 아닐지어다

보신의 종각이어 멀리 지나간 오욕의 기억을 다시 찾일 필요는 없다 너의 가진 모습을 그대로 간직하며 너의 앞을 지나가는 무수한 겨레의 사랑의 애원으로 받아 하루라도 더 멀리 너의 음성을 전할 것을 염하여라

— 김수영, 「보신각」 전문, 『청춘』 1955년 4월호[19]

물론 시인의 기대와 달리 지금의 보신각에는 그 보신각종이 없다. 매일 세 번씩 종을 울리는 행사도 사라진 지 오래다. 그 종은 일선에서 물러나 박물관 한쪽 호젓한 곳에서 휴식을 취하고 있다. 이제 우

리는 그 소리를 들을 수 없고 다시금 고적 또는 하나의 미술작품으로 관조할 수 있을 따름이다.

지금 보신각종이 있던 자리에는 새로운 종이 자리 잡고 보신각종의 기능을 대신하고 있다. 그러나 내게 보신각의 종소리는 여전히 은퇴한 옛 종의 외침이다. 어릴 적 온 가족이 텔레비전 앞에 모여 앉아 보신각에서 생중계하는 제야의 종소리를 들었다. 그럴 때면 아버지께서는 그 종을 서른세 번 치는 이유를 자신의 아들딸에게 열심히 설명하셨다. 그것은 해마다 반복되는 일종의 연례행사였다. 그러나 지금의 나는 아버지의 말씀을, 왜 제야의 종을 서른세 번 울리는지 기억하지 못한다. 오히려 내가 생생하게 기억하는 것은 그 무거운 종의 울림과 열띤 아버지의 음성이다.

어느덧 해 질 녘이다. 집에 갈 시간이다. 인경이 아니라 배꼽시계가 그 시간을 내게 일러주었다. 나는 두 손을 모으고 이렇게 말하는 것으로 애도의 시간을 마무리했다.

"보고 싶습니다. 아버지."

그림 같은 풍경

서울 수성동 계곡, 광화문, 그리고 덕수궁

'그림 같은 풍경'이라는 말이 있다. 사람들은 숨 막히게 아름다운 경치나 풍경 앞에서 '그림 같다'거나 '산수화 한 폭을 보는 것 같다'고 말한다. 자료를 찾아보니 꽤 오래전부터 '그림 같다'는 말이 널리 쓰인 모양이다. 예컨대 평론가 김기진(1903~1985)은 1934년에 "아름답기가 그림 같은 동해"라고 했고,[1] 교육자 김도태(1891~1956)는 1940년에 부산항을 "매우 아름답게 생긴 그림 같은 항구"라고 묘사했다.[2] 그런가 하면 시인 박두진(1916~1998)은 1949년에 쓴 글에서 동해를 "새록새록이 파란 그림 같은 물바다"로 묘사했고,[3] 아동문학가 이원수(1911~1981)는 1962년에 고향 마산의 경관을 두고 "그림 같은 풍경"이라고 했다.[4]

'그림 같은 풍경'은 풍경의 아름다움을 강조하는 비유적 표현이다. 좀 더 구체적으로 직유법의 한 예다. 하지만 이 말이 비유가 아니라 말 그대로 사실일 때가 있다. 예를 들어 우리 미술사에는 현실에 존재하는 장소를 그린 실경산수화實景山水畵가 있다. 정선(1676~1759)의 〈금강전도金剛全圖〉는 현실에 존재하는 금강산을 그린 것이다. 또한 근대에 등장한 '풍경화'들은 대부분 현실 속 풍경을 그림에 담았다. 가령 일제강점기 천재화가로 명성을 떨쳤던 이인성(1912~1950)의 〈아리랑고개〉는 서울 돈암동 인근에 있는 아리랑고개를 그린 풍경화다. 그는 또 〈계산동 성당〉이라는 그림도 그렸다. 대구 사람들

이인성, 〈계산동 성당〉, 종이에 수채, 34.5×44cm, 1930년대, 국립현대미술관.

은 알 것이다. 계산동 성당이 이 도시 중심부에 자리한 유명한 성당이라는 사실을 말이다. 그러니까 '아리랑고개'와 '계산동 성당'은 말 그대로 '그림 같은 풍경'인 셈이다.

그런데 곱씹어 생각하면 '그림 같은 풍경'은 확실히 예사로운 말이 아니다. 왜냐하면 산수화나 풍경화는 기본적으로 아름다운 풍경을 화폭에 담은 그림이기 때문이다. 그것은 아름다운 자연 풍경을 모방한 그림이다. 그러니 결국 풍경화란 진짜(자연)를 모방한 가짜, 대리물에 불과하다. 따라서 '풍경 같은 그림'이라면 모를까, '그림 같은 풍경'이라는 말은 뭔가 어색하다. 대리물이 원본의 자리를 넘본다고나 할까? 몇 년 전 화제가 됐던 영화 〈광해, 왕이 된 남자〉(2012년)에서 왕의 대역을 맡은 만담꾼 하선(이병헌 분)이 진짜 왕이 될 것을 꿈꾸는 장면을 생각해볼 수 있다. 영화 속에서 만담꾼은 결국 진짜 왕의 지위에 오르지 못했지만 말이다.

하지만 풍경과 그림의 관계에서라면 사정이 다르다. 여기서는 대리물이 원본을 압도하는 일이 왕왕 발생한다. 얼마 전 서울 삼청동 인근에 갔다가 어떤 멋진 풍경을 발견했다. 그 풍경 앞에서 나는 이렇게 외쳤다. "영락없이 〈인왕제색도〉로군!" 정선이 그린 〈인왕제색도仁王霽色圖〉를 한 번도 보지 못한 사람이라면 모를까, 한 번이라도 본 사람이라면 이 풍경 앞에서 그 그림을 떠올리지 않을 방도가 없다. 그것은 어쩔 수 없이 '그림 같은 풍경'인 것이다.

이렇게 말 그대로 '그림 같은 풍경'을 찾아 나서는 일, 즉 직접 현장을 방문해 그림과 현실을 비교해보는 일은 꽤 유쾌한 경험이다. 몇 년 전에 〈계산동 성당〉의 풍경을 찾아 대구를 방문한 적이 있다. 계산동 성당은 어렵지 않게 찾았는데 정작 성당에서 화가가 그림을 그린 자리는 찾기가 쉽지 않았다. 〈계산동 성당〉에 등장하는 성당 상부를 그리기 위해 화가는 어딘가 높은 곳에 올라 그림을 그렸음에 틀림없는데 그 높은 곳을 찾을 수가 없었다. 옆 건물에 올라 이리저리 돌아다녀보았지만 '바로 그 자리'라 할 만한 장소는 결국 찾아내지 못했다.

화가가 그림을 제작한 때로부터 80년이 넘는 시간이 흘러갔다. 그 사이에 이 조용한 성당 주변에도 많은 변화가 있었을 것이다. 결국 소기의 목적을 달성하진 못했지만 기분이 매우 좋았다. 화가의 자리를 찾기 위해 돌아다니는 동안 나는 1902년에 프랑스 가톨릭 사제들이 건설한 이 유서 깊은 성당의 고상한 분위기를 마음껏 즐길 수 있었다. 서양 중세 로마네스크 성당의 둔중한 느낌과 고딕 성당의 예민한 느낌이 공존하는 이 빨간 벽돌 성당은 정말 곱고 우아하다. 그림에 등장하는 감나무는 지금도 남아 있는데 사람들이 그 나무를 화가의 이름을 따서 '이인성 나무'라고 부른다는 사실도 알게 되었다.

이렇게 그림 같은 풍경을 찾아 나서는 여행은 감각적이면서도 지적인 경험이다. 아름다운 풍경을 온몸으로 만끽하는 즐거움이 있는가 하면, 그림과 현실을 비교해 차이를 헤아려보는 지적 탐구의 즐거움도 있다. 우리 주변엔 그 즐거움을 누릴 수 있는 공간이 아주 많다. 산수화와 풍경화의 수만큼 많다고 해도 무방할 것이다. 그중에서도 오늘 내가 방문하게 될 공간들에는 매우 각별한 역사적, 예술적 의미를 갖는 '그림 같은 풍경들'이 있다.

첫 번째 풍경

서울 서촌 수성동 계곡

조선 후기의 대가 정선의 《장동팔경첩壯洞八景帖》에는 '수성동'을 그린 매력적인 산수화가 실려 있다. 이 그림에 등장하는 수성동이 오늘 내가 방문할 첫 번째 '그림 같은 풍경'이다.

수성동水聲洞은 서울 종로구 옥인동에 있는 계곡 이름이다. 번역하면 '물소리 계곡'이다. 수성동 계곡은 서촌 골목길 끝에 있다. 서촌은 경복궁 서쪽 일대를 가리키는 명칭이다. 따라서 경복궁에서 매우

▲ 정선, 《장동팔경첩》, 〈수성동〉, 비단에 담채, 33.7×29.5cm, 1750년경, 간송미술관.

▼ 서울 서촌 수성동 계곡 입구.

가깝다. 지하철 3호선 경복궁역 3번 출구 근처에 수성동 계곡으로 가는 마을버스 정류장이 있다. 거기서 마을버스를 타고 15~20분을 가면 종점인 수성동 계곡 입구에 도착한다. 물론 통인시장에서부터 걸어갈 수도 있다. 요즘엔 사람이 많아져 번잡한 것이 흠이지만 서촌에는 서울에서도 으뜸가는 아름다운 골목길들이 있다. 하지만 오늘은 날씨가 쌀쌀하니 버스를 타는 게 좋겠다.

평일 오후인데도 버스에는 사람이 많다. 서촌의 인기를 실감하는 순간이다. 하지만 수성동 계곡이 목적지인 사람은 그리 많지 않은 것 같다. 계곡 입구에 내려 근처 카페에서 따뜻한 커피를 사 들고 주변을 둘러본다. 뭔가 시간이 멈춰 선 것 같은 고고한 정감이 있는 동네다. 정선이 그린 수성동 풍경은 버스 종점과 아주 가깝다. 언덕을 조금만 오르면 곧 그림 같은 풍경이 눈앞에 펼쳐진다. 게다가 친절하게도 근처 표지판에 정선의 그림이 떡하니 실려 있다. 다만 '물소리 계곡'이라는 이름이 무색하리만치 계곡에는 물이 별로 없다. 초봄이라 그런가? 하지만 풍경 자체는 압도적으로 근사하다. 조용하면서도 역동적인 풍경이다.

정선의 그림에는 모두 네 명의 인물이 등장한다. 지체 높은 양반으로 보이는 인물 셋과 그들을 모시는 시종 한 명이다. 아름다운 풍경이 주는 감동은 벗과 같이 나눌 때 배가 되는 법이다. 그림에 등장

정선의 〈수성동〉에 등장하는 인물들.

한 양반들도 서로 절친한 친구들일 게다. 그런데 이렇게 전통 산수화에 등장하는 인물은 그저 나무나 바위처럼 감상자의 단순한 구경거리가 아니다. 산수화를 바라보는 관객은 그림 속 등장인물의 눈으로 그림 속 풍경을 보아야 한다. 나는 맨 앞에서 지팡이를 들고 있는 인물을 택한다. 지팡이 든 양반의 눈으로 그림에 묘사된 계곡 주변의 산들을 바라본다. 그러면 어마어마한 산세가 눈에 들어온다. 나는 지금 깊은 계곡 속에 들어와 있고 내 주변을 큼지막한 바위산들이 둘러싸고 있다. 정선은 가로세로 30센티미터 내외의 자그마한 화폭에 이 장대한 광경을 담았다. 그 솜씨가 정말 대단하지 않은가!

이렇게 그림에 정신을 팔다가 이내 정신을 차려 현실로 돌아온다. 이제 지팡이 든 양반이 아니라 내 눈으로 직접 수성동 계곡을 바라볼 차례다. 현실의 풍경은 그림 속 풍경과 꽤 많이 닮았다. 나를 둘러싼 높은 바위산 봉우리들의 느낌을 화가는 정말 훌륭하게 재현했다. 이런 느낌은 계곡 아래쪽을 바라보면 더욱 고조된다. 그림과 마찬가지로 현실에도 기린교麒麟橋라고 부르는 다리가 보이고 그 아래로 깊은 계곡 바닥이 보인다. 안전을 위해 설치한 난간 아래로 허리를 굽혀 계곡 바닥을 내려다보면 그 깊이에 감탄할 수밖에 없다. 다시 그림으로 눈을 돌리면 정선의 그림은 그 계곡의 깊은 밑바닥을 생생하게 포착했다. 그러니까 정선은 화첩에 그린 이 작은 그림에서

▲ 수성동 계곡.

▼ 내려다본 계곡.

'올려다본 풍경'(높은 산)과 '내려다본 풍경'(깊은 물) 모두를 아울렀다. 현대의 사진기로는 이 모두를 하나의 사진 이미지 속에 포괄할수 없다. 사진 여러 장을 억지로 이어 붙여야 정선의 그림 같은 장면을 얻을 수 있을 것이다. 물론 그렇게 사진을 이어 붙여 얻은 장면은 정선의 그림 속 풍경처럼 자연스럽지는 않을 게다.

그런데 그림 풍경과 현실 풍경 사이에는 어떤 차이가 존재한다. 정선의 그림 속 수성동 계곡은 분명 현실의 수성동 계곡보다 좀 더 높고 깊다. 그러니까 정선은 계곡의 풍경을 과장했다. 눈앞에 있는 수성동 계곡의 바닥은 정선의 그림에서처럼 끝없이 깊지는 않아 보이고 이것은 바위 봉우리들도 마찬가지다. 정선의 그림을 통해 수성동 계곡은 '높은 산, 깊은 물'을 지닌 훨씬 더 근사한 풍경이 되었다고 할수도 있겠다.

실제로 정선은 눈앞에 있는 아름다운 풍경을 있는 그대로 그리기보다 그것을 아름답게 만드는 특성들을 극대화하는 방식으로 그리곤 했다. 고연희 선생에 따르면 화가 정선은 "산수 대상을 똑같이 옮겨 그리기보다 대상의 특성을 부각하여 더욱 기이하고 멋진 산수 경관으로 그려냈던"[5] 것이다. 예를 들어 〈인왕제색도〉에 등장하는 짙은 검정색 바위가 그렇다. 그것은 '제색霽色'의 순간, 곧 큰 비가 그친 후에 물기를 잔뜩 머금은 인왕산 바위를 그린 것이다. 하지만 현실

정선, 〈인왕제색도〉, 종이에 수묵, 138.2×79.2cm, 1751년, 리움미술관.

수성동 계곡에서 바라본 인왕산.

에서 우리가 보는 인왕산 바위는 어떤 경우에도(심지어 비가 많이 오는 장마철에도) 그렇게 짙은 검정색으로 보이지 않는다. 그것은 백색의 화강암 바위인 것이다. 이렇게 정선은 〈인왕제색도〉에서 인왕산 바위를 과장 또는 변형해서 그렸다. 화가의 주관이 개입된 것이다. 그런데 그와 같은 과장 또는 변형을 통해, 즉 화가 주관의 개입을 통해 우리는 인왕산 바위절벽의 급격한 경사, 그 매끈한 절벽을 좀 더 생생하게 경험한다. 과장을 통해 〈인왕제색도〉는 현실보다 더 현실 같은 그림이 됐다고 할 수도 있겠다. 아무튼 〈인왕제색도〉를 본 사람에게 인왕산의 바위는 현실보다 언제나 더 검게 보인다! 그러니 "바위 봉우리의 미끄러운 질감을 나타내기 위해 몇 번이고 붓을 가하여 그 붓 자국이 더욱 질감을 느끼게 한 것이 그림의 핵심"[6]이라는 유홍준 선생의 평가는 확실히 설득력이 있다.

　다시 수성동 그림으로 돌아오면 이 그림의 맨 위쪽에 짙은 검정색으로 표현된 바위가 보인다. 이 바위는 〈인왕제색도〉의 짙은 검정색 바위를 참 많이 닮았다. 그런데 이것은 우연의 일치가 아니다. 그 바위가 바로 인왕산 바위이기 때문이다. 다시 현실로 돌아와 계곡 저 위쪽을 바라보면 익숙한 풍경이 펼쳐진다. 그것은 수성동 계곡에서 우리가 볼 수 있는 또 하나의 그림 같은 풍경이다. 거기에 인왕산이 있다! 수성동 계곡은 인왕산 자락에 있는 계곡인 것이다. 정선이 그린 수성동 그림을 보러 왔다가 예기치 않게 나는 멀리서만 보던 〈인왕제색도〉의 풍경 속으로 들어와버렸다.

내친김에 〈인왕제색도〉 속으로 좀 더 들어가본다. 계곡 안쪽으로 좀 더 깊이 들어가보려는 것이다. 인왕산에 가까이 갈수록 그 거대한 바위의 인상은 더 강렬해진다. 그러나 나의 시도는 이내 난관에 봉착한다. 공원으로 조성된 수성동 계곡은 인왕산길이라는 이름이 붙은 도로에서 끝나기 때문이다. 여기서 인왕산에 더 접근하려면 말 그대로 등산을 시작해야 한다. 하지만 오늘의 나는 등산할 준비가 되어 있지 않다. 이제 계곡을 벗어날 때가 되었다. 계곡을 내려오는 내 마음속에는 서울 도심에 이런 곳이 있다는 만족감이 한가득이다. 정선의 시대, 곧 18세기의 풍경을 간직한 서울 도심 속 풍경, 참 근사하지 않은가!

그러나 여기에는 어떤 반전이 있다. 그것은 지금까지 내가 애써 외면해왔던 것이다. 수성동 계곡은 특별한 사연을 머금은 공간이다. 1971년 주택난 해결을 위한 중산층 아파트 건설의 일환으로 이곳에 옥인동 시범아파트가 건설되었다. 같은 시기에 계곡 암반이 복개도로와 콘크리트로 덮였다. 개발 시대의 논리가 인왕산 자락 수성동 계곡에까지 영향을 미친 것이다. 그러다가 2011년 옥인아파트가 철거되면서 과거의 자연 풍경을 복원하는 정비사업이 실시되었다. 사업은 2012년 7월에 완료되었고 복원된 계곡은 시민의 품으로 돌아왔다.[7] 이 사업은 문화 복원사업의 모범 사례로 인정받아 2014년 국토도시디자인대전에서 대통령상을 받았다. 흥미로운 사실은 그 복원사업의 모델로 정선의 수성동 그림이 활용되었다는 점이다. 김영종 종로구청장의 수상 소감은 이렇다.

시설물 설치는 최소화하고 자연 경관은 그대로 살리며 역사와 생태가 어우러진 역사문화공간으로 조성하는 데 초점을 맞췄습니다. 특히 전통 조경방식으로 나무를 다시 심어 소박한 옛 정취를 되찾았으며 자연 암반을 최대한 노출하고 돌다리도 그 모습을 회복해 겸재 정선의 화폭을 완벽하게 재현했습니다. (중략) 수성동 계곡 복원을 통해 신중하지 못한 개발로 짓밟힌 또 다른 역사·문화유산을 다시 생각해볼 수 있었으면 합니다.[8]

즉 현재의 수성동 계곡은 "겸재 정선의 화폭을 완벽하게 재현한 것"이다. 그림을 원본으로 삼아 자연 풍경을 수정한 것이다. 그러니까 지금까지 나는 글자 뜻 그대로 '그림 같은 풍경'을 보고 있었던 셈이다. 원본과 대리물의 관계가 뒤집어졌다고 하면 어떨까?

두 번째 풍경

광화문 앞에서

수성동 계곡 정류장 인근에서 간단히 점심을 끝내고 마을버스를 다시 잡아탄다. 이 버스는 나를 두 번째 목적지인 경복궁 정문, 광화문으로 데려다줄 것이다. 좀 더 정확히는 광화문이 보이는 세종로다. 이 장소 역시 '그림 같은 풍경'이다. 그 그림은 안중식이 1915년에 그린 〈백악춘효白岳春曉〉다. 여기서 백악은 경복궁 뒤쪽에 있는 백악산白岳山 또는 북악산北岳山을 말한다. 또 춘효는 '봄날 새벽'이라는 뜻이니 '백악춘효'는 '봄날 새벽의 백악(산)'으로 번역할 수 있다.

〈백악춘효〉는 국립중앙박물관에 있다. 가로 51센티미터, 세로 126센티미터 정도의 비교적 큰 작품이다.[•] 심전心田이라는 호를 가진 화가 안중식(1861~1919)이 그렸다. 그는 대중에게 널리 알려진 화가는 아니다. 하지만 한국미술사에서 이 화가의 삶과 작품은 매우 특별한 의의를 갖는다. 단적인 예로 그의 그림은 용산 국립중앙박물관에도 있고 과천에 있는 국립현대미술관에도 있다. 국립중앙박물관에는 회화 컬렉션 거의 맨 끝에 있고 국립현대미술관에는 회화 컬

● 안중식이 그린 국립중앙박물관 소장의 〈백악춘효〉는 모두 두 작품이다. 하나는 여름본이고 다른 하나는 가을본이다. 이 글에서 다루는 〈백악춘효〉는 가을본이다.

안중식, 〈백악춘효〉(가을본), 비단에 채색, 125.9×51.5cm, 1915년, 국립중앙박물관.

렉션 시작점에 있다. 이렇게 한국미술의 과거와 현대를 대표하는 박물관과 미술관 모두 그의 그림을 소장하고 있다는 것은 안중식이 과거와 현대를 이어주는 작가라는 사실을 알려준다.

이왕 이야기가 나왔으니 안중식이라는 화가에 대해서 좀 더 살펴보기로 하자. 안중식은 어떤 사람인가? 그가 등장하는 영화가 있다. 임권택 감독이 만든 〈취화선〉(2002년)이다. 잘 알려져 있다시피 〈취화선〉은 조선 말기에 활약한 장승업이라는 화가를 다룬 영화다. 배우 최민식이 주인공 장승업을 맡아 열연했다. 안중식은 이 영화 중반쯤에 등장한다. 하얀 옷을 입고 장승업을 따라다니던 두 남자를 기억하는 사람이 있을까? 그중 하나가 바로 안중식이다[다른 한 사람은 안중식의 평생지기였던 조석진(1853~1920)이라는 화가다]. 본 지 오래여서 정확하게 기억나지는 않지만 영화에서 그는 비중이 크지 않은 조연이었다. 한두 마디의 대사는 있었던 것도 같다.

영화에서는 조연이었지만 지금 내게는 그가 주인공이다. 영화에서 묘사된 대로 안중식은 청년기에 장승업을 따르면서 그의 화풍을 배운 것으로 알려져 있다. 게다가 안중식은 1902년에 고종황제의 어진과 예진을 그린 마지막 화원화가였다.* 그런가 하면 일제강점기에는 경성서화미술원과 서화협회를 이끌면서 노수현, 김은호, 이상범, 변관식 등 20세기를 대표하는 화가들을 양성했다. 이렇게 안중식은 19세기와 20세기 회화를 연결한 화가였다. 그래서 그는 조선시대 회화를 연구하는 미술사가에게도, 또 근대미술사를 전공하는 미술사가에게도 매우 중요한 화가다.

버스가 세종문화회관 앞에 선다. 이제 본격적으로 그림과 현실의 풍경을 감상할 때다. 〈백악춘효〉는 백악산과 경복궁을 그린 그림이다. 세종로 광장에 자리를 잡고 안중식이 그림을 그렸을 법한 장소를 찾는다. 그러나 마땅한 자리를 찾기가 어렵다. 일단 이순신 장군 동상이 있는 자리는 너무 멀다. 이리저리 왔다 갔다 하던 차에 세종대왕 동상과 광화문 사이에 있는 탁 트인 장소에서 그림을 감상하기로 한다. 일단 전체적인 소감부터 말하자면 그림과 현실은 처음에는 엇비슷해 보이지만 보면 볼수록 달라 보인다.

우선 광화문 정면에서 본 경복궁의 전체 크기를 감안할 때 세종로에서 바라본 현실의 백악산은 안중식의 그림에서처럼 그렇게 압도적인 위세를 자랑하지 않는다. 그저 야트막한 동산처럼 보인다는 것이다. 더군다나 정면에서 볼 때 백악산 정상은 광화문 왼쪽에 치우쳐 있다. 그림처럼 산 정상이 광화문 바로 위쪽에 존재하지 않는다

● 안중식의 이력은 매우 화려하다. 그는 이십대 초반의 나이로 1881년 김윤식이 이끄는 영선사에 속해 중국 천진에 제도사로 파견되어 각종 기계의 구조와 제도, 서양 문자를 배웠다. 임오군란으로 귀국한 뒤에는 우정국 사사(司事)로 일했다. 그가 우정국 사사로 있던 1884년 우정국 낙성식을 계기로 갑신정변이 발생했다. 우정국 터는 서울 조계사에 있다.

봄날의 광화문 광장.

는 것이다. 이렇게 〈백악춘효〉에서 백악산의 규모와 형태는 지나치다 싶을 정도로 과장되어 있다.

그리고 또 하나 결정적인 차이가 존재한다. 〈백악춘효〉에는 아무도 없다. 을씨년스럽다고 말해도 무방할 정도다. 아무리 새벽을 그렸다 해도 서울(당시에는 경성) 도심 한복판이 이렇게 조용할 수 있을까? 그래서 이구열 선생은 이 그림의 특성으로 "화면 가득히 흐르는 말할 수 없는 적막감"을 내세웠던 것이다.

현실로 돌아오면 지금 내 앞에는 관광객들이 잔뜩 있다. 지난 몇년 새 공원으로 거듭난 세종로 광장은 서울을 대표하는 관광지 가운데 하나가 되었다. 그러니 안중식도 앞에서 살펴본 정선처럼 현실을 그리면서도 그림 속에서 현실을 자기 방식으로 변형했다고 해야한다. 그런데 정선의 〈수성동〉 또는 〈인왕제색도〉와 안중식의 〈백악춘효〉 사이에는 분명한 차이가 존재한다. 정선의 그림에서 풍경은 화가의 개입을 통해 더 아름다워졌다. 그렇지만 안중식의 그림에서 풍경은 화가의 개입을 통해 아름다워지기보다 무겁고 장중한 분위기를 자아내는 형국이다.

여기에도 아픈 사연이 있다. 이 사연과 만나려면 안중식이 〈백악춘효〉를 그린 1915년으로 돌아가야 한다. 1915년은 경술국치로 일제의 식민지배가 시작된 지 5년이 흐른 해다. 당시 이곳 광화문 일대의 모습은 〈백악춘효〉의 풍경과는 전혀 달랐다. 1915년 조선총독부는 일제 시정 5주년 기념 조선물산공진회를 개최한다는 이유로 경복궁의 많은 전각들을 해체하고 건물 여러 채를 새로 지었다. 조선물산공진회는 일종의 산업박람회로서 강제 병합의 정당성을 확보하기 위한 일제의 식민통치 수단이었다. 여기서는 식민지 조선에서 생산된 물품뿐만 아니라 일본 생산품과 외국 수입품 중에서 판로 확장이 필요하다고 인정되는 품목들이 대대적으로 전시되었다. 1915년 9월 11일부터 10월 30일까지 열린 공진회는 선풍적인 인기를 끌었다. 개장 후 50일간 160만 명에 달하는 인파가 공진회가 열리는 경복궁을 찾았다.[9] 규모가 작아지기는 했지만 1923년 조선부업품공진회, 1925년 조선가금공진회도 이곳 경복궁에서 열렸다. 이러한 공진회 열기를 1923년 소설가 염상섭(1897~1963)은 다음과 같이 묘사했다.

전 시가가 공진회 기분에 잠기었다. 단조한 조선 사람의 생활, 민중적 혹은 사회적 연중행사라든지 오락기관이라든지 유흥물을 가지지 못한 우리 조선 사람의 생활 흐름에 공진회라는 돌을 던져주어서 천파만파의 적은 물결이 동글동글 번져 나가는 것은 사실이었다. (중략) 서울 장안은 스무 날 동안 공진회 기분에 무르

녹았다. 어디를 가든지 공진회 기분이 떠돌았다. 거리에, 집회에, 여사旅舍에, 가정에, 내실에, 사랑舍廊에, 가는 곳마다 공진회 기분이요, 듣는 것마다 공진회 이야기다.[10]

1915년 안중식이 바라본 현실의 풍경은 공진회의 열기로 가득 찬 경복궁이었을 가능성이 매우 크다. 하지만 〈백악춘효〉의 작가는 그럴 의사가 없었다. 그가 그린 경복궁은 현실과 동떨어진 적막한 '백악춘효'의 풍경이었던 것이다. 이런 현실을 감안하면 〈백악춘효〉는 분명 현실의 풍경을 아우르고 있지만 그 풍경은 그림 속에서 화가 자신의 의지로 완전히 변형되었다. 왜 그랬을까?

그림을 다시 보면 야트막한 백악산이 화가의 손을 거쳐 육중한 산으로 변모됐다. 그 산을 하얀 구름이 감돌고 있다. 그것은 내게 어떤 이미지를 상기시킨다. '청산백운靑山白雲'의 이미지 말이다. 동양 문예 전통에서 청산백운, 곧 '푸른 산 흰 구름'은 '시간의 흐름을 벗어난 영원한 것, 조용한 것, 변하지 않는 것'을 뜻하는 알레고리다. "길고 긴 세월 동안 온갖 세상 변하였어도 청산은 의구하니 청산에 살으리라"*는 노랫말이 있지 않던가! 그러면 안중식은 경복궁에 '청

● 성악가이자 작곡가인 김연준이 지은 〈청산에 살리라〉의 가사. 1973년 윤필용 필화 사건에 연루되어 구치소에 갇혔을 때 작곡한 가곡이다.

산백운'의 이미지를 덧붙여 망국의 한을 노래한 것일까? 이것은 이구열 선생의 해석이다. 이구열 선생은 문짝이 무겁게 닫힌 광화문과 그 뒤의 정적한 궁궐 건물들, 사람의 움직임이라고는 하나도 없는 이 침묵의 경복궁에서 1915년의 '망국한'을 읽었다. 그래서 이 작품의 의미를 이렇게 해석한다. "다시 돌아온 봄철 새벽에 백악만은 변함없이 우뚝 솟아 있구나."[11]

습관처럼 나는 그림과 현실을 견주어본다. 양자 가운데 물론 활기가 넘치는 지금의 세종로와 경복궁이 훨씬 좋다. 안중식의 그림 속 경복궁의 을씨년스러운 풍경은 뭐랄까, 좀 우울하지 않은가! 그런데 희한하게도 나는 광화문이나 세종로를 지날 때마다 안중식의 그림이 떠오른다. 십 년 전쯤 이 그림을 처음 접한 이후로 줄곧 반복되는 현상이다. 광화문 근처에서 경복궁을 바라볼 때마다 안중식의 그림은 내 의지와 무관하게 기억의 우물에서 튀어나와 내 마음을 찔러 온다. 그래서 광화문이 보이는 세종로 풍경은 내게 '안중식의 그림 같은 풍경'이다.

이제 오늘의 세 번째 '그림 같은 풍경'으로 향할 때다. 그전에 미처 하지 못한 이야기를 해야겠다. 〈백악춘효〉에 등장하는 '해태'(또는 해치)로 알려진 조각상에 대한 것이다. 이 조각상은 조선 말기 돌조

◇……래 해 는 잇 에 안 궁 북 경……◇

1925년경의 광화문 해태상(출처:『동아일보』1925년 9월 15일자).

각가 이세욱이 제작한 것으로 알려져 있다.[12] 그림 속 해태상은 지금 광화문 앞에 있는 해태상보다 한참 앞에 서 있다. 1915년 무렵의 각종 자료를 살펴보면 당시에 해태상은 〈백악춘효〉에서처럼 지금보다 광화문 앞쪽 멀찍이 있었던 것 같다. 이 해태상은 1926년 경복궁에 조선총독부 청사가 건립되면서 버려졌다. 당시의 신문기사에는 총독부 서쪽에 버려져 "무슨 하늘도 못 볼 것처럼 거적때기를 둘러쓰고 우는 듯, 악쓰는 듯, 반기는 듯, 원망하는 듯한 해태를 발견하고 가슴이 뜨끔하였다"[13]는 증언이 등장한다. 그렇게 궁 한쪽에 버려져 있던 해태상이 우여곡절 끝에 광화문 앞에 복귀한 것이 1968년이다. 그것은 수난에도 불구하고 어떻게든 끈질기게 살아남아 지금 그 자리를 지키고 서 있다. 사라져 소멸한 것이 있으면 이렇게 살아남은 것들도 있다. 어떤가? 그 살아남은 것들이 애틋하지 않은가? 게다가 험한 풍파를 견뎌냈다고 보기 어려울 정도로 그 해태들은 정말 귀엽게 생겼다.

세 번째 풍경

북악을 등진 풍경

백악산을 그린 또 다른 그림이 있다. 그 풍경을 확인하려면 세종
로에서 백악산을 등지고 서울시청 광장 쪽으로 이동해야 한다. 김주
경(1902~1981)이 그린 〈북악을 등진 풍경〉은 1929년 제8회 조선미
술전람회에서 서양화부 특선을 수상한 작품이다. 당시 이왕가李王家
에 매입[14]된 덕분에 다행히 원작이 남아 있다. 이때의 '북악'은 앞서
말했듯이 '백악'의 또 다른 이름이다.

이 그림은 세로 65.5센티미터, 가로 180센티미터로 매우 큼지막하
다. 그림 한가운데 높은 건물은 생김새로 미루어 1926년에 완공된
일제의 경성부청사일 것이다. 지상 4층의 르네상스식 건물이다. 광
복 후 꽤 오랜 기간 서울시청사로 쓰이다가 최근 서울도서관으로 기
능이 바뀐 바로 그 건물이다. 그 뒤에 보이는 산이 북악산이다. 90년
가까운 세월이 흘러 많은 것이 달라졌기 때문에 단정할 수는 없지
만 당시 김주경이 그림을 그린 자리는 현재의 더플라자호텔과 웨스
틴조선호텔 사이에 난 소공로 어디쯤일 것 같다. 소공지하쇼핑센터
1번 출구 앞에서 그림과 가장 유사한 풍경을 찾았다. 그런데 그 자리
에서는 1927년 당시 김주경의 시야에 들어왔던 나무 대신 금속 기

김주경, 〈북악을 등진 풍경〉, 캔버스에 유채, 65.5×180cm, 1927년, 국립현대미술관.

소공로에서 바라본 '북악을 등진 풍경'.

둥이 보인다. 오른쪽에는 돌담 대신 금속재의 번쩍번쩍한 건물 벽이 있다. 모두 시간의 경과를 알려주는 지표들이다.

같은 백악산(북악산)을 그렸지만 안중식의 〈백악춘효〉와 김주경의 〈북악을 등진 풍경〉은 분위기가 사뭇 다르다. 안중식의 그림이 무겁고 우울한 분위기인 데 반해 김주경의 그림은 산뜻하고 따뜻하다. 밝은 햇살이 따뜻한 분위기를 자아내고 있는 것이다. 김주경은 햇빛을 사랑한 화가였다. 그는 어떤 글에서 명랑한 일광日光이 "생명의 완전한 발육과 아울러 넘치는 환희의 찬송을 한없이 우리에게 뿜어준다"[15]라고 했다. 녹색과 빨간색이 팽팽하게 대결하는 김주경의 그림에는 김종태(1906~1938) 선생이 말했듯 '생기'가 있다.[16]

김주경의 그림에서 또 하나 주목할 점이 있다. 그가 〈북악을 등진 풍경〉을 그린 자리, 곧 소공지하쇼핑센터 1번 출구 근처에서는 북악산이 아예 보이지 않는다는 것이다. 북악산을 보려면 길을 건너 서울시청 앞 광장을 가로질러 덕수궁 쪽으로 이동해야 한다. 하지만 거기서도 북악산은 그림에서처럼 크게 보이지 않는다. 그러니까 〈북악을 등진 풍경〉의 화가는 눈으로 본 대로 그린 것이 아니라 자기 주관에 따라 아주 많이 변형시켜 그렸다. 왜 그랬을까? 내 생각에 아마도 화가는 경성부청사의 딱딱하고 고압적인 분위기를 깨트리기 위해 녹색의 자연(북악산)을 큼지막하게 그려 넣은 것 같다. 분위기를 환하게 만든다는 점에서 '명랑한 일광'과 '녹색 산'은 상통하는 면이 있다.

이것은 망국의 암울한 시대를 향한 또 하나의 예술적 대응이다. 안중식이 〈백악춘효〉를 통해 망국의 한을 표현했다면 김주경은 〈북악을 등진 풍경〉을 통해 망국의 슬픔을 이겨내는 긍정의 힘을 노래했다고 할 수 있겠다. 죽음을 극복하는 생명의 가치야말로 김주경이 그리고자 했던 바가 아닐까?

• • •

봄의 예술

참새가 방앗간을 그냥 지나칠 수 없듯이 여기까지 왔는데 덕수궁을 지나칠 수 없다. 덕수궁에는 내가 사랑해 마지않는 작은 숲길이 있다. 정문인 대한문을 통과하면 오른쪽에 연못이 있다. 그 연못 쪽으로 조금 걷다보면 함녕전 뒤쪽에 정관헌靜觀軒이 있는데 거기서 석조전 쪽으로 난 길이다. 호젓하고 그윽한 운치가 있어서 사색의 장소로 이만한 곳이 없다. 고종이 커피를 마시고 음악을 들으며 휴식을 즐겼다는 정관헌에서 잠시 숨을 고른 후 산책을 시작한다.

아직 쌀쌀하지만 늦은 오후의 따뜻한 햇살을 받은 숲길에는 생명의 기운이 완연하다. 머잖아 꽃이 피면 꽤 볼 만할 것이다. 그러고 보니 〈북악을 등진 풍경〉의 화가 김주경은 유달리 봄을 사랑했다. 그는 자신의 풍경화가 "인생을 발육하는 시절인 봄으로 끌고 가는" 봄의 예술이기를 원했다. 가을은 결실의 계절이지만 끝을 향해 달려가기에 허무나 비애의 감정을 불러일으키는 반면 봄은 "이제부터 전全 활동이 개시되는" 계절인 까닭에 생명의 활기를 원하는 예술가의 계절이라는 것이다. 따라서 봄의 예술가는 오로지 "자기의 꽃이 좀 더 향기롭지 못한 것을 걱정"하며 "혹여 꽃잎에 벌레가 쪼아 들지 않을까를 걱정"한다.[17]

김주경은 꽃잎에 벌레가 쪼아 들 것을 염려했지만 나는 지금 걷는 이 길이 곧 끝날 것이 걱정이다. 덕수궁 석조전 뒤쪽으로 난 숲길은 다 좋은데 너무 짧은 것이 흠이다. 걷기를 중단하고 길에 서서 숨을 깊이 들이마시고 또 내뿜는다. 파란 하늘, 맑은 햇살, 흙 냄새, 그리고 움트는 새싹의 기운이 아찔하다. 기분이 참 좋다. 나도 모르게 이렇게 외치고 말았다. "아, 정말 그림 같다!"

전
형
의　탄
생

경주의 전형석탑 순례기

가끔 산책 삼아 집 근처에 있는 건국대학교에 간다. 건국대학교 교정에는 일감호라는 이름의 큼지막한 호수가 있다. 이 호수는 특히 봄, 가을의 운치가 좋다. 호수를 따라 느긋하게 걷다보면 왼쪽으로 건국대학교박물관 언덕에 길쭉한 석탑 하나가 보인다. 특별히 아름답지도 않고 보존 상태도 썩 좋은 편은 아니어서 걸작이라고 할 수 없는 탑이다. 그래도 탑의 정겨운 분위기가 마음에 들어 근처를 지날 때 한 번씩 눈길을 주고 있다. 건국대학교박물관 홈페이지를 찾아보니 기구한 사연을 간직한 탑이다. 이 탑은 본래 전라북도 군산의 어느 없어진 절터에 있던 것인데 일제강점기에 한 일본인이 군산의 자기 집 뜰에 옮겨 놓았다고 한다. 그러다가 1972년 그 일본인이 자기 나라로 반출하려던 것을 정삼태라는 이가 입수해 서울 누상동 자기 집으로 옮겨 놓았고 그의 사후에 건국대학교박물관에 기증되었다고 한다.[1]

본래 오층탑이지만 탑신 한 층이 소실되어 지금은 사층이다. 상륜부도 1970년대에 다시 만들어 올린 것이라 한다. 그래도 제법 석탑으로서의 풍모는 갖추고 있다. 상하 2층의 기단 위에 몸돌(탑신석)과 지붕돌(옥개석)을 올린 방식, 지붕돌의 비스듬한 낙수면과 지붕 아래 4단의 층급받침이 있는 모양새는 흔히 말하는 '전형典型석탑'의 공식을 따르고 있다. 전형석탑이라고 부르는 이유는 이와 비슷하

오층석탑, 고려, 건국대학교박물관.

삼층석탑, 고려, 아라리오미술관(옛 '공간' 사옥).

게 생긴 탑들이 여기저기 정말 많기 때문이다. 가령 한때 내가 강의를 나갔던 상명대학교 미술가정관 옆에 건국대학교 탑과 유사하게 생긴 오층탑이 있다. 또 지금은 미술관으로 쓰이는 옛 '공간空間' 사옥 정원에도 같은 유형의 삼층석탑이 남아 있다. 어디 이뿐인가! 이런 종류의 석탑은 전국 방방곡곡의 사찰들에는 물론이고 논밭, 동네 어귀, 박물관, 심지어는 음식점 정원에도 있다. 그 가운데 어떤 것은 오층, 또 어떤 것은 삼층이고 기단의 세부도 제각각이다. 그러나 이런 차이에도 불구하고 이 탑들은 전체적으로 하나의 유형으로 분류할 수밖에 없다. 차이보다 공통점이 훨씬 많기 때문이다. 그 공통점 때문에 이 탑들은 매우 비슷해 보인다. 이 유형type의 전형적인 typical 생김새를 그려보았다. 불국사 삼층석탑(석가탑)을 모델로 삼아 그렸는데 내가 보기에도 썩 그럴듯해서 만족스럽다.

이렇게 현존하는 탑들 가운데 다수는 전형석탑에 속한다. 물론 이 유형에 속하지 않는 탑들도 여럿 있다. 경주 불국사의 다보탑처럼 전형석탑과 전혀 다르게 생긴 석탑도 있다. 이런 석탑은 전형과 다르다는 의미에서 '이형異形석탑'이라고 한다. 특히 처음 이 땅에 세워진 석탑들은 이런 전형적인 모양새를 지니고 있지 않다. 가장 대표적인 사례가 전라북도 익산에 있는 미륵사지탑, 경상북도 경주에 있는 분황사지탑이다. 미륵사(백제)와 분황사(신라)의 탑들은 모두 전형

찰주 ─┐
      │ 상륜부
      ┘

3층
2층   낙수면
1층   지붕받침(계단형)

3층이 많지만
5층도 있다

윗기단
아랫기단   우주(모서리 기둥)

탱주(가운데 기둥)

전형석탑의 기본구조.

석탑의 등장 이전, 곧 삼국시대 때 만들어진 작품이다. 미륵사지탑은 백제 무왕 때, 분황사지탑은 신라 선덕여왕 때 만들어진 것으로 알려져 있다. 삼국시대 때만 해도 전형적인 석탑은 존재하지 않았던 것이다.

전형적인 석탑이 처음 만들어진 시기는 신라의 삼국통일 직후였다. 그런데 그것은 등장하자마자 석탑의 절대적인 모델로 자리 잡았다. 즉 전형석탑의 모델을 따라 수많은 모방작과 아류작들이 만들어졌다. 건국대학교와 상명대학교에 있는 탑들은 수많은 사례 가운데 하나일 뿐이다. 흥미로운 것은 이렇게 생긴 탑이 전 세계에서 오직 한국에만 존재한다는 점이다. 불교가 융성했던 동북아시아와 동남아시아의 어떤 나라에서도 이렇게 생긴 탑은 찾아볼 수 없다.

최초의
전형석탑

그런데 최초의 전형석탑은 무엇일까? 최초의 것으로 추정되는 탑들이 있다. '나원리 오층석탑'과 '고선사지 삼층석탑' 그리고 '감은사지 동서 삼층석탑'이 강력한 후보들이다. 공교롭게도 이 탑들은 모두 경주에 몰려 있다. 그런 의미에서 경주는 전형석탑의 고향이다. 흥미로운 것은 후보군은 압축되었으나 아직 최고의 탑은 확정되지 않은 상태라는 점이다. 즉 나원리탑과 고선사지탑, 감은사지탑의 제작 순서를 정하는 문제는 아직 해결되지 않은 상태다. 이 가운데 가장 나이 많은 탑은 어느 것일까?

게다가 이 탑들은 저마다 다른 매력을 지니고 있다. 모두 전형석탑의 공식을 갖추고 있지만 뚜렷한 개성을 지닌 탑들이다. 그래서 이 탑들은 한 번 보면 절대로 잊을 수 없다. 제한된 틀 속에서 최대한의 자유와 개성을 확보했다고 하면 어떨까? 따라서 답사광들은 이 탑들을 두고 할 말이 많다. 마침 지난겨울 모처럼의 술자리에서 논쟁이 벌어졌다. 논쟁의 주제는 "이 탑들 가운데 무엇을 제일로 삼을 것인가"였다. "그중 무엇이 최초의 전형석탑일까?" 또는 "그 가운데 무엇이 가장 빼어난 예술작품인가?"를 두고 나름 격렬한 논쟁이 벌어졌다. 논쟁은 뜻하지 않은 의견일치로 귀결됐다. 꽃피는 봄이 오면 그 탑들을 찾아 경주로 가자는 데 의견을 모았던 것이다.

그리고 마침내 꽃피는 봄이 왔다. 3월 말의 따뜻한 봄날, 우리는 최초의 전형석탑을 찾아 떠나는 경주행에 나섰다. 술자리에서의 약속이 실행되는 기적과도 같은 일이 벌어진 것이다. 모두 네 사람이 모였다. 미술관 큐레이터와 전시기획, 미술비평에 종사하는 왕년의 답사광들이다. 이것이 얼마 만인가! 경주 석탑의 매력이 우리를 한 자리로 이끌었다. 아침 일찍 서울역에 도착해 경주행 열차를 기다리는 마음이 우승자를 결정하는 TV 오디션 프로그램 최종회를 기다리는 마음과 다르지 않다. 게다가 이번에 나는 단순한 구경꾼이 아니다. "제 점수는요……"로 시작되는 심사평을 내놓을 생각을 하니 벌써부터 마음이 설렌다.

나원리 오층석탑

숭고한 '하얀 거탑'

아침 11시를 조금 넘겨 KTX 신경주역에 도착한 우리 일행은 예약해둔 렌터카를 타고 경주 시내로 향한다. 시내에서 담박한 순두부로 점심식사를 마치고 대망의 '전형석탑 순례'를 시작한다. 그러나 일정을 짜는 일이 쉽지 않다. 나원리탑은 시내 북쪽에 있고, 고선사지탑은 경주시 중심의 국립경주박물관에 있으며, 감은사지탑은 경주 동쪽 끝에 있기 때문이다. 어떤 코스를 택해도 이동에만 많은 시간과 에너지가 소요될 것이다. 게다가 감상의 순서는 평가에도 영향을 미칠 수 있다. 갑론을박 끝에 먼저 나원리탑을 보고 고선사지탑을 본 다음 감은사지로 가기로 한다. 감은사지는 동해바다 근처에 있으니 답사의 피날레를 '바다'에서 장식하는 것도 나쁘지 않을 게다.

오늘의 첫 번째 목적지는 '나원리 오층석탑'이다. 탑이 있는 경주시 현곡면 나원리는 경주 시내 북쪽에 있다. 경주의 젖줄인 형산강을 따라 차가 달린다. 탑은 외진 곳에 있지만 내비게이션이 있어 길을 잃을 염려는 없다. 얼마간 시간이 지나자 목적지에 도착했다. 내비게이션이 알려주기 전에 우리는 그것을 알아차렸다. 탑은 멀리서도 잘 보일 만큼 높은 곳에 우뚝 서 있다. 승용차가 겨우 지날 정도로 좁고 구불구불한 길을 지나 절터 바로 앞에 차를 세웠다. 탑을 보려면 다시 가파른 계단을 올라가야 한다. 탑이 있는 언덕 위에 올라 숨을 고른다. 주변을 둘러보니 경관이 그럴듯하다. 높은 곳에 있는데도 아늑하다. 이 자리는 천하의 명당자리로 알려져 있다. 고유섭 선생에 따르면 이 터는 "주산主山의 유곡이 좌우로 굴하여 청룡, 백호의 지세를 형성하고 전방 멀리 서천西川이 동류하며 평야를 사이에 두고 독산, 금강산, 화산, 동산의 여러 산들을 품고 있는"[2] 명당이다.

나원리 오층석탑은 정말 크다. 높이가 8.86미터나 된다. 경주에 있는 전형석탑들은 모두 이렇게 크다. 고선사지탑은 9미터, 감은사지 탑은 9.5미터(찰주를 포함하면 약 13미터)다. 전형석탑이 제작된 7세기

경주 나원리 오층석탑. 통일신라.

말~8세기 초는 말 그대로 거탑巨塔의 시대였던 것이다. 나원리탑은 또한 매우 희다. 다른 전형석탑들과 비교해도 화강암 특유의 흰 빛깔이 유난히 돋보여 세인들이 그것을 나원백탑羅原白塔이라 칭하며 이른바 '경주팔괴八怪'의 하나로 삼을 정도다.[3] 그러니까 나원리탑은 말 그대로 '하얀 거탑'인 셈이다.

하얀 거탑, 아니 나원리탑은 이 땅에 처음 세워진 전형석탑 가운데 하나다. 전형석탑의 가장 중요한 특성은 목탑과 전탑의 형식을 혼합했다는 점이다. 일단 각층 지붕돌 윗부분의 비스듬한 낙수면은 목탑의 지붕을 닮았다. 그러나 그 아래 계단처럼 생긴 5단 받침은 전탑, 곧 벽돌탑의 지붕 형식을 빼닮았다. 그 지붕 아래 탑신부에는 우주隅柱(모서리 기둥)가 보인다. 이것은 나무탑에서 가져온 형식일 것이다. 따라서 전형석탑은 목탑과 전탑의 혼합 형식이라 할 만하다. 그런데 신기한 것은 그 혼합으로 만들어진 결과물이 단순한 혼합 이상으로 보인다는 점이다. 흔히 이질적인 것이 혼합되면 어색하게 느껴질 법도 한데 전형석탑은 전혀 그렇지 않은 것이다. 결합은 일종의 화학작용을 통해 제3의 새로운 형식을 만들어냈다. 무엇보다 이 제3의 형식은 그 재료인 돌과 정말 잘 어울린다.

이 땅에 탑이 처음 세워진 것은 삼국시대에 불교가 도입되면서부터였다. 탑은 불교 건축물이다. 즉 "불가佛家의 신앙의 중심, 또는 신

앙 전체인 불법승 삼보三寶를 봉안하고 표치하고 기념하는 건물"⁴이
다. 따라서 불교의 수용과 더불어 탑이 세워진 것은 자연스러운 일
이었다. 그러나 그 탑을 어떤 재료로 만들 것인가라는 문제가 있었
다. 우리나라에 불교를 전해준 중국의 탑들은 목재나 벽돌을 재료
로 삼았다. 목재로 만든 것이 목탑, 벽돌로 만든 것이 바로 전탑이다.
당연히 우리의 건축가들도 중국의 선례를 따라 목탑과 전탑을 만들
고자 했다. 실제로 정말 많은 목탑이 세워졌다. 그러나 목탑은 세워
지는 족족 불타버렸다. 유명한 황룡사 구층탑이 고려 때 몽고군의
침입으로 불타버린 것이 대표적인 사례. 요행으로 살아남은 화순
쌍봉사의 목탑도 우리 시대인 1984년에 화재로 소실되었을 정도다
(지금 쌍봉사에 있는 대웅전은 3층의 목탑 형식을 살려 1986년에 복원한 것
이다).

　전탑은 문제가 좀 더 심각했다. 전탑의 재료인 벽돌은 만들기가
쉽지 않았고, 만들 수 있었다 해도 건축 재료로 쓰기에는 너무 귀했
다. 따라서 전탑의 건설은 거의 활성화되지 못했다.* 따라서 구하기
쉽고 보존하기도 쉬운 제3의 재료가 필요했다. 그렇게 탑의 새로운
재료로 부각된 것이 바로 '돌'이었다. 그들은 돌로 탑을 만들기로 결

●　여주 신륵사, 그리고 경상북도 안동에 몇 기의 전탑이 남아 있다. 전탑은 드물게 만들어지기는
　했지만 목탑보다 생존력이 훨씬 강했던 셈이다.

정했던 것이다!

그러나 그들은 돌로 만든 집을 본 적이 없었다. 당연히 돌에 적합한 탑 형식을 알지 못했다. 그래서 석탑의 모델을 목탑이나 전탑에서 찾았다. 돌을 깎아 각각의 부재部材를 만들고 그것들을 결합해 만든 익산 미륵사지탑은 목탑을 모방한 석탑이다. 그런가 하면 돌(안산암)을 벽돌처럼 다듬어 쌓아서 만든 경주 분황사지탑은 전탑을 모방한 것이다(이것을 미술사가들은 모전탑이라고 부른다). 물론 어느 쪽도 충분히 만족스럽지 않았을 것이다. 돌은 돌이지 나무나 벽돌이 아닌 까닭이다. 새로운 실험이 필요했다. 목탑을 모방하되 규모를 축소하고 세부 형식을 간략화하는 식으로 창의적인 변화를 시도한 부여 정림사지탑, 목탑과 전탑의 요소를 결합한 의성 탑리탑은 그 과정에서 얻은 걸작들이다. 물론 그 후에도 실험은 계속되었다.

지금 내 눈앞에 있는 나원리탑은 그 실험이 최종 단계에서 꽤 만족스러운 결과를 이끌어냈다는 것을 보여준다. 이 탑을 만든 건축가는 의성 탑리탑의 선례를 참고해 목탑을 모방한 석탑, 전탑을 모방한 석탑에서 석재와 잘 어울리는 형식들을 취해 이것을 결합했다. 이로써 목탑이나 전탑을 일방적으로 모방할 때 제기되었던 형식상의 난제들이 상당 부분 해결되었다. 지붕돌 윗부분의 부드러운 낙수면은 (모)전탑 지붕의 거칠고 투박한 느낌을 극복하는 데 보탬이

나 1.64미터   나원리 오층 석탑 8.86미터

나원리탑의 기본구조.

되었을 것이고, 지붕돌 아랫부분의 계단형(층급) 받침은 목탑 지붕 아랫부분의 복잡한 형태를 단순하게 정리하는 데 보탬이 되었을 것이다. 게다가 이 건축가는 불필요한 세부들을 과감히 생략했다. 이렇게 해서 탑 전체의 실루엣이 매우 단순 명료해졌다. 이 모두는 돌로써 표현하기에 무리가 없다. 그러면서도 여전히 남아 있는 목탑과 전탑의 느낌 때문에 당시 사람들은 이 새로운 형식을 별다른 거부감 없이 받아들였을 것이다.

하나 더 있다. 전형석탑은 지금까지 단층이던 석탑의 기단을 2층으로 높였다. 그렇게 탄생한 이중기단은 그 위에 세워진 건물(탑)의 위용과 권위를 높이는 수단이 되었다. 상하2층 기단 위에 세워진 경복궁 근정전의 위용을 떠올릴 수 있을 것이다. 이렇게 기단이 높으면 우리는 고개를 들어 탑을 올려다볼 수밖에 없다. 나는 낮아지게 되고 탑은 높아지는 것이다. 그것은 세속을 초월한 신성한 가치를 암시하는 건축적 장치다.

지금 우리 눈앞에 있는 나원리탑은 전형석탑, 아니 이 땅에 있는 석탑 전체를 통틀어 기단부의 위용이 가장 돋보이는 탑이다. 그 기단의 위용에 대해 고유섭 선생도 "실제로 이 탑 앞에 설 때에는 먼저 기단의 높이에 놀라게 된다"[5]고 말하고 있는 것이다. 그 기단은 내 키보다도 높다. 게다가 탑은 5층이나 된다. 상승감이 두드러질 수밖에 없다. 또한 1층 탑신은 매우 길쭉한 데 비해 2층부터는 탑신의 높이가 갑자기 줄어들기 때문에 상승감은 더욱 부각된다. 특히 바로 앞에서 보면 이 탑은 그야말로 '하늘을 찌를 듯' 높이 솟아 있다. 그 거대함은 나를 압도하고도 남는다.

나원리탑은 오늘 보게 될 최초의 전형석탑들 가운데 실제로는 가장 키가 작다. 그러나 지금까지 열거한 상승감을 고조시키는 여러 장치들 때문에 그중 가장 크고 높아 보인다. 그런 이유로 고유섭 선생은 이 탑을 고선사지탑과 비교하면서 고선사지탑이 '장중한' 느낌이라면 나원리탑은 '숭고한' 느낌이라고 평했다. 많은 미학자들이 주장한 대로 '숭고'는 우리가 '가늠할 수 없는' 거대한 것 앞에서 느끼는 감정이다. 거대한 것을 우리는 쉽게 파악하거나 장악할 수 없다. 따라서 '숭고'는 다른 감정, 이를테면 '아름다움'보다도 훨씬 더 강력한 감정이다. 고유섭 선생은 나원리탑 앞에서 그 강력한 감정을 경험한 것 같다. 그에 따르면 나원리탑의 자태는 건장한 기운(壯氣)이 흘러넘치는 '패자(覇者)의 자태'다.[6]

그러니 숭고라는 강력한 감정을 경험하려면 "나원리탑을 보라"라고 말하겠다. 나원리탑은 우리 미술사에서 '숭고하다'는 평을 받는 매우 드문 작품 가운데 하나다. 그 가늠하기 어려운 규모 앞에서 우리는 "와, 크다!"라고 감탄한다. 물론 이 탑은 무작정 크기만 한 것은 아니다. 백탑이라 불릴 정도로 '희고 고운 표면'은 이 탑의 또 다른 자랑거리다. 게다가 날씬하고 세련된 실루엣은 두말할 필요가 없는 이 탑의 최고 매력 포인트다.

이렇게 나원리탑을 만난 것만으로도 우리는 이미 충분히 만족스럽다. 하지만 자기 차례를 기다리는 탑들이 있다. 심사자의 냉정을 되찾을 필요가 있다. 이제 고유섭 선생이 '장중하다'고 평한 고선사지탑을 만날 차례다. 그런데 떠나기 전 확인해둘 것이 있다. 그것은 나원리탑과 앞으로 보게 될 고선사지탑, 감은사지탑의 제작 순서를 정하는 문제다. 앞서 말했듯 이에 대해서는 아직 논쟁이 진행 중이다. 그 가운데는 나원리탑이 제일 나이가 많다는 주장도 있다. 예를 들어 유홍준 선생에 따르면 통일신라의 석탑은 조화와 안정을 향해 발전하는데 이러한 발전 경로에 비춰보면 나원리탑은 비례나 체감률이 조화롭지 못하고 상승감이 강한 반면 안정감이 약해서 가장 고식古式이다. 이런 아쉬움이 다음 단계의 삼층석탑(고선사지탑, 감은사지탑)에서 해결된다는 것이다.[7] 유홍준 선생은 자신의 미적 판단을 근거로 나원리탑을 가장 오래된 전형석탑으로 보고 있다.

물론 다른 의견도 있다. 나원리탑이 초기 전형석탑 가운데 제일 나이가 어리다는 의견을 제기한 것은 고유섭, 황수영 선생이다. 가령 고유섭 선생은 전형석탑이 처음에는 많은 돌을 쓰다가 후대로 갈수록 "부분 부분이 단일석으로 통일되는 경향"[8]이 두드러진다고 했다. 탑을 구성하는 돌의 개수가 점차 줄어든다는 것이다. 실제로 최근의 연구에 따르면 기단에 사용된 석재의 개수가 감은사지탑이나 고선사지탑이 44개인 데 반해 나원리탑은 16개에 불과하다.[9] 이런 관점에서 보면 나원리탑은 최초의 전형석탑들 가운데 막내, 그러니까 고선사지탑이나 감은사지탑보다 후대에 만들어진 것이다. 아무튼 이렇게 전형석탑을 구성하는 석재의 개수가 줄어드는 현상은 흥미롭다. 나원리탑 이후에도 석탑을 구성하는 석재의 개수는 점점 줄어들게 된다.

이제 정말로 나원리탑과 작별할 차례다. 나원리탑의 강렬한 느낌은 떠나는 이로 하여금 자꾸만 뒤를 돌아보게 만드는 효력을 발휘한다. 다음 목적지로 향하는 차 안에서 나는 더 이상 보이지 않을 때까지 계속해서 탑을 바라보았다. 1949년에 이 탑을 방문했던 미술평론가 김영기 선생도 나와 마찬가지였던 모양이다. 그는 좁은 산길을 걸어 내려오는 도중에 그 탑이 멀어질 때까지 몇 번이고 뒤를 돌아보았다. 그러고는 당시의 소회를 이렇게 적었다. "산사山寺는 사라진 지 이미 오래고 다만 거대한 오층석탑만이 영웅은 독립이란 듯이 외롭고도 아름다운 자태를 보이고 있을 따름."[10]

고선사지 삼층석탑

노성한 대인의 풍격

차는 남쪽으로 길을 잡고 경주 시내로 향한다. 경주는 도시 전체가 고적지다. 1929년 경주를 방문했던 소설가 현진건(1900~1943)의 표현을 빌리자면 "경주 일대에 널린 고적은 읍내를 중심으로 사방 수십 리로 뻗쳤으니 그 이름과 유래만 이렁성거려도 어렵지 않게 두꺼운 책 한 권이 될"[11] 정도다. 그 가운데서도 단연 외지인의 눈길을 잡아끄는 것이 바로 고분들이다. 둥글고 길쭉길쭉하고 커다란 무덤들은 화가 이응노(1904~1989)의 말마따나 "심장을 뛰게 하는"[12] 독특한 매력을 지니고 있다. 그 무덤들이 밀집해 있는 대릉원을 지나면 경주박물관이 나온다.

봄날 일요일 오후, 국립경주박물관에는 사람이 많다. 주차하는 데만 꽤 시간이 걸린다. 부모와 함께 온 아이들은 신났다. 마음만은 나도 아이들과 다르지 않다. 하지만 이번 경주행에서 박물관 내부를 찬찬히 살펴볼 시간은 내게 허락되지 않는다. 1박2일의 일정 자체가 사실 고도古都 경주에서는 가당찮은 무모한 도전일지 모른다. 그나마 우리 일행에게는 '전형석탑 순례'라는 뚜렷한 목적이 있다.

오늘 우리 일행이 국립경주박물관을 찾은 데에는 특별한 이유가 있다. 이 박물관에는 중요한 전형석탑이 하나 있다. 고선사지탑이 그것이다. 명칭이 말해주듯 이 탑은 원래 고선사지에 있었다. 고선사지는 경주시 암곡리에 있는데 1975년 완공된 덕동댐 건설로 지금은 물속에 잠겨 있다. 탑은 수몰을 피해 1975년 12월에 국립경주박물관에 옮겨졌다. 그런데 지금 고선사지탑은 경주박물관 어디에 있는가? 이 탑은 박물관 옥외전시장 구석에 꼭꼭 숨겨져 있다. 국보와 보물이 즐비한 경주박물관에서도 최상의 명품 가운데 하나로 꼽히는 명작을 굳이 잘 보이지 않는 구석에 배치한 이유를 나는 정말 알다가도 모르겠다.

　아무튼 사람들로 북적대는 일요일 오후에도 국립경주박물관 한쪽 구석에 있는 고선사지탑 주변은 한산하다. 덕분에 우리는 찬찬히 작품을 살필 수 있는 여유를 갖게 됐다. 멀리서도 이 탑은 잘 보인다. 이 탑도 나원리탑과 마찬가지로 높이가 9미터나 되는 거탑이다. 오히려 나원리탑(8.86미터)보다 키가 크다. 하지만 나원리탑과 비교하면 이 탑은 상승감이 두드러지지 않는다. 언덕 높은 곳에 있는 나원리탑과는 달리 박물관 정원의 평지에 있기 때문일 것이다. 하지만 이러한 조건을 감안하고 보아도 이 탑의 상승감은 확실히 나원리탑에는 미치지 못한다. 대신에 나원리탑보다 듬직해 보인다. 고유섭 선생의 표현을 빌리자면 '장중함'이 두드러진다. 아마도 나원리탑이

경주 고선사지 삼층석탑, 통일신라.

오층 건물인 데 반해 고선사지탑은 삼층 건물인 것이 가장 큰 이유 일 것이다.

삼층석탑! 이것은 전형석탑에 처음 등장한 석탑 형식이다. 그 이전에는 삼층으로 된 석탑은 존재하지 않았다. 익산 미륵사지탑은 최소한 칠층 이상이었을 것으로 추정되며, 경주 분황사지탑은 구층이었다는 기록이 있고, 부여 정림사지탑과 의성 탑리탑은 모두 오층이다. 그러니 전형석탑을 말할 때 우리는 '삼층'의 의미를 헤아려볼 필요가 있다. 왜 삼층인가?

고유섭 선생은 이렇게 말했다. "고선사지탑은 모든 점에서 조선 석탑의 범례를 이루고 있다."[13] 이 말은 전형석탑으로서 고선사지탑의 역사적 가치를 함축한다. 그만큼 이 탑은 전형적으로 생겼다. 예를 들어 이 탑의 기단은 상하 이층이다. 앞에서도 말했지만 이중기단은 전형석탑을 대표하는 특성 가운데 하나다. 그것은 탑의 상승감을 고조시키는 한편 속세를 초월한 정신적 가치를 부각시키는 건축적 장치다. 이러한 기능을 잘 수행하려면 이중기단은 응당 크고 높아야 했다.

그런데 이것이 문제를 일으켰다. 건물의 가치를 드높이기 위해 기단을 강조하다가 오히려 기단이 건물을 압도할지 모른다는 우려가 생긴 것이다. 이러한 염려를 불식시키려면 기단 위에 세워진 건물(탑신)이 기단의 위세를 압도할 만큼 충분히 무게감을 갖게끔 해야 했다. 즉 위로 향하는 상승감 못지않게 아래로 내리누르는 진중한 무게감도 중요했다. 이러한 과제를 감당하기에는 오층보다 확실히 삼층이 유리하다. 어쩌면 이것이 고선사지나 감은사지의 석탑이 삼층석탑으로 제작된 이유가 아닐까? 나는 지금 고선사지탑에 대한 고유섭 선생의 다음과 같은 판단을 염두에 두고 있다.

이층기단은 탑신의 존대함을 충분히 받들었고 방대한 탑신은 중후하여 기단을 누르고 주체적인 의미를 잃지 않았다.[14]

이것은 충분히 납득할 만한 평가다. 삼층의 방대한 탑신을 지닌 고선사지탑은 확실히 상승의 동세를 간직하면서도 듬직하게 기단을 압도하며 지상에 뿌리내리고 있기 때문이다. 여기에 더해 고유섭 선생은 이 탑이 "노성老成한 대인의 풍격風格"[15]을 지니고 있다고 평했다. 사실 이런 종류의 평가는 지나치게 주관적인 것이다. 학문의 객관성과 엄밀성을 중시하는 오늘날의 미술사가들은 이런 주관적인 가치 평가를 삼가는 경향이 있다. 하지만 지나치게 주관적으로 보이는 평가가 그야말로 적확한 통찰을 제공해주는 일도 비일비재하다. 특히 미술작품의 경우에는 말이다. 그래서 나는 고유섭 선생을 따라 제멋대로 그 '대인大人의 풍격'이라는 것을 가늠해본다. 대인은 모름지기 현실의 세속적인 가치에 초연해야 한다. 즉 현실에 안주하기보다 자신의 고매한 이상을 추구한다. 물론 그러한 이상의 추구는 현실에서 동떨어져 하늘로 날아가서는 안 된다. 현실에서 그러한 이상을 실천해야 한다. 이리저리 휩쓸려 다니지 않고 진중하게!

다시 고선사지탑을 보면 이 탑은 진중하고 중후하고 듬직해 보인다. 그러나 절대로 소통 불가의 고집 센 늙은이처럼 보이지는 않는다. 나원리탑만큼은 아니지만 이 탑도 만만치 않은 동세 또는 상승의 기운을 간직하고 있다. 그러나 또한 대지에 굳게 뿌리내리고 있다. "노성한 대인의 풍격"이라, 참으로 잘 어울리는 비유가 아닌가!

고유섭 선생과
전형석탑

그런데 고선사지탑을 '대인의 풍격'에 비유한 고유섭은 어떤 사람인가? 그는 일제강점기에 활동한 미술사가이자 미학자다. '전형석탑'이라는 아이디어를 처음 내놓은 사람이 바로 그다. 그러니 '최초의 전형석탑들'을 탐사하는 오늘의 답사는 고유섭 선생의 뒤를 밟는 일인 셈이다. 그는 1905년에 인천에서 태어나 인천공립보통학교, 경성보성고등보통학교, 경성제국대학을 졸업한 당대의 엘리트였다. 이 엘리트가 경성제국대학에서 전공으로 택한 것이 바로 '배고픈 학문'인 미학과 미술사였다. 그의 이 선택은 식민지 조선에 근대학문으로서 '미학'과 '미술사'가 시작되었다는 것을 뜻한다.[•] 당대의 엘리트가 대부분 그렇듯이 고유섭 선생이 자신의 분야에서 실천한 바는 거의 모두 '식민지 조선'에서 처음 발생한 '최초의 사건들'이 되었다.

경성제국대학을 졸업한 1930년(26세)부터 마흔 살로 죽음을 맞이한 1944년까지는 고유섭 일생의 전성기에 해당한다. 그는 이 시기에 가늠하기 어려울 만큼 대단한 열정으로, 그리고 타고났다고 할 수밖에 없는 특유의 근면함으로 조선의 미술을 탐구했다. 십 년이 조금 넘는 기간 동안 그가 집필한 글들은 목록의 방대함만으로도 보는 이를 압도한다(이 글들은 최근 『우현 고유섭 전집』 전10권에 종합되었다). 그 가운데 단연 돋보이는 것이 바로 석탑에 대한 연구다. 그는 이 시기에 '조선의 탑파'에 대한 글을 여럿 발표했는데 해방 직후 그

[•] 고유섭 선생은 경성제국대학 시절 독일 베를린 대학에서 미학과 미술사를 전공한 우에노 나오테루(上野直昭), 동양미술사 전공으로 인도와 유럽에서 유학한 다나카 도요조(田中豊藏), 사학과 고고학 전공으로 훗날 일본고고학회 초대 회장을 역임한 후지타 료사쿠(藤田亮策) 등에게서 배웠다. 대학 졸업 후에는 모교인 경성제국대학 미학연구실 조수로 근무하다가 1933년에 개성부립박물관장으로 취임했다.

의 제자인 황수영 선생이 이 글들을 모아『조선탑파의 연구』(1948년)를 발간했다. 이미 당대에 "우리 조형예술계의 굵은 초석"[16]이라는 극찬을 받은 이 저서는 지금도 한국미술사의 '고전'으로 높이 평가받고 있다.

일제강점기 지식인들의 글을 읽다보면 깜짝 놀랄 때가 많다. 작성된 시기를 보면 분명히 이삼십대의 젊은 나이에 쓴 것인데 내용을 읽어보면 사유의 깊이와 정교한 논리에 감탄이 절로 나오는 글들이 매우 많다. 거기서는 이삼십대 특유의 무모함이랄까, 얄팍함 따위를 거의 발견할 수 없다. 특히 고유섭 선생이 삼십대에 쓴 글들이 그렇다. 당시 그의 글에는 오히려 원숙함이 묻어난다. 나이를 초월한 통찰력은 덤이다. 가령 전국에 흩어져 있는 탑들을 두루 살펴본 다음 그가 제기한 석탑의 발전 논리는 매우 뛰어난 통찰 수준을 보여준다. 목탑의 모방(미륵사지탑)과 전탑의 모방(분황사지탑)에서 시작한 석탑의 역사가 일종의 과도기(정림사지탑, 의성 탑리탑)를 거쳐 전형석탑의 탄생으로 이어졌다는 학설은 전적으로 그의 통찰에서 비롯된 것이다. 최초의 전형석탑으로 경주에 있는 고선사지, 감은사지, 나원리의 탑들에 주목한 것도 고유섭 선생이다.

석탑에 열중했던 삼십대의 고유섭 선생에게 나는 어렴풋하게나마 "노성한 대인의 풍격"을 감지한다. 마치 고선사지탑을 쌓은 옛 건축가처럼 그는 사실들을 하나하나 쌓아서 아름답고 진중한 논리의 탑을 세웠다. 그 논리의 탑에는 혼란한 현실을 대체할 질서정연한 역사의 법칙이 내재되어 있었다. 언제나 '최초'라는 수식어를 달고 살았던 청년 고유섭은 '최초'라는 이름에 합당한 삶을 살기 위해 스스로 너무 일찍 늙어버린 것은 아닐까? 삼십대 청년의 것이라기에는 너무 원숙하고 치밀한 논리를 납득해보려다가 문득 그런 생각을 해보았다.

이제 장중한 고선사지탑을 떠날 시간이 되었다. 혹시 놓친 것이 있을까 하여 다시 꼼꼼히 석탑을 들여다본다. 아닌 게 아니라 놓친 것이 있다. 그것은 1층 몸돌(탑신) 네 면 모두에 새겨진 호형戸形, 곧 문門의 형상이다. 고선사지탑을 만든 사람은 이 탑의 1층 각 면에 출입문처럼 생긴 것을 마치 부조처럼 양각해놓았다. 이 역시 전형석탑의 특징적인 면모다. 그 이전의 탑들은 문을 이렇게 새기지 않고 실제로 만들었다. 가령 분황사지탑이나 의성 탑리탑의 1층에는 형식적으로나마 안쪽으로 움푹 들어간 공간과 문이 존재했던 것이다. 그러나 고선사지탑의 창작자는 문을 실제로 만들지 않고 다만 부조처럼 또는 그림처럼 새겨놓는 것으로 만족했다. 다시 고유섭 선생의 표현을 빌리자면 이것은 '돌을 쌓는 문화'가 '새기는 문화'로 변화하는 양상[17]을 보여주는 실례다. 실제로 이때부터 만들어진 대부분의 전형석탑 1층에는 실질적인 또는 실용적인 의미의 문이 사라지게 된다. 그 가운데는 문을 아예 생략한 경우(경주 감은사지탑, 불국사 삼층석탑)도 있고 고선사지탑의 선례를 따라 문을 다만 일종의 가상의 환영^{illusion}으로 새겨놓은 것들(경주 장항리탑)도 있다. 이렇게 탑은 처음에는 건축의 성격이 두드러졌으나 점차 조각 또는 회화 같은 것으로 변해갔다.

이제 다음 목적지로 향할 시간이다. 고선사지탑이 있는 국립경주박물관에 이별을 고한다. 볼 만한 것, 보아야 할 것이 많은 경주박물관을 떠나는 것이 몹시 아쉽다. 트레비 분수에 동전을 던지는 심정으로 굿바이!

감은사지
가는 길

경주박물관에서 동해바다 근처에 있는 감은사지까지 가려면 꽤 시간이 걸린다. 하지만 가는 길이 심심하지 않다. 건너편 보문단지에는 콜로세움을 닮은 큼지막한 건물도 있고 경주세계문화엑스포장에는 황룡사 구층탑 형상으로 가운데를 뻥 뚫어놓은 거대한 구조물도 있다. 이 모두는 관광객을 유치하기 위해 나름대로 고심한 결과일 것이다. 이 구경거리들은 눈길을 잡아끈다. 하지만 즐겁게 향유할 마음이 내키지 않는다. 우리는 조금 전까지 나원리, 고선사지 전형석탑들의 숭고하고 장중한 분위기에 빠져 있었던 것이다. 경주의 고적들과 현대의 구경거리 사이에는 쉽게 메울 수 없는 감정의 간극이 존재한다. 이 양쪽을 모두 좋아하는 사람을 찾기는 아마도 쉽지 않을 것이다. 이런 기이한 구조물들은 덕동호를 지날 때쯤에는 시야에서 자취를 감춘다.

덕동호 안에는 고선사의 옛터가 잠겨 있다. 고선사는 오래전 원효대사가 머물며 설법했다는 유서 깊은 사찰이다. 덕동댐이 완공된 때가 1975년이니까 만약 사십여 년 전에 고선사지탑을 보려면 이곳에 와야 했을 것이다. 내가 세상에 태어난 해가 1975년이니 고선사지 방문은 나로서는 애당초 불가능한 경험이다. 자료를 찾아보니 1963년에 한 신문기자가 '국보순례'라는 특집 기획을 위해 이곳을 찾았다. 고선사지탑이 제자리를 지키고 있을 때의 일이다. 당시만해도 고선사지탑은 세인의 주목을 끌지 못했던 것 같다. 기자는 경주시청의 담당 공무원에게서 "뭐 이런 건 말이 국보지 볼 만한 것은 못 되는데요. 왜 이런 것이 국보인지 모르겠어요"라는 말을 들었고, 어렵게 찾아간 현장에서는 이 탑의 존재 자체도 알지 못하는 동네 사람들의 무관심과 맞닥뜨려야 했다. 그렇게 개울을 건너(근처에 개울이 있었던 모양이다) 찾아간 탑은 그나마 그에게 '웅건함'과 '당당함'의 가치를 얼마간 느끼게 했던 것 같다. 그러나 이 기자, 어딘가 삐딱하다. 그의 글은 이렇게 마무리된다. "고탑도 허허虛虛하고, 산도 허허하고, 계곡도 허허하고, 인심도 허허하다."[18]

　미적 체험은 주관적이라 했으니 이렇게 얘기한대도 이해 못 할 바는 아니지만 그리 쓰려면 쓰지 않는 편이 차라리 나았을 것이다. 자칫하면 나도 그 허허로움에 동화될 뻔했다. 아무튼 차는 계속해서 감은사지가 있는 동쪽으로 달린다. 시간이 지나자 작은 하천이 눈에 들어온다. 대종천이다. 과거에 어느 절에서 큼지막한 종을 훔친 외적(왜구)들이 귀로에 이곳에 종을 빠트려 '대종천大鍾川'이라 한다던가. 실제로 1982년에는 국립경주박물관 주도로 대종천 수중에서 옛 종을 찾는 작업이 진행되기도 했다.[19] 잠수부들까지 동원해 열심히 찾았지만 탐사는 아쉽게도 성과 없이 마무리된 모양이다. 그나저나 이제 조금만 더 가면 감은사지다.

감은사지 삼층석탑

고귀한 단순과 고요한 위대

감은사지는 경주에서도 유명한 관광지다. 감은사지탑 자체의 매력도 간과할 수 없지만 그 입지가 매우 좋다. 바로 근처에 동해바다와 대왕암이 있는 것이다. 감은사는 삼국통일 직후 신문왕이 아버지 문무왕의 유지를 받들어 세운 절이라고 한다. 일제강점기 이후 정말 많은 사람들이 "죽어서도 나라를 지키겠다"는 문무왕의 애틋한 결의를 되새기기 위해 감은사지와 대왕암을 찾았다. 내가 감은사지를 처음 방문한 것은 고등학교 수학여행 때다. 그리고 그때부터 경주에 오면 신기하게도 이곳만은 꼭 들르게 된다. 나는 감은사지의 사계 - 봄, 여름, 가을, 겨울 - 를 모두 경험했다. 특히 감은사지의 간결하고 단단한 탑들이 한여름 장마철의 습윤한 대기와 어울려 자아내는 고고한 분위기는 정말 일품이다.

차에서 내리자 코끝에 비릿함이 감돈다. 바다 냄새다. 서울에 있어도 감은사지를 떠올리면 언제나 이 냄새가 난다. 오후의 주홍빛 햇살을 받은 감은사지의 탑들은 멀리서도 유난히 돋보인다. 나원리탑만큼은 아니지만 산 중턱 높은 언덕 위에 자리 잡고 있는 탑은 주변의 모든 것을 압도하는 위세를 자랑한다. 게다가 여기에는 높은 탑이 두 기나 있다.

감은사지의 탑들은 고선사지탑과 정말 많이 닮았다. 충수, 비례, 그리고 제작 수법 등 거의 모든 면에서 양자는 정말 대동소이하다. 그래서 같은 시기에 같은 창작 집단에 의해 건설되었을 것으로 추정하는 것이다. 하지만 작은 차이들이 존재한다. 예를 들어 고선사지탑의 1층에 있는 '문門의 형상'이 감은사지에는 없다. 그래서 감은사지의 탑들은 고선사지탑보다 '단순해' 보인다. 또한 고선사지탑은 상륜부의 일부(노반, 복발과 앙화)가 남아 있지만 감은사지탑은 상륜부 대부분이 소실되었고 피뢰침 형태의 길쭉한 찰주만 남아 있다. 이로써 감은사지탑은 고선사지탑보다 좀 더 간명해 보이고 상승감이 두드러져 보인다. 그리고 또 하나 있다. 고선사지탑 지붕돌은 두툼하고 무겁게 느껴지는 반면 이 탑들의 지붕돌은 좀 더 얇고 완만하게 보인다. 고유섭 선생의 표현을 빌리면 고선사지탑의 지붕돌은 "중후하고 둔중한 데" 비해 감은사지탑들의 지붕돌은 "평박완만平薄完滿"하며 "경첩주경輕捷遒勁"하다.[20] 경첩주경은 '움직임이 가뿐하고 단단해 보인다'는 뜻이다.

그러니 작은 차이라도 쉽게 무시할 성질의 것이 아니다. 고선사지의 탑은 중후해 보이지만 자칫 투박해 보일 수 있다. 입이 무거워 신뢰감을 주는 사람이 때로는 말을 잘 못하는 심심한 사람처럼 보일

경주 감은사지 동탑과 서탑, 통일신라.

수 있는 것이다. '중후한 느낌을 간직하면서도 투박해 보이지 않는 탑'을 생각해볼 수 있을 것이다. 내게는 감은사지의 탑들이 그렇게 보인다. 감은사지탑의 작가는 세부의 장식(1층 탑신의 문扉형)을 과감히 생략하고 지붕돌의 무게감을 덜어내는 방식으로 고선사지의 탑보다 좀 더 간명하고 세련된 탑 형식을 창출했다. 요행히 살아남은 탑 꼭대기 찰주의 길고 날카로운 형태는 이런 느낌을 더욱 고조시킨다. 이런 양상을 염두에 두면 고선사지의 탑이 먼저 만들어졌고 그다음에 감은사지의 탑들이 만들어졌다고 해야 할 것 같다.

물론 '날씬하고 세련된' 느낌은 고선사지탑과 비교해서 그렇다는 뜻이다. 감은사지탑 앞에 서본 사람은 안다. 이 탑이 얼마나 크고 높고 단단한 거탑인지 말이다. 아주 오래전에 미술사가 요한 요하임 빙켈만(1717~1768)이 고대 그리스 미술의 걸작들(이를테면 〈라오콘 군상〉)을 두고 "고귀한 단순과 고요한 위대"라고 평했는데 나로서는 이말이 감은사지의 두 탑에 딱 들어맞는 평으로 느껴진다. 아무튼 감은사지탑의 잘 정돈된 형식은 이미 초기 시절부터 '전형석탑'의 외형을 좀 더 세련되게 정련하는 작업이 진행되고 있었음을 보여준다.

많은 미술사가들은 그 정련 과정의 클라이맥스에 불국사 삼층석탑, 즉 석가탑을 둔다. 말하자면 감은사지탑이 세워진 신문왕 2년(682년)부터 석가탑이 세워진 경덕왕 10년(751년)까지의 칠십여 년의 세월은 완성된 전형석탑의 형식을 더욱 아름답고 세련되게 가다듬은 기간인 것이다. 그렇다면 초창기 전형석탑의 자취를 더듬는 여정은 어쩌면 불국사 석가탑 앞에서 대단원의 막을 내리는 것이 적절할 것이다. 그러나 이미 시계는 오후 네 시를 가리키고 있다. 게다가 지금 불국사 석가탑은 해체 수리 중(2011년 5월~2015년 12월)이다. 그러니 오늘은 느긋하게 감은사지탑 주변을 좀 더 서성거리다 근처에 있는 바다를 보러 가도 될 것이다.

대해의 풍광,
세욕탁진

감은사지에서 동해는 차로 5분 거리다. 그리고 그 바다는 정말 아름답다. 자갈과 백사白沙가 어우러진 해변, 눈에 익은 근사한 대왕암 바위, 그리고 갈매기와 파도 소리까지! 우리는 모두 제 나름의 감흥에 빠져든다. 1940년 무렵에 이곳을 찾은 고유섭 선생도 마찬가지였던 모양이다. 그는 이렇게 말하고 있는 것이다.

내 대해大海의 풍광에 굶주린 지 이미 오래니 바닷가로 나아가

감포 해변.

자. ……이미 시든 지 오래인 나의 가슴에선 시정詩情이 다시 떠오르고 안맹眼盲이 된 지 오래인 나의 안저眼底에는 오채五彩가 떠오르고, 이름 모를 율려律呂는 내 오관五官을 흔들어댄다.²¹

게다가 고유섭 선생은 뜻밖의 선물을 받기까지 했다. 길 안내를 맡은 촌부가 그에게 '맥주 한 잔'을 가져다준 것이다. 그 맛이 정말 일품이었던 모양이다. 선생은 그것을 "평생에 잊지 못할 세욕탁진제洗浴濯塵劑"라고 극찬했다.²² 세욕탁진! 몸과 마음의 때를 말끔히 씻어주는 맥주라! 생각만 해도 입에 침이 고이지 않는가! 하지만 지금 내 곁에는 맥주를 가져다줄 마음 좋은 촌부가 아니 계신다. 게다가 오늘 차 운전을 담당한 친구를 옆에 두고(그는 자타가 공인하는 애주가다) 일행 중 최고 연장자인 내가 맥주 한 잔 마시자고 조를 수도 없는 노릇이다. 그래서 아쉽지만 맥주는 포기하기로 한다. 세욕탁진은 다음 기회에! 아니면 오늘 밤에!

• • •

"제 점수는요……"

이제 고대했던 최종평가의 시간이 찾아왔다. 세욕탁진도 함께할 수 있으면 금상첨화일 것이다. 경주 시내 호텔에 짐을 풀고 우리는 미리 점찍어둔 횟집으로 달려갔다. 싱싱한 회 한 접시에 맥주 한 잔! 거기서 우리는 나원리탑을, 그리고 고선사지탑과 감은사지탑을 이야기했다. 나원리탑이 최고의 걸작이라는 주장과 고선사지탑이 최상의 탑이라는 주장, 그리고 감은사지탑이 가장 멋지다는 주장은 결국 합의에 이르지 못했다. 그 사이에 각자의 의견은 계속 바뀌었다. 아쉬운 것은 고유섭 선생의 근사한 '논평'을 넘어서는 멋진 의견을 우리 중 어느 누구도 제시하지 못했다는 점이다. 그도 그럴 것이 고선사지탑을 두고 "노성한 대인의 풍격"을 말했던 선생의 통찰력과 표현력을 우리가 어찌 따라잡겠는가!

처음에 전형석탑에서 시작한 대화는 어느새 고유섭 선생에 대한 예찬으로 이어졌다. 게다가 열띤 분위기가 한창 무르익자 우리는 서로에 대한 이야기를 나누고 있었다. 자주 연락하지 못한 것에 대한 아쉬움과 그리움의 토로, 서로에 대한 격려……. 제각기 떨어져 있다가 가끔이라도 이렇게 한자리에 모일 수 있다는 것은 얼마나 즐거운 일인가!

그렇게 기분 좋은 술자리가 끝나고 숙소로 돌아오는 길에 나는 '노성한 대인'이라도 된 양 이렇게 외쳤다. "제 점수는요…… 모두 만 점입니다."

길을 잃었을 때 마주친 세상

화순 운주사

조각가 힐데브란트의
불평

연애 시절 나는 지금의 아내와 함께 서울 동대문에 있는 액세서리 재료 상가를 여러 번 찾았다. 미대 조소과를 졸업한 아내는 팔찌 같은 장신구를 제작하는 취미가 있다. 바늘 가는 곳에 실이 가듯 아내가 가는 곳에 나도 갔다. 하지만 좁은 통로에 고만고만한 상점들이 모여 있는 상가에서 나는 긴장의 끈을 놓을 수 없었다. 혹시 길을 잃지 않을까 염려해서였다. 혼자 화장실에 가야 할 때는 상점에 붙어 있는 번호들과 통로의 모양새를 유심히 봐두어서 돌아올 때 헤매는 일이 없도록 했다.

물론 휴대폰이 있는 시대에 이것은 부질없는 염려다. 그래도 긴장의 끈을 놓지 못한 데는 그럴 만한 사연이 있다. 어릴 적 친구가 사는 동네에 놀러 갔다가 골목에서 길을 잃은 적이 몇 번 있었다. 일단 길을 잃게 되면 전후좌우의 방향감각도 사라진다. 길을 찾으려고 애쓰다가 오히려 혼돈에 빠지는 일도 생긴다. 그 집이 그 집인 것 같고 여기가 어디쯤인지 도무지 종잡을 수 없게 된다. 결국 사태는 대개 친구들이 나를 찾아내는 것으로 종결됐다. 그때 내 등은 식은땀으로 축축하게 젖어 있었다.

지도나 좌표, 길찾기앱이 없다면 낯선 골목길과 동대문 액세서리 상가는 길을 잃기 쉬운 장소다. 여기서는 전체를 확인할 수 없다. 당연히 전체 안에서 내가 어디쯤에 있는지 가늠하기가 쉽지 않다. 어디서나 볼 수 있는 랜드마크라도 있으면 좋으련만 골목길과 상점들로 빼곡한 상가에서 그것을 기대하는 건 소용없는 짓이다. 이런 장소에서 길을 잃을 경우엔 침착하게 행동할 필요가 있다. 정신을 똑바로 차리고 주변에서 살펴본 것들을 꼼꼼히 기억해서 차분히 이어 붙이는 식으로 나름의 전체를 그려봐야 한다. 그러다보면 곧 길을 찾게 될 것이다. 어쩌면 덤으로 머릿속 기억저장고에 그 동네나 상가의 지도를 챙겨 넣을 수도 있을 것이다.

길을 잃은 사람은 '좌표'나 '전체'를 갖지 못한 사람이다. 그에게는 오로지 부분들만이 존재한다. 길을 찾으려면 이미 본 것과 지금 보고 있는 것을 머릿속에서 이어 붙여 전체를 만들고 좌표를 설정해야 한다. 이런 상황을 조각가 아돌프 폰 힐데브란트(1847~1921)는 조각, 그중에서도 특히 삼차원의 입체조각인 환조丸彫에 비유했다. 서양 미술사에 등장하는 조각의 걸작 가운데는 유독 '정신없다'거나 '산만하다'는 평을 듣는 조각작품이 있다. 이를테면 이탈리아의 바로크 조각가 조반니 로렌초 베르니니의 〈아폴로와 다프네〉가 대표적인 사례다. 대리석으로 만든 약 2.4미터 높이의 이 작품은 로마 보르

▲ 조반니 로렌초 베르니니, 〈아폴로와 다프네〉, 대리석, 높이 2.43m, 1622~1625년, 보르게세 미술관, 로마.

▼ 미켈란젤로 부오나로티, 〈피에타〉, 대리석, 174×195cm, 1498~1499년, 성베드로 대성당, 바티칸.

게세 미술관에 있다. 미켈란젤로에 버금가는 조각의 대가로 평가받는 베르니니의 작품 중에서도 최상의 걸작에 속한다. 조각 솜씨에 대해서는 두말하면 잔소리다. 그런데 이 작품을 감상하는 관람객은 곧장 난처한 상황에 처하게 된다. 어디에서 사진을 찍을지 애매하기 때문이다. 이 작품은 어느 쪽에서 봐도 극적이고 아름답다. 그러니 관람객은 마치 탑을 돌듯 작품 주변을 계속 맴돌게 된다. 그렇게 한참 맴돌아도 딱히 결정적인 지점, 곧 작품을 대표할 만한 이미지를 찾기가 쉽지 않다. 당연히 관람객은 작품에 대한 전체적인 인상을 손쉽게 확보할 수 없다. 굳이 전체적인 인상을 얻으려면 머릿속에서 부분들을 이어 붙일 수밖에 없다. 이것은 같은 환조라도 루브르 미술관의 〈비너스〉나 미켈란젤로의 〈피에타〉에서는 생각할 수 없는 문제다. 왜냐하면 〈비너스〉나 〈피에타〉에는 가장 결정적인 지점, 곧 누구나 바로 거기서 사진을 찍을 수밖에 없는 지점이 있기 때문이다. 바로 '정면'이다. 반면 베르니니의 〈아폴로와 다프네〉에는 '정면'이 뚜렷하게 제시되어 있지 않다.

힐데브란트는 베르니니의 〈아폴로와 다프네〉처럼 좀처럼 전체적인 인상을 확보할 수 없는 입체적 환조가 못마땅했다. 그가 보기에 그것은 '산만하고 정신없는' 나쁜 예술에 해당한다. 조각에서 모든 개별은 전체의 일부가 되어야 한다는 것이 그의 신념이었다. 그래서 그는 환조를 만드는 조각가들에게 이렇게 충고했다.

"환조를 만들 때 부조浮彫처럼 만들어라!"

이것은 환조를 만들 때 입체성을 부각시키기보다 억눌러 전체성을 확보하라는 충고다. 부조처럼 만들라는 충고는 환조의 360도 방향 모두를 존중하기보다 부조처럼 어느 한쪽 면(주로 정면)에 에너지를 집중해 전체(를 대표할 만한 이미지)를 제시하라는 뜻을 내포하기 때문이다.

그러나 힐데브란트의 충고는 수긍할 만한가? 그는 부분과 전체 사이의 균형과 비례, 안정감을 중시한 고전주의자였다. 그러나 균형과 안정감만이 예술의 가치일 수는 없다. 모든 예술가가 고전주의자가 될 필요는 없는 것이다. 방금 전에 나는 〈아폴로와 다프네〉를 두고 '산만하고 정신없다'고 했는데 이것은 그 작품이 그만큼 '다양하고 역동적'이라는 사실을 일러준다. 실제로 베르니니는 역동적인 바로크의 예술 이념을 대표하는 거장이다. 어떤 의미에서 그는 움베르토 에코가 20세기 조각가 알렉산더 콜더의 모빌 작품을 예시하여 '열린 예술작품'이라 불렀던 역동적이고 가변적인 예술의 진정한 선구자였다.

천불천탑

구름이 머무는 절

골목길에서 길을 잃은 사람이 지도를 간절히 원하는 것과 마찬가지로 좀처럼 전체상을 구하기 힘든 상황에서 전체를 그리워하는 마음은 더 강해진다. 나는 이것이 이른바 '열린 예술작품'의 진정한 함의라고 본다. 이 땅에도 이 문제를 숙고할 만한 역동적인 답사지가 존재한다. 게다가 이 유적은 베르니니가 〈아폴로와 다프네〉를 만든 17세기보다 훨씬 전인 11세기경에 조성됐다. 전라남도 화순의 산골짜기에 있는 운주사 말이다.

운주사에는 방문객의 눈길을 잡아끄는 개성적인 탑과 불상이 아주 많다. 그 이미지들이 꽤 독특해서 한 번 보면 좀처럼 잊을 수 없다. 여러 사람들이 운주사의 독특함에 매료되어 탐구에 나섰다. 하지만 지금껏 그 누구도 운주사의 탑과 불상들에 대한 풍부하고 명확하며 보편타당한 해석을 도출해내지 못했다. 운주사 탑과 불상들의 생김새는 너무 다양해서 그 모두를 관통하는 질서나 규칙을 좀처럼 찾을 수 없다. 한반도의 다른 곳에서는 찾아볼 수 없고 오직 운주사에서만 나타나는 패턴이나 형식도 여럿이다. 게다가 운주사에 대한 옛 기록이 거의 남아 있지 않다. 발굴을 통해 고려 초에 창건되었을 것이라는 추정은 가능해졌지만 그 밖의 다른 것들은 여전히 불투명하다. 관련 자료라는 것도 모두 조선 후기에 해당하는 18세기 이후의 것들이다. 창건 당대의 기록이 없는 것이다. '운주사雲住寺'의 사명 자체가 '구름이 머무는 절'이라는 뜻이다. 구름이 자욱한 곳에서 모든 것은 흐릿해지고 경계선은 힘을 잃기 마련이다. 운주사의 현 상황에 참으로 어울리는 명칭이 아닌가!

그러나 바로 그 이유 때문에 운주사는 매력적인 장소다. 그곳을 찾는 답사객의 마음은 이미 정해진 답을 확인하러 가는 학생의 마음보다 차라리 답을 아직 구하지 못한 수수께끼를 풀러 가는 탐정의 마음과 유사하다. 거기서 눈으로 보고 귀로 들은 바들을 한데 묶어 수수께끼에 대한 나름의 해결책 내지 전체상을 그려보는 일은 오롯이 답사객의 몫이다. 오늘 나는 그곳 운주사에 간다. 이미 여러 번 운주사를 방문했던 장인, 장모, 아내, 그리고 강아지 메리와 함께인 만큼 길을 잃을 염려는 붙들어 매도 좋다.

운주사는 전라남도 화순군 도암면 계곡에 있다. 주차장을 지나 계곡 안쪽으로 조금 걷다보면 여기저기 탑과 불상들이 보이기 시작한다. 문득 내 귀에 이런 말이 들려온다. "여기에 천불천탑이 있대. 불상이 천 개, 불탑이 천 개 있다는 말이야!" 아이들과 함께 운주사를 찾은 젊은 부부의 설명이다. 한 아이가 이렇게 답한다. "하나, 둘,

운주사 석조불상군.

셋. 우와! 탑들이 다 어디에 있어요?" 부모가 답한다. "저 안쪽, 저기, 또 저기, 여기저기 흩어져 있단다. 곧 다 보게 될 거야."

젊은 부부의 말은 틀리지 않다. 오래전부터 운주사는 천불천탑으로 유명했다.● 조선시대 지리서『신증동국여지승람』에는 "운주사는 천불산에 있다. 절의 좌우 산마루에 석불과 석탑이 각 천千씩 있고 또 석실이 있는데 두 석불이 서로 등을 대고 앉아 있다"는 기록이 남아 있다.[2] 하지만 아쉽게도 현재 운주사에는 천 개의 탑, 천 개의 불상이 존재하지 않는다. 온전한 석탑의 형태를 갖춘 것이 18기, 석탑으로 추정되는 3기를 포함해도 운주사에 현존하는 석탑은 최대 21기다.[3] 또한 운주사 경내에 안치된 석불은 최소 77구로 알려져 있다.[4] 오랫동안 운주사가 폐허로 버려져 있었기 때문에 그에 속하는 탑과 불상들도 위기 상태에 있었다. 일례로 1920년대에 발행된『조선고적도보』에 실린 옛 운주사 사진에 등장하는 원반형 삼층석탑은 현재 그 자리에서 사라져 보이지 않는다.[5] 유실된 탑과 불상이 그만큼 많다는 증거다.

물론 지금 운주사에 온전히 남아 있는 석탑 18기와 불상 70여 구

● 물론 천불천탑은 은유적인 표현일 수 있다. 최완수 선생은 "이만한 공간에 실제 천불천탑이 건립될 수 있을까 하는 의문을 끊임없이 품어왔다"고 하면서 '천불천탑'이란 '불특정 다수 개념', 즉 "많다는 표현을 백, 천, 만 단위로 과장해 표현"한 것이라는 견해를 내놓기도 했다.[1]

만으로도 방문객들은 '아주 많다'는 느낌을 받게 된다. 1932년에 이곳을 방문한 여상현 선생은 여기저기에서 출몰하는 탑들이 "부잣집 달밤에 보이는 수북하게 쌓인 곡식이나 갑자기 적을 만난 기마병과 같이 웅기^{雄奇}한 기세를 나타내고 있다"[6]고 묘사했다. 실제로 계곡 안쪽, 운주사 영역의 중심에 해당하는 석조불감이 있는 곳에 서면 전후좌우로 모두 탑과 불상들이 보인다. 뿐만 아니라 그 지점에서 계곡 위쪽 산기슭에도 탑과 불상들이 보이기 때문에 상, 하, 전후좌우에서 탑과 불상들이 나를 에워싸고 있는 상황이 연출된다. 운주사 한복판에서 그것들은 모든 방향에 있고 거기서 나는 절대로 그 모두를 한꺼번에 볼 수 없다. 그 자리에서는 '천불천탑'을 과장된 수사가 아니라 말 그대로 생생한 현실로서 경험하게 된다.

운주사의 탑과 불상들은 정말 많을 뿐만 아니라 매우 다양하다. 천득염 선생에 따르면 "동일한 장소에 이처럼 각양각색의 탑이 있는 예는 없다".[7] 그 다양성을 묘사하려면 유형들을 열거할 필요가 있다.

먼저 불상을 보면 여기에는 서 있는 입상^{立像}, 앉아 있는 좌상^{坐像}이 있고 누워 있는 와불^{臥佛}도 있다. 거대한 바위 벼랑에 마애불을 새긴 사례도 있다. 그런가 하면 돌로 만든 석실(석조불감)에 등을 대고 앉아 있는 석불들도 있다. 『신증동국여지승람』에 기록된 바로 그

◀ 운주사 광배석불좌상.

● 운주사 석조불감 석불좌상(북쪽).

▶ 운주사 석불좌상.

석실 불상들이다. 불상들의 높이는 2미터 내외의 것이 많지만 4미터 내외의 것도 6구, 10미터가 넘는 것도 2구가 있다.[8] 그중에는 오른팔은 들고 왼팔은 내린 시무외施無畏 여원인與願印의 변형이라 할 수 있는 수인手印(손모양)을 취하고 있는 불상도 있고, 두 손을 모두 양 무릎에 내린 항마촉지인降魔觸地印의 변형으로 볼 수 있는 수인을 취한 불상도 여럿 있으며, 두 손을 가슴에 모아 올린 지권인智拳印의 변형이라 할 수 있는 수인을 취한 불상도 많다.[9]

다양성에 관한 한 운주사의 석탑도 석불에 뒤지지 않는다. 아니 더 다양하다. 사각의 방형方形 석탑이 있는가 하면 둥근 원형석탑도 있다. 방형석탑에는 "급한 낙수면에 옥개폭이 좁고 둔중한" 이른바 '신라계 석탑'도 있고 "완만한 낙수면에 얇고 넓으며 평평한" 옥개석을 지닌 소위 '백제계 석탑'도 있다. 원형석탑에는 옥개석이 구형球形인 탑이 있는가 하면 옥개석이 얇고 넓은 원반 모양을 한 탑도 있다. 이 가운데 원형석탑들은 한반도의 다른 곳에서는 볼 수 없는 희귀한 형식이다. 여기에 더해 운주사 대웅전 앞에는 경주 분황사지탑이나 의성 탑리탑과 유사한 모전탑模塼塔, 즉 전탑을 모방해 만든 석탑도 있다.[10] 충청, 전라 지역을 통틀어 모전탑은 이곳 운주사와 전남 강진의 월남사지에서만 볼 수 있다.[11] 형태만 다양한 것이 아니다. 층수도 다양하다. 여기에는 삼층탑도 있고 오층탑도 있고 칠층탑도 구

◀ 운주사 대웅전 앞 다층석탑(모전탑).

● 운주사 발형(鉢形) 다층석탑.

▶ 운주사 원형 다층석탑.

충탑도 있다. 운주사에는 정말로 다양한 석탑들이 있는 것이다.

이렇게 운주사는 다양한 불상과 석탑들을 한자리에서 만날 수 있는 특별한 장소다. 역동성이나 다양성을 예찬하는 이들의 관점에서 보자면 운주사는 '축복의 공간'이라 할 만하다. 하지만 그것들을 '산만하고 정신없다'고 하면서 혼란이나 불안감, 아니면 적어도 불편함을 느끼는 이들이 또한 있을 것이다. 아마도 "모든 개별은 전체의 일부가 되어야 한다"고 믿었던 힐데브란트 선생 같은 분이 그럴 것이다.

확실히 운주사 한복판에는 힐데브란트가 예술에 요구했던 명료한 전체상이나 부분과 전체 간의 균형, 통일성을 찾기가 힘들다. 오히려 통일성 또는 전체의 관점에서 보자면 운주사는 무질서의 공간에 가깝다. 아주 많고 다양한 작품들이 있으나 그것들을 관통하는 보편적 질서나 규칙을 찾기는 좀처럼 쉽지 않기 때문이다. 무엇보다 그 많은 탑과 불상들을 어떤 규칙에 따라 배치했는지 파악하는 게 여간 어려운 일이 아니다. 강우방 선생의 표현을 빌리면 여기서 "탑상塔像의 배치도 조직적이 아니고 불규칙하여 다만 탑상을 무수히 반복하여 조성한 느낌이 짙은"[12] 것이다. 그는 원래 천 점에 이르렀다는 수많은 불상들이 "한 시기에 만들어졌다고 보기 어렵고 오랜 기간 반복하여 조성되었을 것"[13]이라고 말한다. 강우방 선생의 주장을 긍정한다면 다양성은 더욱 증폭된다. "한 시기에 만들어졌다고 보기 어렵다"는 말은 "여러 시대에 걸쳐 만들어졌다"는 말과 같은 뜻이기 때문이다.

그런 연유로 운주사의 많고 다양한 불상과 탑들을 관통하는 어떤 '질서' 또는 개개 작품들을 아우르는 '전체'나 '규칙'을 찾는 일을 어려운 수수께끼라고 하는 것이다. 물론 지금까지 여러 사람들이 내놓은 나름의 해답들이 존재한다. 이제부터 확인해보겠지만 그중에는 꽤 설득력 있는 답변들도 있다.

공사바위

도선국사의 '배[舟]'

"나무를 보고 숲은 보지 못한다"는 속담이 있다. 나는 그 속담을 지엽 말단적인 세부에 매몰되지 말고 전체를 보라는 말로 이해한다. '전체에 대한 통찰'을 중시하는 격언으로 이해해도 될 것이다. 그런데 숲을 보려면 숲 속에 있어서는 안 된다. 숲에서 나와 멀찍이 떨어져야 비로소 숲을 볼 수 있기 때문이다. 이 격언을 운주사에 적용할 수 있을까? 아마도 많고 다양한 운주사의 불상과 탑들을 모두 한눈에 바라볼 수 있는 자리를 확보한다면 가능할 것이다. 실제로 그런 자리가 있다.

운주사 대웅전 뒤쪽에 난 계단을 따라 올라가다보면 거대한 바위에 새겨진 마애불 좌상과 만나게 된다. 많이 마모되기는 했으나 큼지막한 코가 인상적인 부처다. 길쭉한 귀와 목, 달걀형의 얼굴 형태가 매우 담백하고 온화한 느낌을 주기 때문에 은근히 정이 가는 불상이다. 내가 여기서 이 마애불을 언급하는 건 마애불의 위치 때문이다. 마애불을 등지고 아래를 바라보면 운주사 영역 전체가 눈에 들어온다. 그래서 이태호 선생은 이 마애불의 위치를 "천불천탑의 불사를 조망할 수 있는 위치"로 주목한 바 있다. 그에 따르면 이 마애불은 운주사의 "위치상의 중심 부처"다.[14]

이태호 선생을 따라 운주사를 한눈에 바라볼 수 있는 자리를 '중심'이라고 한다면 '중심'이라 지칭할 만한 좀 더 근사한 자리가 있다. 그 자리를 확인하려면 마애불 북쪽으로 좀 더 높은 곳에 올라가야 한다. 경사가 가파르기 때문에 산을 오른다고 해야 더 적절한 표현일 것이다. 아무튼 십 분 남짓 언덕을 오르다보면 큼지막한 바위가 보이고, 시야가 탁 트인 그 자리에서는 정말 운주사 영역 전체를 한꺼번에 조망할 수 있다. 지금 사람들은 그 바위를 '공사바위(불사바위)'라고 부른다. 과거 누군가 운주사 천불천탑의 조성을 지휘한 이가 있다면 이 자리는 틀림없이 그의 자리였을 게다.

운주사 마애불 좌상.

공사바위 근처에서 바라본 운주사.

운주사의 창건설 가운데 가장 유명한 것이 바로 도선 창건설이다. 통일신라 말기의 선승禪僧 도선이 운주사의 천불천탑을 세웠다는 것이다. 영조 19년(1743년)에 중간된『도선국사실록』에는 도선국사가 운주사 천불천탑을 조성한 이야기가 실려 있다. "우리나라의 지형은 배가 나아가는 형태[行舟形]로…… 능주의 운주곡雲住谷이 그 복심腹心에 해당하는 곳인데 배를 진압할 물物이 없으면 떠돌다 가라앉기[漂沒] 쉽기 때문에 그 복심인 운주곡에 천불천탑을 세워 그 등과 배[背腹]를 채워 실하게 하였다"[15]는 것이다.

『도선국사실록』 등 18세기 이후에 작성된 기록들 외에 운주사의 도선 창건설을 지지할 다른 근거는 아직 발견되지 않았다. 무엇보다 운주사가 창건된 시기로 추정되는 11세기 전후의 관련 기록이 없다.● 따라서 도선 창건설은 현재로서는 단지 일설에 불과하다.◆ 그럼에도 특히 18세기 이후부터 사람들은 도선국사를 운주사의 창건 주체로 받아들였다. 같은 이유로 이 무렵부터 운주사에서 배[舟]의

● 김동수 선생에 따르면 운주사의 초창 연대는 늦어도 11세기 초반으로 추정된다. 운주사의 출토 유물 가운데 가장 시기가 앞서는 것으로 보이는 해무리굽 청자편이 10세기 후반의 것으로 추정되기 때문에 운주사는 늦어도 11세기 초반에는 세워졌을 것으로 본다는 것이다.[16]

◆ 운주사의 창건 주체를 도선이 아닌 혜명으로 보는 견해도 있다. 「동국여지지」(1656년)에는 고려의 승려 혜명(惠明)이 자신을 따르는 무리 천 명에게 명해 운주사의 탑상을 조성했다는 기록이 있다.[17]

이미지를 찾는 것이 일반화되었다. 본래 '구름이 머무는 절'이라는 뜻을 갖는 '운주사雲住寺'라는 명칭 대신 '배를 부리는 절'이라는 뜻을 지닌 '운주사運舟寺'라는 명칭이 등장해 통용된 것도 18세기 이후라고 한다[18](현재 운주사는 '運舟寺'가 아니라 '雲住寺'로 표기하고 있다).

공사바위 위에서 운주사 일대를 바라보면 천불천탑이 있는 계곡은 정말 '도선 창건설'이 전하는 큼지막한 배의 밑바닥처럼 보인다. 거기서 "배가 떠돌다 가라앉지 않도록 천불천탑을 조성했다"는 도선국사의 옛이야기는 정말 그럴듯하게 들린다. 그래서 사실이 아니더라도 '도선국사'와 '배' 이야기는 천불천탑에 대한 꽤 흥미로운 해석으로 꼽을 만하다. 실제로 구전설화 가운데 상당수는 "도선국사(도사)가 하룻밤, 하룻낮 사이에 천불천탑을 세웠다"는 내용을 포함하고 있다.[19]

하지만 나는 배 이야기만으로 운주사의 많고 다양한 석불과 석탑을 해명할 수 없다고 본다. 그 이야기에 매료된 사람은 불상과 탑들의 갖가지 형식과 세부를 간과하고 공사바위에 올라 '배'의 이미지를 찾는 일에만 열중할 것이기 때문이다. "나무를 보고 숲은 보지 못한다"는 멋진 속담은 '나무'를 보지 말라는 뜻이 아닐 것이다. 아무튼 설화는 어디까지나 설화이며 제한적으로 받아들일 필요가 있다.* 그런데 입에서 입으로 전해진 옛이야기는 그렇게 단순하지 않다. 운주사 창건을 말하는 구전설화의 상당수가 '실패'를 전하고 있기 때문이다. 다음은 1989년 조사에서 한 인근 주민이 구술한 내용이다.

새벽에 말하자믄 닭이 울었단 말이죠. 그러니까 계명을 했다는 말이죠. 닭이 우니까 천불을 다 완성을 못하고 탑을 만든 분이 그대로 연장을 버려버리고 그만헌다고 그러고는 중단해부렀다고, 그런 전설을 듣고 탑을 천 개나 세울 것인디 닭이 울어버려서 그렇고 못 되았다 그런 전설도 있고 그럽디다.[21]

"닭 울음과 더불어 천불천탑을 세우는 일이 중단되었다"는 구전설화의 진정한 의미를 헤아리는 것은 쉬운 일이 아니다. 다만 이 설화는 천불천탑을 세우고 지키는 일이 얼마나 어려운지, 또 얼마나 아슬아슬한지 말해주고 있다. '하룻밤 하룻낮'으로 대표되는 하나의 일관된 틀에 '천불천탑'이라는 다수의 다양한 개체들을 아우르는 일은 어쩌면 처음부터 실패가 예정된 무모한 도전이라고 해야 할지도 모르겠다.

● 김병인 선생에 따르면 조선 후기에 운주사에 도선 설화가 이입된 것은 당대의 복잡한 사회상과 위기의식 속에서 도선의 비보(裨補) 사상이 유행한 것과 관련이 깊다.[20]

민초와 미륵님

'못생겨 보인다'는 공통점

이제 운주사의 많고 다양한 불상과 탑들을 관통하는 '질서' 또는 '전체'를 찾는 두 번째 해석을 살펴보자. 미리 말해두자면 이 해석은 '1980년대'라는 특별한 사회적 조건과 깊은 관계를 맺고 있다.

운주사의 불상과 탑들은 많고 다양하다. 그중에는 빼어난 조각술과 건축술을 자랑하는 작품도 여럿 있지만 다수는 잘생겼다고 할 수 없는 것들이다. 이태호 선생은 이렇게 말한다.

> 운주사의 돌부처는 하나하나 뜯어보면 한결같이 못생겨서 부처의 위엄이라고는 전혀 찾아볼 수 없다. ……석탑도 마찬가지이다. 자연석 기단과 특이한 장식무늬, 원반형이나 오가리 같은 옥개석을 가진 석탑은 물론 판석을 다듬지 않고 그대로 얹어 쌓은 돌탑에서 제작자의 개성이 강하게 느껴진다.

그가 보기에 운주사 계곡은 "못생긴 돌부처와 돌탑들이 꽉 들어찬" 곳이다.[22] 그런가 하면 강우방 선생은 운주사의 불상들을 "예술 감각의 고급 차원에서 이루어진 것이 아니라 미숙하고 치졸한 단계

운주사 석조불상군과 탑.

에서 만들어진 것"으로 본다. 그래서 운주사의 석탑과 석불을 민예적民藝的 성격을 띠는 것, "아마도 전혀 조각의 경험이 없는 산곡山谷의 민간인들에 의하여 만들어진 것"으로 추정했다.[23]

실제로 운주사 곳곳에서 만나는 불상과 탑들 가운데는 우리 시대의 표준적 관점에서 '못 만들었다'거나 '못생겼다'라고 할 만한 것들이 많다. 그런 이유로 많은 미술사가들은 운주사의 불상과 탑들을 위대한 대가의 탁월한 걸작으로 생각지 않는다. 다수의 한국미술사 개설서들이 운주사의 불상과 탑에 대한 서술을 배제하거나 고려시대의 특이한 지방양식 정도로 간략히 다루는 데에는 그럴 만한 이유가 있는 것이다.

그러나 어떤 사람들에게 운주사의 불상과 탑들은 '못생겼다'는 바로 그 이유 때문에 주목과 예찬의 대상이다. 그들이 보기에 다양한 운주사의 불상과 탑들은 '못생겼다' 또는 '미숙하다'는 점에서 공통적이다. 여기에 '비전문적'이라는 평이 따라 붙는다. 천득염 선생은 운주사의 석탑들을 만든 이들이 "수적으로는 많으나 다소 무계획적이고 기능이 떨어진 제작자들"[24]이라고 추정했다. 이런 관점에서 보자면 운주사의 불상과 탑들은 위대한 개인의 자기표현이라기보다 익명의 다수 또는 집단의 자기표현으로 보일 수 있다. 즉 본격 예술가들이 아니라 민초民草나 민중이 만든 민예民藝 또는 민중예술의 사례로 보인다는 것이다. 그렇게 그들은 운주사의 많고 다양한 불상과 탑들을 관통하는 '질서' 또는 '전체'를 발견했다. 그것들은 기술적으로 미숙하지만 뜨거운 가슴을 지닌 민중들이 만들어낸 일종의 정신형식이라는 것이다. 그것은 소설가 황석영의 서술을 인용하면 "성도 없고 이름도 없고 제멋대로 생긴 백성들"[25]과 같은 것이다.

하지만 실제로 운주사를 방문한 사람들은 이러한 일반화에 고개를 갸웃거릴 수밖에 없다. 운주사 불상과 석탑의 상당수는 익명의 민초가 제작했다고 하기에는 너무 잘 만들었다. 거대한 바위 벼랑에 마애불을 섬세하게 새기고, 경사진 바위를 쪼아내 기단을 구성하고 그 위에 견고한 탑신부를 형성한 솜씨를 전문적인 훈련을 받지 않은 이름 없는 백성의 솜씨로는 볼 수 없기 때문이다. 1984년 보물 제796호로 지정된 구층석탑의 단단하고 날씬한 자태를 그저 '미숙하다'고 할 수 있을까? 마찬가지로 석조불감(보물 제797호)과 원형 다층석탑(보물 제798호)의 개성적이고 짜임새 있는 면모를 '제멋대로 만든 것'이라고 하기는 어렵다. 그것들이 '못생기고' '미숙해 보이는' 것은 이를테면 석굴암과 불국사의 빼어난 불상과 석탑들에 비해서 그렇다는 것일 따름이다. 또한 동서고금의 미술사를 통틀어 빼어난 기량을 가진 예술가들도 빈번히 '아름답다'고 할 수 없는 '못

운주사 구층석탑.

생긴' 작품들을 제작했다는 사실을 염두에 두어야 한다. 어쩌면 운주사의 불상과 불탑들을 제작한 이들도 통상적인 미의 규범을 벗어난 파격을 추구한 것은 아닐까? 아무튼 운주사 불상들의 파격을 '기량 부족' 내지 '민중의 의지'로 설명하는 해석은 확실히 지나치게 단순하고 성급해 보인다.

하지만 그것들을 그저 '못생겼다'라고 일반화한 사람들에게도 나름의 이유와 논리가 있다. 그들이 운주사의 탑과 불상들에 자신의 욕망을 투사했다고 말할 수도 있을 것이다. 이를 해명하려면 운주사의 소위 '못생긴' 불상과 탑들이 각별히 주목받기 시작한 1980년대의 상황을 헤아릴 필요가 있다.

한국현대미술사에서 1980년대는 흔히 '민중미술'의 시대라고 불린다. 1980년대는 사회의 모든 분야에서 역사의 주체로서 '민중'이 부각된 시대다. 이 시대에 정말 많은 시민들이 "민중의 넋이 주인 되는 참 세상"을 위해 군사정권의 억압과 폭력에 맞서 싸웠다. 엄청난 자기희생을 무릅쓰고 말이다. 그 과정에서 "초개인적이고 통일되고 정신적으로 통합된 공동체"로서 민중의 정신적 능력을 예술 창조의 근원으로 여기는 생각[26]이 널리 확산되었다. "하나하나 뜯어보면 한결같이 못생긴" 운주사의 석불과 석탑들이 민중의 창조물로서 역사의 전면에 부각된 것이 이 무렵이다. 이전에는 별 볼 일 없는 것으로 여겨져 폐허로 버려지다시피 했던 운주사가 1980년대에 중요한 예술 공간으로 (재)발견되었다고 해도 좋다. 황석영의 장편소설 『장길산』(1974~1984년), 송기숙의 『녹두장군』(1981~1994년)을 필두로 운주사와 천불천탑을 품은 예술작품들이 잇달아 발표되었다.[27] 이와 더불어 운주사를 미륵하생의 신화, 곧 "미륵의 도래와 더불어 시작되는 정의로운 평화의 세계, 즉 용화세계의 건설"과 연관 짓는 논의들도 등장했다.[28] 그렇게 운주사의 부처들은 '미륵'이 되었고 세간의 관심을 한 몸에 받게 되었다. 1988년 소설가 송기원의 발언은 당시 예술가들이 운주사에서 찾고 있었던 것이 무엇인지를 잘 보여준다.

운주사의 불상들은 흔히 다른 명산고찰에서 볼 수 있는 위엄과 자비 혹은 군림의 모습이 아니라 바로 이 시대를 살고 있는 짓눌린 내 이웃, 형제들의 지친 삶을 보듯 가까우면서도 한편으로 처절하다.[29]

앞서 나는 운주사의 불상과 탑들을 '못생겼다'거나 '미숙하다'고 했던 사람들을 비판했지만 바로 그 사람들이야말로 운주사의 위상을 폐허에서 끌어올린 주체들이다. 그들 덕분에 운주사는 가치 있는 장소로 재조명될 수 있었다. 그러니 무작정의 비난은 삼가야 한다. 그러나 그렇다고 해도 예술의 주체로서 '민중'은 나로서는 여전히 의심스러운 개념이다. 일단 개인이 아니라 '민중'으로 지칭되는 집단이 예술의 주체로 상정될 수 있는지 생각해볼 일이다. 아르놀트 하우저의 말대로 민중 정신이란 "단순한 심리학적 구성에 불과한" 것일 수 있다.[30] 무엇보다 '민중'이라는 말은 그 안에 속하는 다양한 개인들의 개성과 욕망을 획일화, 단순화하는 경향을 내포한다는 점에서 문제다. 운주사의 불상과 탑들을 민중예술로 보면 그 각각의 개성이 흐릿해지거나 지워지는 문제가 발생한다는 것이다.

와불

누운 것을 일으켜 세워야 할까?

많은 사람들이 운주사 답사의 절정으로 손꼽는 와불 두 구는 계곡의 서편 산 정상에 머리를 남쪽으로 하고 누워 있다. 요헨 힐트만의 묘사를 인용하자면 두 석불은 "경사면에서 머리를 아래쪽으로 약간 내려간 남쪽에 두고 하체는 비탈져 올라가는 북쪽을 향하여 비스듬히 누워"[31] 있다. 하나는 좌상이고 다른 하나는 입상이다. 전

운주사 와불.

운주사 와불(세부).

자는 높이 12.73미터, 후자인 입상은 10.3미터로 이루 말할 수 없이 크다. 이 와불들은 규모도 거대하지만 서 있지 않고 누워 있다는 점 때문에 사람들의 눈길을 끈다. 와불이라고 했지만 한쪽 팔로 머리를 지탱하고 비스듬히 누운 와불의 통상적인 자세가 아니라 말 그대로 좌상, 입상의 자세를 취하고 있어서 대개 "산정의 암반에 불상을 조각하고 떼어내는 공정을 마치지 못한 미완의 불상"[32] 으로 여겨진다. 마침 좌상과 입상의 다리 부분에는 떼어내려고 했던 것으로 보이는 흔적들이 남아 있다.

서 있지 않고 '누워 있다'는 사실 때문에 방문객들은 이 불상을 감상하는 데 어려움을 느낀다. 주변 어떤 자리에서도 이 불상의 완전한 모습을 확인할 수가 없기 때문이다. 같은 이유로 기념사진을 찍을 만한 장소를 찾기가 힘들다. 그 주변을 맴돌며 적절한 장소를 찾지만 찾아내기가 불가능하다. 한 모퉁이에 방문객들이 불상을 높은 곳에서 내려다볼 수 있게끔 전망대를 설치해놓았는데 그 위에 올라서야 겨우 불상의 얼굴을 바라볼 수 있다. 하지만 그 장소에서는 불상의 얼굴을 '거꾸로' 볼 수 있을 뿐이다.

이런 조건하에서는 언제나 불상의 일부만을 볼 수 있을 따름이며 그 전체를 볼 수는 없다. 힐트만의 말대로 "한 부분을 파악할 수는 있으나 전체는 파악할 수 없다".[33] 전체를 단번에 파악하고자 하는 사람에게는 속 터질 노릇이 아닐 수 없다.

이런 답답함 때문이었을까? 정말 많은 사람들이 수평으로 누워 있는 와불이 수직으로 곧추서는 꿈을 꾸었다. 꿈속에서 누워 있는 와불은 '절망의 상태'로, 수직으로 곧추선 와불은 '희망의 상태'로 나타났다. 이를테면 황석영은 『장길산』의 대단원에서 골짜기에 천 불천탑을 하룻밤 사이에 세우면 새로운 세상이 이루어진다는 미륵 의 계시를 들은 백성들의 이야기를 썼다. 소설에 따르면 백성들은 천불천탑을 세우고 마지막으로 와불을 세우려 했으나 캄캄한 밤의 노고를 참지 못한 사람 하나가 거짓말로 "닭이 울었다"고 외치는 바 람에 꿈은 실현되지 못했다. 그렇게 넘어진 미륵(와불)은 "구렁에 처 박힌 채 기다림의 장소에 머물게 되었다"고 한다.[34]

황석영의 소설에서 누워 있는 와불은 '실패'와 '좌절' 그리고 '기 다림'을 나타내는 알레고리다. 이와 유사한 맥락에서 시인 권천학은 "와불이라 부르지 마라 / 나는 잠시 쉬고 있을 뿐이다"(「운주사 1」)라 고 썼고, 정윤천은 "나는 아직 일으키지 않았으므로 언젠가는 반드 시 일어서야 할 와불"(「운주사 와불」)이라고 썼으며, 문정희는 "새벽 에 이미 첫닭이 울었다고 / 누군가 거짓말을 해버려 / 모두들 그대로 주저앉아버렸다"(「운주사 골짜기」)라고 썼고, 황지우는 "쇼크로 까무 라친 듯 / 15도 경사로 누워 있는 부처님들"(「산경을 덮으면서」)이라고 썼다. (인용한 구절들이 모두 시의 일부이며 따라서 진의를 왜곡할 수 있다는 점을 염두에 두고 해석하자면) 위의 시 구절들은 대부분 와불의 누워 있는 상태를 비정상의 상태로 간주하고 있다. 그 반대쪽 저편에는 정상적 상태, 즉 일어서 있는 상태가 전제되어 있을 것이다.

그리고 다시 와불을 보면 수평으로 누운 와불의 상태는 확실히 보기 좋지 않다. 수직으로 곧추세운다면 훨씬 보기 좋을 텐데 말이다. 그런데 어쩌면 그 보기 좋지 못한 상태가 이 와불의 예술적 의미가 아닐까? 운주사의 와불들은 떼어낼 수 없었기 때문에 그 상태로 있는 것이 아니라 떼어낼 필요가 없었기 때문에 그 상태로 남아 있다고 해야 하지 않을까? 내가 보기에 와불은 누워 있는 상태로 충분히 가치 있는 예술적 메시지를 전달한다. 누워 있는 불상이 제시하는 "한 부분을 파악할 수는 있으나 전체는 단번에 파악할 수 없다"는 조건이야말로 긍정될 필요가 있다고 생각하기 때문이다. 이쯤에서 나는 와불을 포함해 운주사의 모든 불상과 탑들이 애당초 "단박에 또는 한눈에 파악할 수 있는 전체"를 거부하고 있었던 게 아닌가라는 물음을 던질 수밖에 없다.

앞서 운주사 계곡 한복판에서 내가 처했던 상황을 돌아보기로 하자. 거기서 나는 "모든 방향에 불상과 탑들이 있어서 단번에 그 모두를 바라볼 수 없는" 상황에 놓여 있었다. 즉 나는 한눈에(동시에)

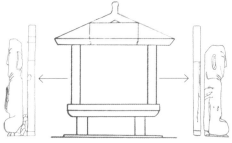

▲ 운주사 석조불감(남쪽).

▼ 운주사 석조불감의 구조(출처: 『운주사 종합학술조사』, 전남대학교박물관, 1991, 97~99쪽).

전체를 볼 수 없었다. 아까는 그냥 지나쳤으나 운주사 한복판에 있는 석조불감에서도 상황은 마찬가지다.

석조불감에서 서로 등을 마주대고 있는 두 불상은 다른 곳을 향하고 있다. 하나는 북쪽, 다른 하나는 남쪽을 향하고 있다. 따라서 우리는 이 불상 두 구를 동시에 볼 수 없다. 남쪽을 향하고 있는 불상을 만난 후에는 반대편으로 가야 비로소 북쪽을 향하고 있는 불상을 볼 수 있기 때문이다. 즉 우리는 '하나씩' 볼 수 있을 따름이며 '동시에' 둘 모두(전체)를 볼 수는 없다.

그러니 이렇게 말할 수 있다. 운주사의 천불천탑을 둘러보는 관람객들은 좀처럼 전체에 대한 통일적인 인상을 확보할 수 없다. 거의 모든 방향에 흩어져 있는 다양한 천불천탑들, 누워 있는 거대 와불, 등을 맞대고 반대쪽을 바라보는 석조불감의 두 불상을 우리는 모두 단박에, 동시에 볼 수 없다. 여기서 전체는 확실히 존재하지만 어떤 인간도 그 전체를 명확하게 포착할 수 없다. 여기서 전체를 파악하려면 마음속에서 내가 본 것들을 하나씩 하나씩 쌓아나가는 방법이 적당할 것이다. 그런 의미에서 운주사는 '닫힌 공간'이 아니라 '열린 공간'이라고 할 수밖에 없다.

• • •

길을 잃었을 때 내가 본 것들

어릴 적 친구가 살던 낯선 동네 골목길에서 길을 잃었던 때를 상기하면 한 가지 특이한 점이 있다. 아주 오래전에 겪은 일이라 그때 놀았던 동네가 정확히 어딘지, 그때 무엇을 하며 놀았는지 지금의 나는 기억할 수 없다. 심지어 그때 내 곁에 있었던 친구들의 얼굴도 또렷이 기억나지 않는다. 그런데 신기하게도 길을 잃고 식은땀을 흘리며 골목길을 헤매다가 본 것들, 이를테면 담벼락의 생채기들, 유난히 파랗던 어느 집 대문의 빛깔, 골목길 어귀의 하얀 고양이는 지금도 유달리 생생하게 기억난다. 그때 그것들을 실제로 보았기 때문일 것이다. 길을 잃었을 때 나는 사물을 익숙한 방식으로, 또는 늘 보아오던 대로 볼 수 없다. 대신 그것을 직접 실제로 보아야 한다. 확실히 길을 잃었을 때 내 몸의 감각은 좀 더 예민해진다. 그래야 길을 찾을 수 있기 때문이다. 베르니니의 〈아폴로와 다프네〉를 만났을 때도 마찬가지였다. 모든 방향으로 열린 그 조각작품을 맴돌 때 내 몸의 감각들은 루브르 미술관의 〈비너스〉를 만났을 때와는 비교할 수 없을 정도로 작품에 밀착해 있었다.

운주사 여기저기에 흩어진 부분들, 단편들을 만날 때 내 몸의 태도, 내 감각기관들의 상태도 그와 다르지 않았다. 아무튼 그로부터 전체상이란 것을 끄집어내야 했기 때문이다. 전체상이 주어져 있지 않은 상태에서 이미 본 것들을 지금 보는 것, 그리고 앞으로 볼 것들과 연결해 전체상을 구성하려면 내 몸의 감각기관들은 지금 눈앞에 있는 사물을 부지런히 더듬어야 한다. 그러니 적어도 운주사에 관한 한 "아는 만큼 보인다"는 말은 틀렸다. 오히려 운주사를 답사하는 일은 '아는 것'이 소용없거나 무력해진 상태에서 시작되는 세계와의 만남을 경험하는 일이다. 이때의 만남은 지적이라기보다 감각적이다. 그렇게 다시 운주사 와불과의 만남을 상기하면 유독 그 큼지막한 엄지발가락이 생생하다. 내가 앎보다 감각에 기대어 내 눈으로 직접 그것을 보았기 때문일 것이다.

최초의 근대 조각가

최대의 불상과

논산 관촉사 은진미륵

최초의
근대조각가

1936년 미술계를 흔들었던 어떤 사건을 살펴보는 것으로 글을 시작하자. 어떤 사건이란 최초의 근대조각가 김복진(1901~1940)이 전라북도 김제에 있는 금산사에 약 12미터 높이의 거대한 불상을 세운 일을 가리킨다. 1901년 충청북도 청원에서 태어난 김복진은 도쿄미술학교 조각과를 졸업한 엘리트 미술가였고 토월회, 파스큘라, 카프 운동을 주도한 문예운동가이자 비평가였으며 사회운동에 참여한 일로 일제에 붙잡혀 오 년이 넘는 옥고를 치른 혁명가였다. 그런가 하면 『조선중앙일보』 문화부장을 역임한 언론인이자 미술연구소를 운영하며 훗날의 조각가들을 양성한 교육자였다. 한국근대미술에서 '최초'라는 타이틀을 갖게 된 미술가들은 여럿 있지만 내가 보기에 그 무게에 합당한 삶을 살았던 사람으로는 역시 최초의 근대조각가 김복진과 최초의 근대여성미술가 나혜석(1896~1948)을 꼽아야 할 것 같다.

최초의 근대조각가로서 김복진은 전통적으로 장인의 영역으로 여겨지던 조각을 예술로 끌어올린 사람이다. 물론 그 이전에도 조각가들이 있었지만 그들은 어디까지나 장인이었지 예술가는 아니었다. 김복진은 예술가의 자의식을 지니고 '조각이란 무엇인가'를 끊임없이 물었던 최초의 조각가였다. 무엇보다 〈백화〉(1938년), 〈소년〉(1940년) 등으로 대표되는 그의 조각작품은 이제껏 건축에 예속되었던 조각이 건축에서 독립해 하나의 독자적인 장르로 부상한 역사적 결절점에 해당한다. 원작이 망실되어 사진으로만 남아 있긴 하지만 〈백화〉나 〈소년〉에서 보이는 인체 표현의 사실성 내지 생동감은 늘 객관적 현실과 씨름했던 근대미술가 특유의 정신세계를 유감없이 드러낸다. 이렇게 새로운 미술의 시대를 연 장본인이지만 그는 무턱대고 새로움을 찬양하지 않았다. 고려시대의 여인을 모티프로 제작한 〈백화〉에서 보듯이 그의 예술에는 옛것을 근대적으로 새롭게 하려는 태도가 두드러진다.

하지만 그렇다고 하더라도 1936년 김복진의 금산사 불상 제작은 특기할 만한 사건이다. '불상'은 근대 이전의 전통 조각을 대표하는 영역이며 어디까지나 건축(사찰)의 일부인 까닭에 대부분의 근대조각가들은 불상 조각을 주저하는 경향이 있었다. 특히 불상 제작은 사찰 측 입장이나 요구가 중요할 수밖에 없기 때문에 예술가가 자신의 주관적 개성을 펼칠 여지도 그만큼 적다. 따라서 설령 어떤 근대조각가가 불상을 제작했다 하더라도 비평가들은 그 불상을 중요한 예술작품으로 다루기를 꺼리는 것이다. 그것은 지금도 마찬가지다.

김복진, 〈백화〉, 1938년.

그럼에도 김복진이 12미터에 달하는 거대한 불상 제작에 나선 이유는 무엇일까? 일단 그가 불교 신자였다는 사실에 주목할 수 있다. 오랜 수감생활(1928~1934)을 겪으며 그의 정신세계에 일어난 변화를 말할 수도 있을 것이다. 물론 김복진의 불상 제작을 세속적인 관점에서 바라볼 수도 있다. 나는 그가 12미터(정확히는 11.8미터) 높이에 달하는 불상의 규모에 끌렸을 것만 같다. 그는 이전에도 〈최송설당 동상〉●(1935년)처럼 2미터 내외의 큰 작품을 제작한 적이 있지만 그것을 12미터 높이의 금산사 불상과 비교할 수는 없다.

그는 금산사 불상을 서울의 작업장에서 소조상塑造像으로, 즉 흙으로 빚어 만들었다. 그 후에 금산사 현지로 이동해 재조립하고 도금 등 뒷마무리를 한 것으로 알려져 있다. 윤범모 선생이 적절하게 지적했듯이 12미터에 달하는 김복진의 금산사 불상 제작방식, 곧 흙으로 빚은 소조상의 분할 제작과 이동 후 조립은 결코 쉬운 일이 아니었다.1 아마도 김복진은 이 큼지막한 작품을 제작할 때 자신이 알고 있는 근대조각의 모든 지식과 기법을 총동원했을 것이다. 금산사 불상을 제작하면서 그가 '규모의 조각'을 실험했다고 해도 과히

● 최송설당은 영친왕의 보모로 귀비에 봉해지고, 고종으로부터 송설당이라는 호를 부여받았다. 후에 엄비에게 받은 토지를 기반으로 모든 재산을 희사해 김천고등보통학교를 세웠다. 〈최송설당 동상〉은 1935년 김복진이 처음 세웠으나 1945년 일제에 의해 공출되었고, 김천고등학교에 있는 현재의 동상은 김복진의 제자인 윤효중이 원작의 사진을 보고 1950년에 재현한 것이다.

「금산사에 신명물, 은진미륵 다음가는 대미륵상 불원(不遠) 완성」, 『조선중앙일보』 1936년 7월 5일.

김복진, 〈금산사 미륵전 본존불〉, 소조, 높이 11.8m, 1936년, 김제 금산사 봉안.

틀리지 않을 것이다. 어떤 의미에서 '규모에 대한 열정'은 근대조각의 특징적인 양상 가운데 하나다. 당시 언론은 이 거대한 불상의 제작 소식을 앞다투어 보도했다. "38척의 높이, 제작비용 14,000원, 제작기간 270일", "이조李朝 이후 처음 있는 일" 같은 보도기사들[2]의 헤드라인에 내포된 흥분감은 오늘날 블록버스터 영화나 전시를 소개하는 기사들이 전하는 흥분과 별반 다르지 않다. 김복진의 금산사 불상 제작은 당대에 "근래 조선 사람의 손으로 이와 같은 대작품을 제작하기는 처음 있는 일"로서 사람들에게 회자됐다.

그러나 근대조각가의 야심만만한 대작이 넘지 못한 산이 하나 있다. 그 무렵 식민지 조선에 훨씬 더 큰 불상이 존재했던 것이다. 바로 논산 관촉사에 있는 은진미륵이다. 고려 초에 제작된 은진미륵은 돌을 조각해 만든 석불이며 높이 18.12미터에 달하는 말 그대로 거불巨佛이다. 적어도 1930년대 이전에 조성된 불상 가운데 이보다 큰 불상은 없다. 그와 비교할 만한 큰 작품으로 충주 미륵대원 석조미륵보살입상, 부여 대조사 석조보살입상 등이 있지만 모두 10미터 내외로 이 작품에 미치지 못한다. 저 유명한 석굴암 본존불도 3.48미터다. 물론 당시의 언론도 이 사실을 잘 알고 있었다. 그래서 그들은 김복진의 금산사 불상 제작을 전하는 기사에 "은진미륵의 아우님"이라거나 "은진미륵 다음가는 대미륵상"이라는 말을 덧붙였다.

조선 제일의 대불

신新재료 시멘트와 미륵의 만남

언론이 자신의 작품에 붙인 "은진미륵의 아우님"이라는 별칭을 이 근대조각가가 어떤 심정으로 받아들였을지 직접 확인할 길은 없다. 흥미로운 것은 그가 불과 몇 년 뒤에 은진미륵보다 훨씬 더 큰 불상 제작에 나섰다는 점이다. 1939년 3월 16일자 『동아일보』기사에 따르면 김복진은 이해에 김수곤 씨가 제공한 3만 원의 비용을 들여 75척(약 23미터) 높이의 미륵불상 제작에 나섰다. 18미터 높이의 은진미륵보다 훨씬 큰 규모다. 그 보도기사의 제목이 "조선 제일의 대불"이다. 그 조선 제일의 대불을 조성하기 위해 김복진은 근대의 첨단 재료와 공법을 도입하기로 했다. 독일의 선례를 참조해 시멘트를 재료로 삼아 "돌로 쌓아가지고 콘크리트를 하는"[3] 공법을 택하기로 한 것이다. 법주사 불상은 근대적 제작방식으로 은진미륵을 뛰어넘겠다는 야심만만한 프로젝트였던 것이다.

고려시대 불상인 은진미륵을 염두에 두었는지 김복진은 기자와의 인터뷰에서 이 불상이 "옛날 우리 조각으로 말하면 신라 것에 가까운 것이 될 것"[4]이라고 했다. 이 소식은 즉각 신문과 라디오를 통해 식민지 조선 전체에 퍼져 나갔다.[5] 그 기사들은 대개 "은진미륵보

朝鮮第一의 大佛

金復鎭氏손으로 法住寺에 建造

「조선제일의 대불(大佛) — 김복진 씨 손으로 법주사에 건조」,『동아일보』1939년 3월 16일.

다 큰 석불 건조 계획", "키가 크기로는 은진미륵의 형님뻘"이라는 헤드라인을 달고 있었다. 김복진 자신은 단 한 번도 은진미륵을 언급한 적이 없는데도 말이다.

하지만 김복진은 이 야심만만한 프로젝트를 완성하지 못했다. 작품 제작이 한창이던 1940년 8월 그가 요절했기 때문이다. 사랑하는 딸 보보(김산용)가 태어난 지 삼 년 만에 세상을 뜬 충격이 컸다. 그렇게 속리산 법주사의 시멘트 불상은 미완의 프로젝트로 남았다. 이로써 김복진의 대표작은 법주사 불상이 아니라 금산사 불상이 되었다. 춘원 이광수(1892~1950)는 1940년 김복진의 갑작스러운 죽음을 애도하며 이렇게 말했다. "정관井觀(김복진의 호)은 잠깐 이 세상에 댕기러 온 사람이었다. 그는 조선에 조각예술을 부흥하고 금산사 불상을 조성하러 왔던 건지도 모른다."[6]

이렇게 미완의 프로젝트로 끝나고 말았지만 김복진의 법주사 불상은 시도 자체로 엄청난 미술사적 의의를 갖는 사건이다. 그는 법주사 불상에서 '불상'이라는 전통미술의 내용 또는 형식을 시멘트와 콘크리트라는 근대적 재료, 기법과 결합하고자 했다. 23미터에 달하는 불상의 규모는 시멘트와 콘크리트의 재료적 특성을 부각시키기 위한 최적의 조건이었을 것이다. 주지하다시피 시멘트와 콘크리트는 근대건축이 끝없이 상승할 수 있었던 물질적 바탕이었다. 김복진은 어떤 비평문에서 조각가들에게 "재료가 제각기 가지고 있는 특질"[7]에 주목하라고 요구했는가 하면 또 다른 글에서는 목재나 석재, 도陶 등 재료의 질량을 살리는 것이 "조각의 공리公理"[8]라고 했다. 그는 법주사 불상에서 이러한 공리를 실천하고자 했던 것이다. 그것도 낯선 신식 재료로 말이다. 물론 관람객(또는 절을 방문한 신자)의 입장에서 보면 시멘트와 같은 낯선 재료가 자아내는 생경함이나 이질감이 불편하게 느껴질 수 있다. 아마도 대중의 사랑을 받았던 미륵불의 이미지가 이런 재료의 이질감을 완화 또는 상쇄시키는 데 보탬이 되었을지도 모른다.

그런데 김복진 사망 후에 미완의 속리산 불상은 어떻게 됐을까? 미리 말해두건대 이 불상은 그 후 기막힌 곡절을 겪게 된다. 그 사연을 살피기 전에 잠시 다녀올 곳이 있다. 내 목적지는 은진미륵이 있는 관촉사다. 거기서 나는 김복진이 금산사 불상이나 법주사 불상을 제작하면서 의식했을 고려시대의 거대한 불상과 만날 것이다. 옛 고려의 거장과 근대의 거장이 '거대한 규모의 조각'을 통해 실현하고자 했던 바를 비교해보려는 것이다.

'조선에서 제일 큰 부처'를
만나러 간 사람들

동서울터미널에서 출발한 버스는 공주를 들러 오후 세 시쯤 논산 터미널에 도착했다. 논산터미널 앞 시내버스 정류장에는 관촉사로 가는 버스가 있다. 버스정류장에 은진미륵[9]의 커다란 사진 이미지가 걸려 있다. 그 위에 '논산8경 중 제1경 관촉사'라는 제목이 붙어 있다. 한 번이라도 논산 시내를 돌아다녀본 적이 있는 사람은 안다. 논산에는 도처에 은진미륵이 있다는 사실을 말이다. 버스정류장이나 터미널, 역은 물론이고 길가에도 건물에도 은진미륵의 이미지가 붙어 있다. (지금 논산은 육군 논산훈련소로 좀 더 유명하지만) 오랫동안 논산을 대표하는 이미지는 은진미륵이었다.

예컨대 1926년 『동아일보』의 한 지면에 유홍렬이라는 논산 사람이 은진미륵을 자랑하는 글을 발표했다. 그에 따르면 9백 년이 지나도록 한결같이 거기 서 있는 은진미륵은 "그 이름을 모를 사람이 없을 만큼 실로 세계에 자랑거리 명물"[10]이다. 그런가 하면 최원낙이라는 필자는 1932년에 발표한 글에서 웅장함을 자랑하는 논산의 미륵불은 "나의 말을 기다리기도 전에 세상에 너무 유명한 것이니" 모르는 사람이 없을 것이라고 호언장담했다.[11]

관촉사 석조미륵보살입상, 고려, 10세기.

모르는 사람이 없을 만큼 유명하다는 말은 이 불상을 찾는 사람이 그만큼 많다는 것을 뜻한다. 실제로 일찍부터 은진미륵이 있는 관촉사는 관광명소이자 수학여행 코스로 각광받았다. 특히 1914년 호남선이 개통되면서 논산역을 통해 이곳을 방문하는 외지인이 늘어났다. "조선에서 제일 큰 부처"[12]를 만나러 온 사람들 말이다. 안타깝게도 논산역에서 은진미륵이 있는 관촉사까지는 걸어서 가기엔 꽤 멀다. 대중교통이 발달하지 못했던 일제강점기에 방문자들은 그 먼 거리를 걸어서 이동해야 했다. 그러나 당시에 이런 정도의 불편함은 문제가 되지 않았다. 가령 1922년 호남 여행을 나선 연희전문학교 학생들은 새로 개통된 호남선 논산역에서 이곳까지 도보로 이동했다.[13] 또 1928년 11월에 가람 이병기(1891~1968) 선생도 논산역에 내려 반야산까지 뚫린 신작로를 따라 관촉사로 걸음을 옮겼다.[14] 그들은 '조선에서 가장 큰 부처'를 보려는 마음으로 발품을 아끼지 않았던 것이다. 이런 분위기는 해방 이후에도 여전했다. 가령 1949년 5월 3일자 『동아일보』에는 다음과 같은 기사가 실려 있다.

논산 하면 은진미륵의 소재지로 유명하여 봄을 맞이한 요즘 미륵사는 지방인은 물론하고 원래遠來의 객으로 인산인해를 이루어 풍류 소리가 끊이지 아니하니……(하략).[15]

그렇게 오래전부터 정말 많은 사람들이 이 거대한 불상을 보러 논산에 왔다. 물론 은진미륵은 늘 그들의 기대를 충족시켜주었다. 예컨대 차상찬(1887~1946) 선생은 1924년 잡지 『개벽』에 발표한 글에서 "은진미륵을 볼 때에 누가 그 조각의 장대한 것을 놀라지 아니하며"[16]라고 하여 이 조각의 장대함을 예찬했고, 이병기 선생도 "거대한 석재를 운반하여다가 이와 같이 웅대하게 조성한 것은 누가 보든지 아니 놀랠 수 없다"[17]고 감탄했다. 솔직히 말하면 나도 은진미륵의 열렬한 팬이다. 이십대 초반에 이 불상을 처음 만난 이후 여러 번 이 불상을 찾았다. 이 거대하고 강렬한 불상은 볼 때마다 새롭다. 아니 차라리 볼 때마다 충격을 받는다고 해야 한다. 아무튼 그런 생각에 빠져 있던 차에 버스가 도착했다. 얼른 버스를 잡아타고 한쪽에 자리를 잡았다.

버스에는 사람이 많다. 대부분 대학생들로 보이는 이십대 초반의 청년들이다. 관촉사 인근에 있는 건양대학교 학생들일 게다. 쌀쌀한 늦가을, 버스의 넉넉한 온기에 몸을 맡기자 마음이 편해진다. 버스는 시내를 벗어나 논밭을 달린다. 목적지에 도착하자 멀리 야트막한 반야산 중턱에 우뚝 솟은 은진미륵이 눈에 들어온다. 멀리서 보기에도 은진미륵은 크다. 그 넉넉함이 버스의 온기처럼 내 마음을 푸근하게 한다. 어쩌면 사람들이 은진미륵을 찾는 것은 그 넉넉한

품이 그리워서일지도 모른다. 이병기 선생은 은진미륵 앞에 서서 이렇게 기도했다. "구백여 성상星霜을 겪어온 대자대비한 미륵님이시여 불쌍한 이 중생을 구제해주시오. 이 중생들은 님을 믿고 살지 않습니까."[18] 기댈 만한 크고 듬직한 무서운 존재, 미약한 존재를 압도하며 나아갈 방향을 제시하는 거대한 존재에 대한 열망은 어쩌면 인간의 보편적인 감정일 수도 있다. 그러나 그런 존재는 예나 지금이나 현실에 없다. 그 결핍을 채우기 위해 누군가는 은진미륵이나 금산사 불상처럼 거대한 불상을 제작하고 또 누군가는 그런 불상을 찾아다녔던 게 아닐까?

거대 불상의 미적 가치

타락한 괴물

관촉사 입구에서 일주문을 거쳐 반야산 언덕을 오르면 천왕문이 보인다. 천왕문을 지나 가파른 계단을 오르면 곧 반야산 중턱의 널찍한 평지에 자리 잡은 절집들이 보인다. 관촉사 경내에 들어선 것이다. 오른쪽으로는 황산벌로 알려진 너른 평야가 내려다보이지만 역시 내 눈을 사로잡는 것은 은진미륵이다. 역시 거대하다. "와, 크다!"는 탄성이 절로 나온다.

그러나 이 불상은 단순히 크기만 한 것은 아니다. 은진미륵을 은진미륵이게 하는 특성들이 존재한다. 이 불상은 한 번 보면 절대 잊을 수 없을 만큼 아주 독특하고 강렬한 인상을 지녔다. 먼저 얼굴이 몸체에 비해 지나치게 크다. 얼굴은 불상 전체 길이의 4분의 1에 해당할 정도로 크다. 은진미륵은 4등신 비례를 가진 불상이다. 길쭉한 보관을 포함한 두부頭部 전체를 염두에 두면 상황은 좀 더 악화(?)된다. 두부와 몸체의 비례가 1:1이 되는 것이다. 게다가 손도 비정상적으로 크다. 미美의 보편적 기준을 크게 벗어나 있다고 말할 수밖에 없는 외모다.

불상의 이목구비는 또 어떤가! 일단 눈은 너무 길어서 째져 보인다. 귀도 너무 길어서 축 늘어져 보인다. 게다가 코는 지나치게 넓적하고 입술은 과도하게 도톰하다. 기가 매우 세 보인다고 해야 할까? 무섭다고 할까? 아니면 못생겼다고 할까? 은진미륵의 미소에 "모나리자의 미소보다 더 아름답고 편안하며 자비로움이 배어 있다"[19]는 주장도 있지만, 글쎄올시다. 예전에 나와 함께 이 불상을 보러 온 선배는 이 불상을 '큰 바위 얼굴'이라고 불렀다. 얼굴밖에 보이지 않는다는 것이다. 내가 알기로 한국미술사 전체를 통틀어 이토록 강렬한 표정은 달리 없다.

관촉사 삼성각에서 바라본 경내.

앞에서 나는 "넉넉한 품"을 말했는데 지금은 그 말을 취소해야 할지도 모르겠다. 그 강렬한 얼굴은 나를 따뜻하게 품어주기보다 차라리 밀쳐낸다. 그 크고 강한 존재 앞에서 나는 편안함보다 두려움 또는 외경심에 사로잡힌다.

김복진 선생이 은진미륵에 대해 언급하지 않았던 건 그 부조화의 강렬한 외양이 부담스러웠기 때문이 아닐까? 사람들은 그가 제작한 금산사 불상과 법주사 불상을 은진미륵의 아우니 형이니 했지만 그는 어느 매체에서도 은진미륵을 언급한 적이 없다. 대신 신라의 불상을 모델로 삼겠다고 했다. "체격이 건전한 미륵을 만들고" 싶다는 것이다.[20] 지금 금산사에 있는 그의 불상은 확실히 고려시대의 은진미륵보다 통일신라시대의 불상에 좀 더 가깝다. 김복진 선생은 은진미륵의 기이하고 강렬한 외양을 따를 생각이 없었던 것이다.

물론 이것은 그만의 입장이 아니다. 아주 많은 사람들이 "조선에서 제일 큰 부처"의 외양을 문제 삼았다. 가령 김리나 선생은 이 작품에 대해 "두부와 동체의 균형이 맞지 않는다"고 지적하며 "얼굴이나 동체의 조각에 생동감이 전혀 보이지 않고", 기둥 같은 몸체에 "법의의 의문衣紋도 간략하고 평면적"이라고 평했다.[21] 무엇보다 이 작품은 고려시대에 제작되었음에도 불구하고 위대한 석굴암 불교조각의 전통을 따르지 않는다는 점이 문제였다. 많은 미술사가들은 은진미륵의 기이하고 강렬한 용모가 통일신라시대 석굴암 불상이 달성한 궁극의 아름다움을 훼손하고 있다고 느꼈다. 석굴암 불상처럼 아름답게 만들 능력이 없더라도 최대한 그 아름다움을 계승하려고 노력했다면 그 노력을 가상히 여길 테지만 이 불상에는 그러한 노력을 조금도 찾아볼 수 없다는 것이 그들을 분노케 했다.

여러 사례가 있다. 먼저 은진미륵을 두고 "졸렬한 면상"이라고 했던 김용준 선생의 언급이 있다.[22] 김원용 선생도 여러 곳에서 이 작품에 대한 적개심을 드러냈다. 예컨대 1961년에 발표한 「한국 불상의 변천양식」이라는 글에서 이 작품을 "가장 미련한 타입의 불상", "신라의 전통이 완전히 없어진 한국 최악의 졸작"이라고 평했고,[23] 1980년에 발표한 『한국 고미술의 이해』에서는 "석주(돌기둥)와 다를 바 없는 4등신의 타락한 괴물"[24]로 묘사했다. 그 후에 안휘준 선생과 함께 쓴 『한국미술의 역사』에서는 "타락한 괴물"이라는 과격한 평은 사라졌으나 적대적인 태도는 유지됐다. 이번에는 "무계획, 체념적인 작품"이라는 평가가 더해졌다. 서술의 끝에 선생은 "석굴암의 위대하고 명예로운 전통은 이제 은진미륵에서 종착역에 다다른 것이라고 해도 과언이 아닐 것"[25]이라고 했다.

여러 미술사가들이 이렇듯 은진미륵을 비판한 데에는 그들 나름의 충분한 이유가 있다. 그들이 보기에 미술작품은 아름다워야 한

관촉사 석조미륵보살입상(세부).

다. 그러려면 작품은 조화와 균형의 세계를 구가해야 한다. 김원용 선생의 발언을 인용하면 미술은 "선, 색, 조형체 등 시각적 매체를 통해서 작가의 감정을 조화된 통일체로 구형具形하는 예술"이어야 한다.[26] 이런 관점에서 보면 아름다움, 곧 '조화로운 통일체'를 구형하기는커녕 모든 면에서 부조화를 드러내는 은진미륵은 비난받아 마땅한 것이다. 아마도 1962년에서 1963년 사이에 진행된 문화재 정리 사업에서 이전에는 국보였던 관촉사 은진미륵이 국보 재지정에서 탈락해 제2급의 국보, 즉 보물(218호)로 지정된 것도 이런 저평가와 무관치 않을 것이다.[27] '최대의 불상'이라는 명예도 '최악의 졸작', '타락한 4등신의 괴물'이라는 평가 앞에서 큰 힘을 발휘하지 못한 셈이다.

두 가지 해석
시대양식과 지방양식

미술사가의 미적 판단은 그의 미술사 서술에도 영향을 미치기 마련이다. 이제 보겠지만 은진미륵을 4등신의 타락한 괴물로 보는 관점을 지지하는 미술사가들은 이 불상의 역사적 의의도 축소시켰다.

일단 은진미륵에 대한 기록을 살펴보기로 하자. 관촉사 은진미륵은 고려 광종 19년(968년)에 제작된 것으로 알려져 있다. 조선시대의 지리서 『신증동국여지승람』에는 "반야산에 높이 50척의 돌미륵이 있는데, 고려 광종 때 승려 혜명이 대석을 얻어서 성공적으로 완성시킨 상"이라는 기록이 있고, 1744년에 세워진 관촉사 사적비에는 승려 혜명이 968년 반야산 기슭에서 거석을 얻어 970년에서 1006년까지 37년에 걸쳐 완성했다는 기록이 있다. 이 사적비에는 큰 돌을 올려놓기 위해 옆에 토담을 쌓아서 세우게 된 내력과 개수改修 기록도 적혀 있다.[28] 그러니까 은진미륵은 비교적 내력이 분명한 조각작품이다. 즉 기록을 참조하면 이 작품은 고려 초, 구체적으로는 광종 연간에 승려 혜명의 주도하에 제작되었다. 제작에 37년이나 걸렸다니 그저 놀라울 따름이다.

기록을 살펴보았으니 이제 작품에 대한 역사적 해석을 살필 차례다. 이 작품에 관해 미술사가들이 내놓은 해석은 크게 두 가지다. 하나는 이 작품을 제작 당시의 주역이었던 광종과 직접 연관 짓는 해석이다. 어쩌면 이 작품은 고려 초 강력한 왕권을 자랑했던 광종의 의지로 제작되었을지 모른다.[29] 작품의 거대한 규모, 삼십 년이 훌쩍 넘는 제작기간, 그리고 제작에 들였을 막대한 비용을 생각하면 이러한 추정은 분명 일리가 있다. 중앙정부의 관여를 충분히 가정할 수 있는 조건인 것이다. 당시 고려사회에서 '논산'이 지녔던 역사적, 지리적 의의를 감안하면 이러한 추정은 좀 더 그럴듯하게 들린다. 은진미륵이 있는 반야산은 광종의 아버지 태조 왕건이 이끄는 고려군이 후백제와의 최후 전쟁에서 승리해 통일전쟁의 종지부를 찍은 황산과 매우 가깝다. 인근에는 왕건의 지시로 건립된 개태사도 있다. 이런 사실을 염두에 두면 왕건의 셋째 아들 광종이 옛 후백제 지역인 논산에 개태사를 세운 아버지의 선례를 따라 그 근처에 관촉사와 은진미륵을 세웠다고 볼 여지는 충분하다.

예컨대 정성권 선생은 은진미륵의 독특한 보개, 곧 사각의 면류관형 보개의 유래를 광종에게서 찾는다. 그에 의하면 이 면류관형 보개는 광종이 스스로 황제를 칭하고 면류관을 착용한 960년 이후에 나타나는 도상이다.[30] 이 경우 은진미륵은 광종대의 이른바 '왕즉불(왕이 곧 부처다)' 사상을 나타낸 작품으로 해석될 수 있다.[31] 여기에 좀 더 인간적인 해석도 덧붙일 수 있을 게다. 광종은 왕실과 호족에 대한 피의 숙청으로 유명한 왕이다. 그만큼 지은 죄도 업도 많았을 것이다. 그의 인생 말년에 제작된 거대한 은진미륵은 어쩌면 왕의 속죄라는 의미를 담고 있을지 모른다. 또 어쩌면 그 압도적인 크기와 강렬한 인상으로 왕의 권위를 내세워 예상되는 반발을 무마하려 했던 것일지도 모른다. 그가 생의 후반기에 자신을 황제로, 수

관촉사 석조미륵보살입상(세부).

도를 황도로 지칭한 것을 염두에 두면 은진미륵의 거대한 크기와 강렬한 얼굴은 새 황제의 위세를 나타낸다고 할 수도 있겠다.

지금까지의 해석에 따르면 은진미륵은 사실상 광종의 작품이다. 그러면 불사를 지휘한 승려 혜명은 광종 또는 중앙정부의 의지를 현실에 구현한 '왕의 대리인' 같은 존재로 간주할 수 있다. 가령 최선주 선생은 각종 사료에 대한 검토를 통해 은진미륵 제작을 주도한 승려 혜명이 중앙 조정에서 파견한 조각장이라고 주장한다. 이렇게 본다면 관촉사의 불상은 지방에서 제작된 것이기는 하지만 "중앙집권의 기초를 다지는 중앙의 정책적인 차원에서 지방에 세워진 것"이며 그 특이한 양식 또한 "고려 전기의 대표적인 불상 양식"이 된다.[32] 이런 첫 번째 해석을 받아들이면 은진미륵은 비록 지방에 세워졌으나 당대의 불교조각을 대표하는 작품이다. 강력한 왕권을 자랑하던 왕(또는 황제)의 지시로 제작된 작품을 두고 비주류라 할 수는 없기 때문이다.

하지만 두 번째 해석에서는 상황이 달라진다. 이 해석에서 은진미륵은 당대의 주된 흐름이나 시대정신을 반영하는 대표작이 아니라 지방 정서를 반영하는 작품, 곧 비주류로 여겨진다. 이 해석에 따르면 은진미륵은 중앙정부와 무관하게 지방의 호족들이 승려 혜명을 시켜 제작한 작품이다. 잘 알려져 있다시피 고려는 호족사회였다. 특히 광종 집권기, 즉 고려 초에는 지방호족의 세력이 강성해서 중앙 정부의 지배력이 강력한 영향력을 행사할 수 없는 상황이었다. 이런 상황을 감안하면 은진미륵은 논산 지역을 장악했던 어떤 지방호족의 의지로 제작되었다고 볼 수 있다. 그래서 김리나 선생이 주장한 대로 은진미륵은 "고려의 불교사회가 지역 중심이었고 아직 고려 왕실이 불교사회에서 구심적인 역할을 할 만한 단단한 기반이 세워지지 않았다"[33]는 것을 반증하는 사례일 수 있다. 마침 은진미륵과 아주 유사한 작품들, 이를테면 부여 대조사 석조보살입상, 논산 개태사 석조삼존불입상 등은 논산, 부여 일대에만 집중적으로 나타난다. 그렇다면 은진미륵과 대조사, 개태사의 불상들을 한데 묶어 '충청 지역의 독특한 지역성'을 논하는 것이 가능할 것이다.

고려시대에는 지방에 따라 독특한 지역성이 형성되었다. (중략) 충청 지역에서는 얼굴 표현이 추상화된 육중한 조각들이 조성되는데 개태사 석조삼존불입상을 비롯해 대조사 석조보살입상, 관촉사 석조보살입상이 그 대표적 예이다.[34]

이런 관점에서 보면 은진미륵의 역사적 의의는 첫 번째 해석에 비해 축소될 수밖에 없다. 은진미륵(또는 그와 유사한 대조사, 개태사의 불상들)은 당대에 전국적으로 나타난 보편적인 현상이기보다 한정된 지역에서 발생한 특수한 현상이 되기 때문이다. 첫 번째 해석에서는 은진미륵을 시대양식으로 부각시키려고 하지만 두 번째 해석은 은진미륵을 지방양식으로 다루려 한다.

나는 고려시대 불상 전문가가 아니기 때문에 두 가지 해석 중에 어떤 것이 더 적절한지 판단할 위치에 있지 않다. 그래도 두 가지 해석 모두 한계가 있다고 말할 수는 있다. 첫 번째 해석은 왜 은진미륵과 유사한 불상들이 논산, 부여 일대에만 나타나는지 설명해야 한다. 그것이 왕이나 중앙정부의 의지를 반영한 것이라면 전국에 두루 나타나야 정상이 아니겠는가. 두 번째 해석은 제작에 37년이나 걸린 거대한 불상을 세울 만한 경제적, 정치적 능력을 지니고 있었을 뿐 아니라 (은진미륵의 개성적인 양식을 창출할 만큼) 독특한 미적 취향을 가졌던 호족 또는 지방 세력의 존재를 입증해야 한다. 그러나 아직 두 가지 해석 모두 이런 물음들에 별다른 답변을 제시하지 못하고 있다.

아무튼 현재로서는 두 번째 해석이 훨씬 강세다. 은진미륵을 시대양식보다 지방양식으로 다루는 경향이 두드러진다는 것이다. 즉 현재 은진미륵에 대해서는 유홍준 선생의 다음과 같은 평가, 곧 "통일신라시대에는 불교적 혜택이 미치지 못했던 논산 지방에도 불상이

대조사 석조보살입상, 높이 10m, 고려, 부여 대조사.

개태사 석조삼존불입상. 본존불 높이 4.15m, 좌우 협시보살 높이 3.12m 내외, 고려, 논산 개태사.

조성되었다는 사실에 더 큰 의미를 두어야 한다"[35]는 식의 평가가 좀 더 유력하다.

거대 불상이 가리키는
표준 너머의 세계

그런데 은진미륵을 석굴암 불상에 견주어 '타락의 상태'로 보는 관점은 정당한 것일까? 나는 이런 종류의 가치판단에 쉽게 동의할 수 없다. 내가 보기에 석굴암 불상과 은진미륵은 추구한 방향이 아예 다르기 때문이다. 은진미륵을 만든 이들은 석굴암 불상을 만든 사람들과는 달리 "조화된 통일체"로서 미美를 구현할 의지가 애당초 없었다고 해야 하지 않을까? 은진미륵은 '조화'나 '균형' 같은 미의 가치들과는 전혀 다른 출발선에 서 있다. 일단 18미터에 달하는 거대한 규모 자체가 아름다움과는 거리가 멀다. 물론 우리는 대개 키가 작은 사람보다 큰 사람을 아름답다고 느낀다. 키 164센티미터의 단신인 내가 이 사실을 모를 리 있겠는가! 하지만 여기에는 한계가 있다. 아름다우려면 적당히 커야 한다. 너무 큰 사람을 두고 아름답다고 하지는 않기 때문이다. 거인국에 떨어진 걸리버가 거인들에게서 아름다움을 느꼈을지 생각해볼 일이다. 그러니 아름다운 작품을 원하는 조각가는 조각의 크기를 적당히 제한할 필요가 있다. 그래야 사람들이 미적 쾌감을 경험할 수 있다. 현대의 미술비평가들은 이를 인체측정적 규모^{anthropometric scale}라고 부른다. 물론 인간이 아름다움을 느끼는 크기의 한계를 딱 잘라 말할 수는 없다.

작품 자체의 크기도 문제지만 작품을 바라보는 관조의 거리도 문제가 된다. 멀리서는 작품이 작아 보이기 때문이다. 내 경험상 3.48미터 높이의 석굴암 본존불은 아름답다고 할 만하다. 특히 석굴암 입구를 유리문으로 차단한 현재의 관람 조건하에서 볼 때 석굴암 본존불은 정말 아름답다. 피렌체 아카데미아 미술관에 있는 미켈란젤로의 〈다비드〉는 높이가 5.17미터인데 멀리서 보면 아름답게 느껴진다. 하지만 가까이 다가가면 아름다움이라는 틀로 한정할 수 없다는 느낌을 받는다.

그렇다면 정말 큰 작품, 아무리 멀리 떨어져도 시야에 가둘 수 없는 큰 작품은 어떤가? 아마도 아름답다고 느끼기는 힘들 것이다. 이를테면 이집트의 피라미드나 중국의 자금성을 두고 아름답다고 할 수 있겠는가? 인간은 자신이 감당할 수 없는 압도적으로 큰 것을 두고 아름답다고 하지 않는다. 그것은 우리에게 감동을 줄지언정 미적 쾌감을 선사하지는 않는다. 그것을 장악하기에는 내가 너무 미약하

미켈란젤로 부오나로티, 〈다비드〉(가까이에서 올려다본 모습), 대리석, 높이 5.17m, 1501~1504년, 피렌체 아카데미아 미술관.

다는 사실을 절실히 체감하기 때문에 오히려 불쾌감을 느낀다고 해야 할지 모른다.

이런 관점에서 보면 지금 내 눈앞에 우뚝 서 있는 18미터 높이의 은진미륵은 벌써 그 거대한 규모 자체가 아름다움을 거부하는 상태다. 그뿐만이 아니다. 고려의 장인들은 마치 작정이라도 한 듯 작품의 거의 모든 면에서 미의 규범, 아름다움의 한정된 틀을 넘어선 상태를 구현했다. 이 작품의 가장 두드러진 특징은 '과장', '지나침', '과도함', '너무함'이다. 다시 말하지만 이 불상은 얼굴이 너무 크고, 눈은 지나치게 째졌으며, 코는 과도하게 넓적하고, 어깨는 지나치게 좁다.

이쯤에서 미국 비평가 수전 손택(1933~2004)의 예술론을 끌어들이면 어떨까? 손택은 예술작품의 가장 중요한 기능이 "우리가 무엇을 어떻게 인지해야 하는가"[36]를 제시하는 일이라고 했다. 이 비평가에 따르면 텅 빈 공간이나 여백을 반복해서 드러내는 작품은 우리에게 그 텅 빈 여백을 주목하라고 요구한다. 또 아주 천천히 느리게 전개되는 음악은 우리를 답답하게 만들면서 '느림'이라는 특성 또는 가치를 새삼 주목하게 만든다. 은진미륵에 참으로 적합한 예술론이 아닌가? 은진미륵이 우리로 하여금 주목하게 만드는 것은 과연 무엇인가? 그것은 (미의) 표준 너머에 있는 것들을 보게 한다.

그럼으로써 표준에서 벗어나 있는 것들에 우리의 주의를 집중시키고 '표준 너머'를 새삼 생각하게 만든다. 그런 의미에서 그것을 못생겼다고 비판하면서 가치를 폄훼하는 일은 옳지 않다. 표준 너머를 바라볼 수 있어야 그 표준을 넘어설 수 있기 때문이다. 우리 미술사에서 은진미륵은 표준 너머를 응시하라고 요구하는 아주 드문 사례 가운데 하나다. '4등신의 타락한 괴물'은 '타락'을 통해, 또는 괴물이 됨으로써 타락하지 않은 것들, 괴물 아닌 것들, 그러니까 정상적인 것들에 딴죽을 건다. 그 딴죽에 기대어 우리는 새로운 세계를 꿈꿀 수 있다.

살아남은 것과
사라진 것

지금까지 살펴본 대로 고려시대의 은진미륵과 김복진의 법주사 미륵대불은 제각각의 예술 의욕을 동력으로 삼아 '최대의 불상'을 향해 달려갔다. 나는 이 두 불상이 한국조각사의 가장 중요한 순간들을 표지한다고 생각한다. 즉 이 작품들의 등장과 더불어 그 이전의 작품들은 진부해졌다. 두 작품은 기존의 작품들을 갑자기 과거의 낡은 것들로 보이게 만드는 힘이 있다는 것이다. 그것은 새로운 감각이 열렸다는 신호, 새로운 시대를 약속하는 징표다. 하지만 두 작품의 운명은 크게 달랐다.

은진미륵이 기특한 것은 언제나 거기서 변치 않고 자리를 지키고 있다는 점이다. 1935년에 화가 홍득순은 이 불상을 방문한 경험을 글과 그림으로 남겼다. 그는 "불교가 낳은 진실로 위대한 상"에 압도되어 그 "확엄무비確嚴無比한 기상은 풍마우세風磨雨洗를 능히 견딜 만한 거상"이라고 예찬했다.[37] 비할 바 없이 확고하고 엄숙한 기상을 지니고 있기에 거센 비바람을 견딜 수 있다는 것이다. 홍득순이 말한 대로 그것은 천년의 세월을 버텨 지금 내 앞에 있고 앞으로도 그럴 것이다. 은진미륵의 듬직함에 반해 쥐 부부도 사랑하는 딸의 사윗감으로 은진미륵을 점찍었다고 하지 않는가!•

반면 미완으로 남겨진 법주사 미륵대불의 운명은 순탄치 않았다. 1940년 김복진이 사망하자 제작비를 댄 김수곤이 일본인 조각가에게 의뢰해 건립을 서둘렀으나 일제강점기 말의 혼란 속에서 무산됐고, 1947년에는 김복진의 제자인 윤효중(1917~1967)이 조각가로 위

• 정성관, 「삼천귀 타고나 부귀 누릴 운 쥐띠」, 『매일경제』 1984년 1월 1일. 은진미륵과 관련된 전래동화에 나오는 이야기다. 사위를 찾아 나선 쥐 부부는 가장 강한 존재를 찾아 해, 구름, 바람을 거쳐 은진미륵에게 간다. 하지만 은진미륵은 쥐들이 발밑을 파헤치면 자신은 무너질 것이라며 가장 강한 자의 지위를 쥐에게 양보한다. 결국 쥐 부부는 은진미륵을 사위로 맞았다고 한다.

홍득순, 「은진미륵」, 『동아일보』 1935년 8월 25일.

촉되어 제작에 나섰으나[38] 1949년 김수곤이 사망하면서 이 또한 유야무야되었다. 1959년 조각가 장기은 등이 제작에 나섰으나 이 또한 수포로 돌아갔다.[39] 1962년 11월 1일자 『경향신문』에는 당시 불상의 상태를 보여주는 사진과 함께 자금 부족으로 완공하지 못하고 있다는 기사가 실렸다. 그러다가 1963년 법주사 주지였던 박추담과 국립박물관 학예사를 지낸 임천(1908~1965) 등의 주도로 작품이 완성됐다. 당시 언론은 국가재건최고회의 의장으로 있던 박정희가 낸 백만 원의 성금과 충청북도가 낸 20만 원이 착공의 밑거름이 됐다고 보도했다. 시공은 신상균이 담당했다. 그러나 처음에 "누가 일을 맡든 무엇보다도 돌아간 김복진 씨의 작품을 그분의 뜻대로 완성시킨다는 생각으로 일을 해야 할 것"[40]이라고 했던 임천은 박추담과 함께 작품의 높이를 변경하는가 하면 새들이 불상을 더럽힌다며 김복진의 구상에 없던 장식 과다의 천개天蓋를 씌었다. 그런가 하면 동철선으로 만든 두광頭光이 덧붙여졌다. 이 또한 김복진의 구상에 없던 바다. 이러한 변형에 대해 미술계 인사들은 불만이 많았다. 당시 『경향신문』 기자였던 이구열은 "여기서 김복진의 플랜은 완전히 무시됐다"면서 김복진이 살아 있다면 "그 천개와 싸웠을 것"이라고 썼다. 이에 대해 주지 박추담은 우리는 신앙상 천개와 두광을 덧붙인 것이라면서 이렇게 말했다. "김복진 씨는 예술가이긴 했지만 불교

1975년 당시 법주사 미륵불(도판 출처: 한국불교연구원, 『법주사』, 일지사, 1975). 김복진의
원안에는 없던 천개와 동철선 두광이 보인다.

가는 아니었다. 우리는 우리의 불상이 늘 존엄한 상태에 있게 하고 싶은 것이다."[41]

그러나 변형된 상태로나마 김복진의 손길을 간직하고 있던 불상은 1986년에 철거됐다. 당시 언론은 재료인 시멘트가 시간이 경과하면서 균열이 심해지고 천년 고찰에 어울리지 않는다는 불교계 안팎의 여론에 따라 철거가 결정됐다고 전하고 있다.[42] 1986년에 철거됐고 그해 10월부터 시작된 불사를 거쳐 1990년 4월 김복진의 원안을 참조한 새 청동불상이 그 자리에 세워졌다. 시멘트에서 청동으로 재료를 바꾸기는 했으나 "FRP로 시멘트 불(佛)의 형틀을 뜬 뒤 각 구분으로 나누어 주물형틀을 제작해 이곳에 청동을 부어 각 부위를 만든 후 기중기로 하나씩 짜 맞추는 방식으로 제작"[43]했기 때문에 김복진이 구상했던 불상의 외형은 크게 달라지지 않았다. 무엇보다 새 청동불상에서는 1963년 당시 문제가 됐던 천개가 배제됐다. 처음에는 청동불상이었으나 금박을 덧씌우는 몇 차례의 개금불사로 지금은 금동불상이다.[44]

여기까지가 김복진 사망 이후 법주사 미륵대불이 걸어온 길이다.

나는 법주사에 갈 때마다 이 거대한 불상 앞에 서서 김복진의 흔적을 찾는다. 불상의 형태는 분명 사진으로 남아 있는 김복진의 작품과 유사하지만 확실히 뭔가 허전하다. 현재의 금빛 불상에서 시멘트 조각의 느낌을 찾는 것 자체가 무리일 수도 있다. 이렇듯 법주사 미륵대불은 분명 김복진의 흔적을 간직하고 있으나 이미 그의 작품이라고 할 수 없는 것이다. 그렇기에 이 작품은 미완으로 종결된 모든 이상적인 기획들, 그리고 미처 못다 이룬 꿈을 대변한다고 말할 수 있다.

다다익선, 여행자와 유목민

경천사지 십층석탑과 원각사지 십층석탑

백남준의
<다다익선>

과천 국립현대미술관에서 백남준의 <다다익선>(1988년)을 처음 만난 날을 기억한다. 당시 십대 소년이던 내 눈에 <다다익선>은 정말 컸다. 찾아보니 높이가 18미터, 지름이 7.5미터라고 한다. 이 작품은 거대할 뿐만 아니라 수다스럽다. 모두 합쳐 1,003개의 모니터에서는 서로 다른 비디오 영상이 상영된다. 번쩍번쩍 계속 변하는 화면과 소란스런 음향은 내게 충격 그 자체였다. 그런 떠들썩한 작품을 전에는 본 적이 없었던 것이다. 당시 나는 국립현대미술관 램프코어의 경사진 나선형 회전통로를 따라 1층에서 3층, 3층에서 1층으로 오르락내리락하면서 그 작품을 정말 열심히 감상했다. 어린아이는 반짝이고 떠들썩한 것에 이끌리기 마련이다. 물론 <다다익선>은 십대 소년이 이해하기에는 너무나 난해한 작품이긴 했지만 말이다. 당시를 돌아보면 <다다익선>을 체험한 어린 소년은 일종의 멀미를 느꼈던 것 같다. 너무 많은 것을 한꺼번에 수용하자니 몸에 과부하가 걸렸다고나 할까?

그 십대 소년이 커서 어느덧 사십대 어른이 되었다. 그것도 미술비평을 업으로 살고 있다. 하지만 <다다익선>은 여전히 내게 다소 부담

백남준, 〈다다익선〉, 영상설치, 1988년, 국립현대미술관.

스러운 수수께끼로 남아 있다. 왜 이 작품은 그렇게 크고 수다스러 울까? 이 작품에는 흔히 말하는 한국의 미美, 곧 분청사기의 소박한 멋이나 백자 달항아리의 담백한 맛이 없다. 낯설다고 해야 하나, 어수선하다고 해야 하나? 그럼에도 불구하고 이 작품에는 확실히 내 몸을 잡아끄는 묘한 매력이 있다. 가끔은 그때의 멀미가 나는 느낌 이 그리울 정도니 말이다.

갑자기 이런 이야기를 꺼내는 것은 국립중앙박물관에서 만난 어떤 작품 앞에서 〈다다익선〉이 생각났기 때문이다. 바로 경천사지 십 층석탑이다. 이 고려 석탑은 아주 높고 장식적이다. 특히 자세히 보면 〈다다익선〉처럼 아주 많은 이미지를 동시에 품고 있다. 그래서 이 작품은 조용하고 은은하기보다 수다스럽고 어수선한 느낌을 준다. 다다익선多多益善, 그러니까 '많으면 많을수록 좋다'는 뜻을 염두에 둔다면 고려시대의 경천사탑과 백남준의 비디오 탑에는 확실히 통하는 면이 있다. 양자 모두 조용한 것보다 수다스러운 것, 담백한 것보다 복잡한 것을 추구한다는 점에서 그렇다. 보통 수다스러우면 경박해 보이지만 이 두 작품은 수다스럽다는 바로 그 사실 때문에 오히려 매력적이라는 점에서도 비슷하다. 그래서 나는 경천사탑을 좀 더 들여다보기로 했다. 그러면 〈다다익선〉에 대해서도 좀 더 잘 알 게 될지 모른다. 그것이 이 글을 쓰게 된 계기다.

그런데 백남준은 경천사탑을 보았을까? 그는 1932년 서울 종로구 서린동에서 태어났고 열여덟 살까지 서울에서 살다가 1949년 홍콩 로이덴스쿨로 전학한 후에는 일본, 독일을 떠도는 국외자로 살았다. 그러므로 적어도 어린 시절에는 경천사탑을 보지 못했다. 그 무렵 이 탑은 해체된 채 경복궁 뜰에 방치되어 있었기 때문이다. 물론 1960년에 이 탑이 복원되어 1995년까지 경복궁 뜰에 전시되어 있었으니 그 모습은 보았을 수도 있겠다. 좀 더 상상력을 발동하면 유년의 백남준은 흔히 경천사탑의 쌍둥이 탑으로 불리는 원각사탑은 확실히 보았을 것이다. 그가 나고 자란 종로 서린동에서 고작 몇백미터 거리에 원각사탑이 서 있는 탑골공원이 있기 때문이다. 뒤에서 다시 다루겠지만 원각사탑은 고려시대 경천사탑을 모방한 조선시대 탑이다. 당연히 원각사탑도 경천사탑만큼 수다스러운 외형을 지니고 있다. 원각사탑은 세워진 이후 그 자리를 한결같이 지키고 있다. 어린 시절의 백남준은 틀림없이 그 탑을 매일 보면서 성장했을 것이다.

경천사지 십층석탑, 고려, 1348년, 국립중앙박물관.

새 양식의
탄생

경천사탑을 본격적으로 다루기 전에 해둬야 할 이야기가 있다. 작품의 역사적 변화에 관한 이야기다. 한때 유행하던 작품의 스타일, 곧 양식은 시간이 지나면 쇠퇴하기 마련이다. 제아무리 높은 인기를 누리던 스타일도 시간의 흐름을 거역할 수 없다는 말이다. 독일의 미술사가 하인리히 뵐플린(1864~1945)은 미술사의 스타일 변화를 '산비탈을 구르는 돌'에 비유했다. 산비탈을 구르는 돌은 산의 경사진 정도나 바닥의 상태에 따라 다양한 방식으로 구르긴 하지만 모두 동일한 낙하법칙의 지배를 받는다. 뵐플린에 따르면 미술 양식의 변화도 이와 마찬가지다.

이것은 한국 석탑의 역사에서도 어김없이 나타나는 현상이다. 신라의 삼국통일을 전후로 완성된 이른바 전형석탑 양식은 엄청난 영향력을 발휘했으나 시간이 지나면서 인기가 시들해졌다. 특히 후삼국의 혼란기를 지나 '고려'라는 새로운 나라가 세워지자 변화는 대세가 되었다. 이제 사람들은 새로운 석탑 스타일을 원했다. 물론 전형을 따르는 석탑들이 여전히 만들어졌지만 이제 그것들은 더 이상 시대를 대표하는 석탑이 아니었다. 각지에서 새로운 시대, 새로운 정신과 세계관, 새로운 취향의 요구에 부응하는 석탑들이 제작되었다. 우리는 지금 그 탑들을 범박하게나마 '고려의 석탑 스타일'이라고 부를 수 있다.

변화는 크게 두 가지 방향으로 정리할 수 있다. 하나는 탑의 층수가 늘어나 다층탑이 증가한 현상이다. 3층, 5층이 대세였던 전형석탑과 달리 고려시대에는 7층, 9층 탑이 많이 만들어졌다. 지금 국립중앙박물관 야외 정원에 있는 남계원지 칠층석탑(11세기), 북한 개성 고려역사박물관에 있다는 현화사지 칠층석탑(11세기), 충청남도 청양군 서정리 구층석탑, 그리고 강원도 오대산 월정사 팔각구층석탑 등이 그 사례다. 이 가운데 월정사탑은 사각형 평면에서 벗어난 팔각형 탑인데 이런 다각탑은 평안북도 향산군에 있다는 보현사 팔각십삼층석탑에서 보듯 고려시대 북쪽 지방에서 유행했다. 이렇게 층수가 올라가면 탑의 전체 모양새는 길고 가는 형태가 되기 마련이다. 그러면 아무래도 든든한 안정감은 줄어들 수밖에 없다. 대신 날카롭고 세련된 외형을 갖게 될 것이다.

다른 하나는 장식화의 경향이 두드러지게 나타난다는 점이다. 월정사 팔각구층석탑에서 종래의 사각형이 아닌 다각형(팔각형)을 취한 데서 보듯 고려시대의 탑들은 담백하기보다 수다스럽다고 할 만한 외형을 지녔다. 강릉 신복사지 삼층석탑의 각 층 탑신(몸돌) 아래에는 널찍한 판석을 끼워 넣었는데 이러한 끼움 형태는 충청남도 서산 보원사지 오층석탑의 기단과 1층 몸돌 사이에도 나타난다. 그것은 단순하고 담백한 기존의 전형석탑 양식에 추가된 장식적 요소들이다. 고유섭 선생은 "장식적 의욕의 발전"이 이미 통일신라 중대에 시작되었다고 주장했다. 이를테면 8세기 중엽에 제작된 것으로 여겨지는 경주 원원사지의 탑들에는 기단과 1층 탑신에 연화좌 위에 앉아 있는 십이지상과 무기를 든 사천왕상이 조각되어 있다. 고유섭 선생에 따르면 고려시대의 석탑들은 이런 장식 의욕을 더욱더 극대화했다. 이를테면 탑의 전신, 곧 탑의 모든 면에 조각을 새긴 개성 현화사지 칠층석탑은 특별히 장식적인 고려 석탑의 일례다.[1] 이 탑의 1층에는 석가삼존과 나한, 사천왕 등이 새겨져 있고, 2층에서 7층까지는 석가삼존과 나한이 새겨져 있다. 그 주변을 연꽃 모양의 안상眼象이 감싸고 있다.[2]

그러니까 고려 스타일의 석탑들은 대체로 높고 길쭉하며 장식적이다. 물론 현화사탑처럼 이러한 특성을 모두 간직한 탑도 있지만 남계원탑처럼 부분적으로 간직한 탑도 있다(남계원탑의 깨끗하고 담백한 외관은 전형석탑과 통하는 바가 있다). 어쨌든 이런 특성들을 부분적으로 간직하고 있건 전면적으로 간직하고 있건 간에 이들 탑에서는 확실히 고려의 냄새가 난다.

◀◀강릉 신복사지 삼층석탑, 고려.

◀ 묘향산 보현사 팔각십삼층석탑, 고려.

● 오대산 월정사 팔각구층석탑, 고려.

▶ 개성 현화사지 칠층석탑, 고려.

▶▶개성 남계원지 칠층석탑, 고려, 용산 국립중앙박물관.

가장 수다스럽고
장식적인 석탑

그런데 고려 말기에 이르러 대단히 독특한 탑이 등장한다. 이 글의 주인공, 곧 경천사지 십층석탑이 그것이다. 이 탑은 지금 국립중앙박물관 1층에 자리 잡고 있다. 13.5미터에 달하는 높은 다층탑은 매우 장식적이다. 그런 의미에서 이 탑은 앞에서 서술한 고려 석탑의 일반적 흐름에 속한다고 할 수 있다. 그런데 어떤 문제가 있다. 앞에서 열거한 장식적인 고려 석탑들과 비교해도 이 탑은 훨씬 더 장식적이다. 즉 고려 석탑의 장식적 경향에 익숙한 사람들이 보기에도 이 탑은 '너무나 장식적이다!' 그래서 미술사가들은 이 탑을 다루는 데 어려움을 느낀다. 과도한 장식적 특성 때문에 이 탑은 '이채롭다'거나 '이색적이다', '이국적이다'라는 말을 듣는다. 문화재청 홈페이지에서도 "새로운 양식의 석탑이 많이 출현했던 고려시대에서도 특수한 형태를 자랑하고 있다"라고 설명할 정도다.

이 탑을 이채롭게 만드는 장식적인 특성을 열거해보자. 먼저 3단으로 된 기단부는 위에서 보면 아亞자 모양이다. 미술사가들은 이것을 '사면돌출형의 평면구조'라고 부른다. 그 이전의 한국 석탑에는 전례가 없는 구조다. 사면돌출형 기단구조는 중국 원나라에서 유행

▲ 사면돌출형 평면구조.

▼ 경천사지 십층석탑 기단부.

하던 라마탑 구조와 유사하다고 한다. 그 위에 올려진 10층의 탑신 역시 3층까지는 기단과 같은 사면돌출형이지만 4층부터는 정사각형 평면을 이루고 있다.

이렇게 탑의 기단부를 3단의 사면돌출형으로 구성한 이유는 무엇일까? 물음에 답하려면 그런 구조를 취함으로써 얻는 효과를 염두에 두어야 할 것이다. 탑의 기단부를 관찰하면 곧장 각 면에 조각들이 부조되어 있음을 알게 된다. 많이 훼손되기는 했으나 기단 각면에는 갖가지 그림들이 빠짐없이 조각되어 있다. 그러니까 사면돌출형의 평면구조를 택하면 많은 그림들을 그려(새겨) 넣을 공간을 확보할 수 있다. 통상적인 2단 사각형 기단부에서는 8개(4×2)의 그림면을 확보할 수 있는 반면 경천사탑의 3단 사면돌출형 기단부에서는 60개(20×3)의 그림면을 확보할 수 있다.

물론 이것은 기단부에 국한된 이야기다. 탑신으로 올라가면 그림면의 개수는 크게 증가할 것이다. 탑신부 3층까지는 기단과 같은 사면돌출형 구조이니 여기서 60개(20×3)의 그림면을, 4층부터 10층까지는 정사각형 평면구조이니 28개(4×7)의 그림면을 얻을 수 있다. 모두 합쳐 경천사탑의 그림면은 148개에 달한다. 탑이 처음 만들어질 당시 이 모든 면에는 그림(부조)이 조각되었다. 물론 역사의 흐름 속에서 그중 상당수가 망실되었지만 말이다.

이렇게 경천사탑을 세운 이들은 낯선 라마탑의 특성(사면돌출형 평면)까지 끌어들여 최대한 많은 그림면을 확보했다. 그만큼 탑에 새겨 넣을 그림들이 많았던 것이다. 이렇게 본다면 경천사탑과 백남준의 〈다다익선〉은 동일한 예술 의욕을 함축하고 있다고 해도 무방할 것이다. 양자 모두 당대의 기술적, 정서적 수준의 최대치에서 많은 영상(이미지)을 동시에 보여주려 했기 때문이다.

고려인들이 탑의 재료로 대리석을 택한 것도 같은 맥락에서 이해할 수 있다. 유홍준 선생은 이 탑이 대리석을 재료로 하여 "석질이 뽀얗고 우아하다"[3]고 했는데 대리석의 효과는 '뽀얗고 우아한' 느낌을 내는 것 그 이상이다. 대리석은 조각가들이 가장 사랑한 재료 가운데 하나다. 미켈란젤로가 다비드상이나 모세상을 만들 때 쓴 것도 대리석이고 베르니니가 바로크 조각상들을 만들 때 사용한 것도 대리석이며 〈입맞춤〉 같은 로댕의 걸작들도 대리석으로 만든 것이다. 대리석은 다른 석재에 비해 색과 무늬가 아름다울 뿐만 아니라 결이 곱고 무르기 때문에 다듬어 원하는 형상을 얻기 쉽다. 그런 의미에서 대리석은 조각에 최적화된 재료라 할 만하다.

하지만 과거 이 땅에서 대리석은 아주 귀한 재료였다. 지금도 사정은 마찬가지여서 많은 조각가들이 수입산 대리석을 구해 쓴다. 그런 이유로 과거 이 땅의 조각가들은 주로 화강석을 썼다. 유명한 석

경천사지 십층석탑(세부).

굴암의 재료가 바로 화강석이다. 정림사지탑, 감은사지탑 같은 과거 석탑의 걸작들 역시 대부분 화강석으로 만들었다. 하지만 화강석은 대리석에 비해 훨씬 단단해서 조각하기가 쉽지 않다. 따라서 화강석으로 만든 조각작품이나 석탑은 그 단단하고 무거운 재료와 사투를 벌인 조각가의 신체적 고통을 고스란히 간직하고 있는 것이다.

그런데 경천사탑은 화강석이 아니라 대리석으로 만들었다. 그 대리석은 아마도 중국에서 수입했거나(대리석의 명칭 자체가 중국 남부 운남성의 대리부大理府라는 지명에서 유래했다) 대리석 산지를 힘들게 찾아서 얻었을 것이다.[4] 어떤 경우든 탑 제작에 쓰일 대리석을 구하는 것은 쉽지 않았을 게 분명하다. 우리나라에서 비교적 구하기 쉬운 화강석이 아니라 굳이 귀한 대리석을 쓴 것은 조각이 용이한 대리석의 장점을 십분 활용하기 위해서였을 것이다. 그러니 더욱 정교하고 생생한 그림을 얻기 위해 대리석을 썼다고 해도 무방할 것이다.

특히 이 새로운 석탑 재료인 대리석은 석재로서 목조건축을 모방하는 데도 탁월한 효과를 발휘했다. 기단부로 향하던 눈길을 위로 향하면 돌로 만들었으나 목조건축을 그대로 옮긴 것 같은 장관이 펼쳐진다. 팔작지붕이 교차된 십자형 지붕, 기둥 사이에도 공포를 배열한 화려한 다포형식, 난간과 서까래·기와의 세밀한 묘사가 정교하고 치밀해서 진정 목조건축처럼 보인다. 이 대리석 탑은 한국에서는 좀처럼 찾아볼 수 없는 높고 화려한 목조건물을 재현하고 있다. 그것은 중국 사극에서나 나올 법한 이국적인 모양새다. 그 화려하고 이국적인 광경 앞에서는 "우와!" 하는 감탄이 절로 나온다.

경천사탑은 지금 국립중앙박물관 상설전시동 맨 끝에 있는 널찍한 홀에 서 있다. 따라서 관람객은 건물 1층과 2층, 3층을 오르락내리락하며 이 탑의 장식적인 세부를 관찰할 수 있다. 탑이 본래의 자리에 있었다면 누릴 수 없는 복을 누리고 있는 셈이다. 흥미롭게도 이런 전시 방식은 〈다다익선〉의 전시 방식과 대동소이하다. 수다스러운 작품, 곧 많은 것을 동시에 아우르는 작품의 특성을 관객들이 효과적으로 체감하도록 배려한 전시 방식이다. 1990년대 중반 경천사탑을 신축 박물관 실내로 옮기기로 결정했을 당시에는 좀 더 적극적인 제안도 있었다. 가령 신축박물관 설계공모에 참여한 윤재원 박사는 "(경천사탑을) 박물관의 실내로 옮기면 관람객들이 이를 충분히 감상할 수 있도록 탑 주위에 둥근 층계를 설계할 계획"이라고 밝혔다.[5] 이 제안은 실현되지 못했는데 만약 그의 제안대로 탑 주위에 둥근 층계를 세웠다면 우리는 백남준의 〈다다익선〉에서처럼 탑을 둥글게 돌아가며 볼 수 있었을 것이다.•

이처럼 경천사지 십층석탑은 '장식의 시대'인 고려에서도 가장 수다스럽고 장식적인 작품이다. 장식에 관한 한 확실히 경천사탑에 견

줄 만한 전례를 찾기가 힘들 정도다. 그런데 고려 말에 이렇게 과도하게 수다스럽고 장식적인 탑이 등장한 이유는 무엇인가? 이제 역사적인 맥락을 살필 차례다.

경천사탑의
내력

경천사탑 1층 탑신석 창방 부분에 새겨진 명문에 따르면 이 탑은 고려 말 지정至正 8년(1348년)에 조성되었고 강융, 고용봉 등이 건립에 관여했다. 모두 중국 원나라와 긴밀히 연결된 인물들인데 원나라 황실과 고려 왕실의 무병장수, 국태민안國泰民安, 그리고 불법의 융성을 기원하기 위해 이 탑의 건립에 참여했다.

경천사탑은 개성에서 가까운 경기도 개풍군 부소산 경천사에 세워졌다.[7] 『대동여지도』에서 부소산扶蘇山은 개성과 강화도 사이에

● 그런데 이것은 과천 국립현대미술관을 설계한 건축가의 의도는 아니라고 한다. 즉 그는 뉴욕 구겐하임 미술관처럼 비어 있는 공간을 의도했으나 1988년 그 공간에 〈다다익선〉이 들어서면서 상황이 달라졌다. 이 건축가가 〈다다익선〉이 설치된 후 뉴욕에서 백남준을 만났을 때 백남준은 이렇게 말했다고 한다. "고맙다. 어떻게 내 작품을 위해 그렇게 그 공간을 비워놓았나." 건축가는 이렇게 한탄한다. "하지만 그걸 놓으려고 한 게 아니에요. 답답하잖아요."[6]

있다. 김정호 선생은 부소산 아래쪽에 탑塔이라고 표기했는데 필경 경천사탑을 나타낸 것일 게다. 위치상으로 보아 경천사는 예성강 벽란도에서 개성(송도)으로 들어가는 길목에 자리 잡고 있다. 이렇게 원나라와 고려의 교류가 집중된 길목에 원-고려의 밀접한 관계를 대표하는 십층탑이 세워진 것은 충분히 납득이 가는 사정이다.

한편 경천사는 탑이 세워지기 전에 이미 거기에 있었다. 『고려사』에는 1117년에 예종이 경천사를 방문했다는 기록이 있다. 경천사탑은 2백 년이 넘는 역사를 자랑하는 유서 깊은 사찰에 건립되었던 것이다. 물론 새로 세워진 13.5미터의 높고 화려한 석탑은 고찰古刹의 분위기를 확 바꿔놓았을 것이다.

탑이 건립된 1348년은 고려 충목왕 4년에 해당한다. 하지만 이해에 충목왕은 사망했다. 그 후 충혜왕이 즉위했으나 곧 왕좌에서 쫓겨났고 1351년에 공민왕이 즉위했다. 1348년은 드라마 주인공으로 유명해진 기황후와 친원파의 위세가 절정에 달했던 때다. 실제로 탑의 조성을 주도한 강융은 원나라 승상 탈탈脫脫과 깊은 인연이 있었고(강융의 딸이 탈탈의 애첩이었다), 고용봉(고용보)은 기황후의 심복이었다. 그러니 경천사지 십층석탑은 고려 말기 정점에 도달한 친원파의 권력과 취미를 대표하는 기념비라 할 만하다. 조선시대 지리지 『신증동국여지승람』에는 "원나라 승상 탈탈이 경천사를 원찰로 삼고 진녕군 강융이 원나라에서 공장工匠을 뽑아다가 이 탑을 만들었다고 세상에 전해지고 있다"(13권, 경기도 풍덕 불우조佛宇條)라는 기록이 있다.

『신증동국여지승람』에 따르면 이 탑의 건립에는 원나라의 장인들이 참여했다. 물론 "세상에 전해지고 있다"라고 했으니 확실한 기록은 아니다. 하지만 아니 땐 굴뚝에 연기 날 리 없다. 부와 권력을 독차지한 이들이 주도해 만든 탑이니 마땅히 거기에 그들의 욕망이 투사되었을 것이다. 그들은 가능한 모든 수단을 동원해 가장 귀하고 아름다운 탑을 만들었다. 필요하다면 원나라의 장인들을 부르지 않을 이유가 없었을 것이다. 원나라의 장인들이 만들었을 가능성, 아니면 적어도 제작에 참여했을 가능성을 배제할 수 없는 것이다.

"원나라에서 공장工匠을 뽑아다가 이 탑을 만들었다고 세상에 전해지고 있다"는 『신증동국여지승람』의 기록은 매우 중요하다. 왜냐하면 미술사가들은 종종 이 기록을 근거로 경천사탑의 과도한 장식성을 해명하기 때문이다. 예를 들어 진홍섭 선생은 이 탑을 이렇게 설명한다. "원나라 장인의 작품으로 고려의 석탑과는 다른 형식의 석탑이다."[8] 이런 관점에서 보면 경천사탑은 한국의 탑이라기보다 중국(원나라)의 탑이다. 그러면 한국 석탑의 역사를 서술할 때 이 탑의 존재는 크게 문제 삼지 않아도 된다. 진홍섭 선생의 고려 석탑 서술은 이렇게 마무리된다.

　　이상과 같은 여러 형태의 석탑을 통관해보면, 건국 초기에는 신
라나 백제시대 석탑 양식을 따르다가 11세기부터 고려의 양식을
계발 발전시켰고 13세기부터 차츰 미감을 잃기 시작하는 변천 과
정을 거치고 있다.[9]

　　앞에서 살펴본 대로 경천사탑은 14세기에 제작되었다. 과거에 고
유섭 선생도 이 탑을 "고려 말 원조元朝의 영향하에 발생한 것"으로
설명하면서 고려 말기 원조元朝 양식의 불탑이 일시 유행했으나 대
세를 이루지는 못했다고 평가한 바 있다.[10] 특히 평생을 일제 치하의
식민지 조선에서 살았던 고유섭 선생이 이 탑을 대하는 마음은 남
다른 바가 있었다. 고려 말 강융이나 고용봉 같은 친원파 민족반역
자들이 이 탑의 조성을 주도했다는 게 마음에 걸렸던 것이다. 선생
은 "민족적 감정에 붙잡혀 사실을 왜곡하려는" 태도를 경계하면서
도 민족적 감정을 이 탑의 운명에 투사했다. 뒤에서 다시 다루겠지
만 고유섭 선생이 살았던 일제강점기에 경천사탑은 파괴된 상태였
다. "메이지 말년에 대사로 있던 다나카 미스야키가 도쿄로 일단 반
출했었으나 도중에 파손이 심하여 복원 건립할 수 없으매 서울로

환부還附하여 총독부박물관의 손으로 경복궁 근정전 안에 보관되어"[11] 있는 상태였던 것이다. 일제강점기 경천사탑의 참담한 운명을 두고 선생은 이렇게 말했다.

권세에 기댄 역신들의 손으로 말미암아 경천사탑은 세워졌던 것이니 이러한 점에서 볼 때는 그 탑파의 괴멸 또한 업과라 할 만하다.[12]

뉘앙스의 차이는 있으나 고유섭 선생이나 진홍섭 선생은 경천사탑을 외국(원나라)의 일방적 영향의 산물로 본다는 점에서 공통적이다. 그러면 경천사탑의 독특한 수다스러움이나 장식성도 자연스럽게 해명된다. 그것을 우리 민족의 고유한 정서와는 이질적인 타민족의 취향이나 미의식, 종교관이 반영된 결과라고 보면 그만인 것이다. 다시 고유섭 선생의 말을 인용하면 경천사탑은 "고려인의 소작이 아니"고 "고려조에 있어서는 역사적, 사회적 계련성이 적은" 따라서 비본연적인 작품이다.[13]

원각사지 십층석탑

장식의 시대

하지만 이상의 해석은 어떤 문제를 안고 있다. 그것은 경천사탑과 닮은, 아니 똑같이 생겼다고밖에 할 수 없는 탑의 존재 때문에 발생하는 문제다. 이제 글을 시작하면서 언급했던 원각사지 십층석탑이 등장할 차례다. 원각사탑은 서울 종로2가의 탑골공원에 있다. '탑골공원'의 명칭도 이 탑에서 유래했다. 탑골공원(파고다공원)은 1888년에 세워진 인천 각국공원(자유공원)에 이어 1897년 서울에 조성된 최초의 근대식 도심공원이다. 탑골공원은 조선 초기에 건립된 원각사 터에 세워졌다. 공원에 있는 '원각사비'의 비문이나 『세조실록』에 따르면 세조가 1464년 옛 흥복사 터에 원각사를 세웠다. 효령대군(세종대왕의 형)이 세조의 명을 받아 원각사의 건립을 주관했다. 원각사탑은 이때 세워졌다.

다시 말하건대 원각사탑은 경천사탑을 빼닮았다. 일단 전체적인 구조가 같다. 사면돌출형의 3단 기단은 물론이고 3층까지는 기단과 같은 사면돌출형이지만 4층부터는 정사각형 평면을 이루고 있는 것도 경천사탑과 동일하다. 약 12미터의 높이로 13.5미터인 경천사탑보다 규모가 조금 줄어들긴 했지만 말이다. 팔작지붕이 교차된 십

원각사지 십층석탑. 조선. 1464년.

▲ 원각사지 십층석탑의 옥개석.

▼ 원각사지 십층석탑의 탑신부 조각.

자형 지붕, 기둥 사이에도 공포를 배열한 화려한 다포형식 등도 모두 경천사탑에서 보았던 것이다. 기단과 탑신면에 조각된 그림들의 내용도 엇비슷하다. 재료도 경천사탑과 마찬가지로 대리석이다. 김원용 선생의 말대로 원각사탑은 "고려 말 경천사지탑을 모방한 것이 분명한 조선 초의 탑"[14]인 것이다.

원각사탑이 세워진 시기에 주목해보자. 이 탑은 1464년에 건립되었다. 1348년 경천사탑이 세워진 지 120년 가까이 지난 때다. 그동안 많은 것이 변했다. 고려가 멸망했고 조선이 건국되었다. 중국에서는 이미 오래전에 원나라에서 명나라로 왕조가 교체되었다. 따라서 경천사탑을 빼닮은 원각사탑의 독특한 장식성은 더 이상 중국(원나라)의 일방적인 영향으로 설명할 수 없다. 이 탑은 세조나 효령대군 같은 유력한 왕실 인사들이 자발적인 의지로 새 도읍지인 한양 한복판에 세운 것이다. 따라서 마땅히 당대의 세계관, 종교관, 미의식과 취향을 대변하는 것이어야 했을 것이다.

그들에게는 물론 여러 선택지가 있었다. 그 선택지 중에는 부여의 정림사지탑이나 경주 불국사 삼층석탑 같은 빼어난 걸작들이 포함되어 있었을 것이다. 하지만 그들은 옛 걸작들이 아니라 개성 경천사탑을 수도 한양의 중심에 세워질 원각사탑의 모델로 삼았다. 장식적인 경천사탑을 '동시대적인' 것으로 여겼기 때문일까? 경천사탑

원각사지 십층석탑(보호각이 세워지기 전의 모습).

이 개성 부소산에 세워진 지 120년, 그 오랜 세월 동안 경천사탑의 새롭고 독특한 미감이 사람들의 정서와 취향에 각인되었다(또는 내면화되었다)고 할 수도 있겠다. 그들은 경천사탑의 낯설고 수다스러운 장식성, 독특한 미감을 민족 정서에 이질적인 것으로 간주해 내치기보다 적극 수용하고 계승해 원각사탑을 세웠다. 따라서 우리는 14~15세기에 그토록 장식적인 석탑 양식이 과연 유행했는가에 대해 물어야 한다. 그러려면 다시금 두 탑을 좀 더 꼼꼼히 관찰할 필요가 있다.

여행자와
유목민

경천사탑과 원각사탑의 가장 큰 특징은 기단면과 탑신면 전체에 그림(부조)이 조각되어 있다는 점일 것이다. 미술사가들에 따르면 두 탑의 1층에서 4층까지는 불회佛會, 곧 불교 법회 장면들이 조각되어 있다. 이를테면 1층 동서남북 4면에는 삼세불회(남쪽), 영산회(서쪽), 용화회(북쪽), 미타회(동쪽)가 조각되어 있다. 그런가 하면 2층에는 화엄회(남쪽), 원각회(서쪽), 법화회(북쪽), 다보불회(동쪽)가 조각

원각사지 십층석탑의 1층 남쪽면 부조(삼세불회).

되어 있다. 이렇게 경천사탑과 원각사탑의 아래층 탑신면들은 불교의 법회 장면을 총망라하고 있다. 한편 5층부터 10층까지는 선정인, 합장인을 한 여래좌상들이 5존, 3존씩 등장한다. 이렇게 두 탑의 탑신면 그림들은 세상의 모든 불교 법회, 세상의 모든 부처를 아우르고 있다.

하지만 우리는 절대로 그 모두를 한꺼번에 볼 수 없다. 즉 탑은 세상의 모든 법회와 부처들을 아우르고 있건만 우리는 어떤 지점에서도 그 법회와 부처들을 모두 한꺼번에 바라볼 수 없다. 일단 4층 이상에 새겨진 법회와 불상은 너무 높은 곳에 있어서 볼 수가 없다. 분명 거기에 뭔가가 있다는 것은 확실하지만 가까이 다가가 눈으로 확인할 수 없다. 물론 국립중앙박물관에 있는 경천사탑은 건물 안 널찍한 홀에 있기 때문에 위층으로 올라가 7층, 8층의 탑신면 부조들을 볼 수 있다. 하지만 7층, 8층의 탑신면을 볼 수 있는 자리에서는 1층, 2층의 탑신면 부조들을 볼 수가 없다. 마찬가지로 탑의 동쪽 면에서는 북쪽과 남쪽, 그리고 서쪽 면을 볼 수 없다. 그래서 우리는 항상 아쉽다. 여기서는 저쪽이 궁금하고 저쪽에 가면 다시 이쪽이 궁금한 것이다.

이렇게 경천사탑과 원각사탑은 '전체'를 곧장 보여주지 않는다. 그러니 '전체'에 대한 인상, 곧 전체상을 얻으려면 발품을 팔아 '여기'

와 '저기'의 모습을 확인하고 '여기'에서 본 것과 '저기'에서 본 것을 머릿속에서 이어 붙여야 한다. 물론 그렇게 이어 붙여 만든 전체상은 항상 불완전하거나 잠정적이다. 아직 이어 붙이지 않은 부분들(장면들)이 많이 남아 있을 테니 말이다. 그런데 과거의 전형석탑들에서는 상황이 달랐다. 감은사지탑, 나원리탑, 또는 불국사 삼층석탑(석가탑) 같은 단순하고 매끈한 전형석탑들은 한쪽에서 그 모습을 보는 것만으로 충분히 '전체'에 대한 인상을 확보할 수 있다. 이쪽에서 보든 저쪽에서 보든 전형석탑의 전체상은 항상 동일하게 유지된다. 반면에 경천사탑과 원각사탑의 전체상은 보는 위치에 따라 달라진다. 전자가 전체상을 '단번'에 제시한다면 후자는 여러 번으로 나누어 '순차적으로' 제시한다고 할 수 있다. 다시 강조하자면 경천사탑과 원각사탑은 그 탑신면들에 세상의 모든 법회와 부처들을 동시에 아우르고 있다. 그 법회와 부처들을 모두 지켜보려면 우리는 계속해서 몸을 움직여야 한다. 탑 주위를 돌면서 머리를 위 아래로, 다시 좌우로 돌려가며 보아야 한다. 따라서 두 탑을 제대로 보려면 꽤 시간이 걸린다.

이런 상황을 여행에 비유하면 어떨까? 마침 경천사탑과 원각사탑의 기단부에는 아주 특별한 여행이 묘사되어 있다. 보통 키의 사람이 가장 잘 볼 수 있는 자리에 그 그림들이 있다. 예를 들어 원각사탑

기단부 서쪽에 있는 한 부조상에는 여러 인물들이 등장한다. 맨 앞에 있는 인물은 뭔가 큼지막한 것을 휘두르고 있는 것처럼 보인다. 그 뒤로 지팡이 같은 것을 들고 있는 인물, 말을 끌고 있는 것처럼 보이는 인물, 그리고 역시 뭔가를 들고 있는 인물이 보인다. 이것은『서유기』의 '화염산' 장면을 묘사한 것이다.[15] 즉 손오공이 철선공주의 진짜 파초선을 취해 화염산의 뜨거운 불을 끄고 지나가는 장면이다. 맨 앞에 있는 인물이 파초선을 든 손오공이고, 그 뒤에 삼장법사, 저팔계, 그리고 행장을 든 사오정이 있다. 이것은 경천사탑, 원각사탑의 기단부 22개 면에 새겨진『서유기』부조의 일부이다. 경천사탑의『서유기』부조는 너무 많이 훼손되었으나 다행히도 원각사탑의 부조는 비교적 온전히 남아 있다. 신소연 선생에 따르면 원각사탑 기단부의『서유기』부조는 출발→모험→취경→귀환 순으로 구성되어 있는데 전체 순서는 동쪽에서 시작해 시계방향으로 진행되며 이는 탑돌이의 방향과도 일치한다.[16] 이를테면 기단부의 북쪽 가운데 면에 있는 큼지막한 부조는 대승불교의 경전을 얻고자 서천으로 취경 여행에 나선 삼장법사를 당태종이 배웅하는 장면이다. 이제 막 취경 여행이 시작된 터라 아직 손오공이나 저팔계, 사오정은 등장하지 않지만 우리는 탑의 다른 면에서 곧 그들을 만나게 될 것이다.

　따라서 경천사탑과 원각사탑을 도는 일은 탑 기단부의『서유기』

▲ 원각사지 십층석탑 기단부의 서쪽 북면(화엄산 장면).

▼ 원각사지 십층석탑 기단부의 북쪽 북면(당태종이 삼장법사를 배웅하는 장면).

부조를 따라 취경 여행에 나서는 일에 대응한다. 잘못을 저질러 천상에서 쫓겨난 삼장법사 일행은 수많은 역경과 고행을 통해 죄에 상응하는 대가를 치르고 선행을 통해 다시 천상의 존재로 복귀하게 된다. 이렇듯 천상의 존재로 복귀하는 것은 단박에 이루어지는 것이 아니라 오로지 속죄와 선행을 거듭하는 방식으로써만 가능하다는 것이 『서유기』의 메시지다. 이런 『서유기』의 구조는 오로지 머릿속에서 부분들을 이어 붙이는 식으로만 전체상을 얻을 수 있는 경천사탑과 원각사탑의 구조와 통한다.

지금까지의 관찰을 토대로 경천사탑과 원각사탑이 형식과 구조를 통해 전하는 메시지를 정리하면 이렇다. 즉 궁극의 진리(전체상)는 확실히 존재하지만 단번에 얻을 수 없다. 오로지 삼장법사 일행처럼 오랜 기간 참을성 있게 단편들을 수집하고 이어 붙이는 일을 통해서만 궁극의 진리에 도달할 수 있다. 물론 그 진리에 도달했다고 여겨지는 순간에도 그것이 정말 궁극의 진리인지는 단언할 수 없다. 이런 관점에서 보자면 경천사탑과 원각사탑의 유별난 장식성, 수다스러움은 불필요한 과잉이나 사치로 치부할 수 없다. 또 그것을 간단히 이국적인 취미의 소산으로 단언할 수도 없다. 오히려 14세기의 고려인들과 15세기의 조선인들은 그들만의 세계관을 석탑에 구현하기 위해 장식적인 요소들을 취했다고 해야 한다. 거기서는 하나의 공간에 여러 시간이 공존하며 우리는 동시에 여러 곳에 존재한다. 그 세계에서 전체상은 좀처럼 얻기 힘든 것, 불완전한 것, 잠정적인 것이지만 항상 생동한다.

경천사탑, 원각사탑과 마찬가지로 탑처럼 생긴 백남준의 〈다다익선〉에도 수없이 많은 단편들, 세계들이 공존한다. 거기서 관객들은 경천사탑이나 원각사탑에서와 마찬가지로 작품 주변을 맴돌며 단편들을 이어 붙여 자기 나름의 전체상을 만들게 된다. 물론 그 전체상은 언제나 불완전하고 잠정적인 상태에 있다. 경천사탑에서 148개에 불과하던 그림면은 〈다다익선〉에서는 1,003개로 늘어났다. 따라서 전체상을 얻는 일은 훨씬 어려워졌다. 그 작품에 백남준은 짓궂게도 '다다익선'이란 이름을 붙였다. 다시 말하건대 다다익선이란 '많으면 많을수록 좋다'는 뜻이다.

물론 고려, 조선시대의 탑과 백남준의 탑에는 차이가 존재한다. 백남준의 탑에는 『서유기』로 대표되는 최소한의 서사조차도 배제되어 있다. 사실 시시각각으로 변하는 1,003개의 영상을 이어 붙여 하나의 서사를 만드는 건 애당초 불가능한 일에 해당한다. 고려, 조선시대의 탑이 어떻든 부분을 이어 붙여 전체상을 얻게 될 희망의 그날을 약속하고 있다면 백남준의 탑은 그 희망의 날조차도 거부하고 있다. 나는 백남준이 경천사탑과 원각사탑의 세계에서 출발했으나 '한 걸음 더 들어가' 그만의 좀 더 급진적인 세계를 구현했다고 본다. 그러니 사람들이 백남준을 일컬어 최후의 안식조차 거부하는 노마드(유목민)라 칭하는 것일 게다.

<!-- · · ● -->

얻는 것이 있으면 잃는 것도 있다

세상 모든 일이 그렇듯 얻는 것이 있으면 반드시 잃는 것이 있다. 경천사탑과 원각사탑의 경우를 보자면 이 탑을 세운 사람들은 대리석을 재료로 취함으로써 모두 합쳐 148개의 그림면에 정교하고 생생한 그림을 새겨 넣을 수 있었다. 하지만 부드러운 대리석은 조각이 쉬운 만큼 야외 환경에 취약하다. 특히 우리 시대의 고민거리인 산성비에 약하다. 대리석의 주성분인 탄산칼슘이 산성비에 반응해 녹아내리기 때문이다.

한때 경복궁에 있던 경천사탑을 해체, 수리해 2005년 용산 국립중앙박물관 상설전시관 실내로 옮긴 것은 그러한 이유에서다. 1907년 일본인 다나카에 의해 무단 해체되어 일본 도쿄에 밀반출되었던 경천사탑은 여러 사람들의 노력으로 1918년 반환되었으나 훼손이 너무 심해 경복궁에 방치되다가 1960년 시멘트 모르타르로 수리 복원해 일반에 전시되었다. 하지만 산성비 오염 등의 이유로 1995년 다시 해체되어 오랜 기간의 복원 과정을 거친 후 2005년 새로 문을 연 국립중앙박물관에 다시 그 모습을 드러냈다.

그렇다면 원각사탑은 어떤가? "비둘기 배설물과 산성비 때문에 양각된 모든 형상들이 형체를 알아볼 수 없을 정도로 망가진" 원각사탑에는 1994년 철재보호각이 씌워졌고 1998년에는 지금의 유리보호각이 설치되었다. 철골조에 두께 21.5밀리미터의 고강도 투명 유리를 네 면과 상층부에 끼워 넣는 방식으로 제작된 유리보호각은 지금 원각사탑을 든든히 지키고 있다. 당시 유리보호각 설치를 주도한 서울시 관계자는 "시민들이 탑을 관람하는 데는 아무런 지장이 없다"[17]고 했지만 내 입장에서 보자면 그 유리보호각은 관람에 많은 지장을 준다. 그러나 어쩔 수 없는 일이 아닌가! 저 보호각은 현재 원각사탑을 온전히 보존하기 위한 최선의 대안이다. 이것은 과거에 탑을 세운 이들이 미처 예상하지 못한 상황일 것이다.

오래전에 고유섭 선생은 원각사탑을 두고 "십층대리석탑은 경영의 묘妙, 조각의 미가 동아시아 탑파 중 또한 기특한 것"[18]이라고 했는데 나로서는 이 탑의 존재 자체가 기특하고 고맙다. 이 탑은 여전히 제자리를 지키며 서양에서 르네상스 운동이 절정에 달했던 15세기에 이 땅에도 르네상스 못지않은 역동적인 세계관의 변화, 감성과 취향의 변동이 진행 중이었음을 증언하고 있다.

그리고 백남준의 〈다다익선〉은? 이 비디오 탑도 지금 앞의 두 탑 못지않은 질곡에 처해 있다. 작품에 사용된 모니터의 노후화, 제품과 부품의 단종으로 원형 유지가 어려운 실정이다. 지금은 여분의 제품과 부품으로 어렵사리 원형을 유지하고 있으나 머지않아 그 여분마저 동나는 시기가 올 것이다. 따라서 〈다다익선〉의 원형 유지는 지금 국립현대미술관이 직면한 가장 큰 고민거리 가운데 하나다.

조선백자의 고향에서 보낸 하루

경기도 광주 분원 유람기

백양당 와이샤쓰와
넥타이

분노가 치밀어 오를 때 또는 슬픔이 북받칠 때 갑자기 어떤 계기로 헛웃음이 나는 경우가 있다. 분노, 슬픔과 도무지 어울리지 않는 어떤 엉뚱한 것이 난데없이 시야에 들어올 때 겪게 되는 현상이다. 언젠가 학교 도서관에서 잡지『문장文章』의 폐간호를 살펴볼 때도 그랬다. 이 잡지는 일제강점기 말기의 엄혹한 시절에 이태준, 정지용, 이병기, 김용준 등 유명한 예술인과 지식인들이 만든 문예지다.

『문장』은 양과 질 모두에서 당대 한국문학과 예술을 대표하는 잡지다. 이 잡지를 통해 세상에 처음 선보인 작품이나 등단한 작가가 헤아릴 수 없이 많다. 전통에 주목한 이른바 '상고주의尙古主義'는 이 잡지의 캐치프레이즈였다. 하지만 생명이 길지 못했다. 1939년 2월에 창간호를 발행했고 1941년 4월에 폐간호가 된 통권 25호(제3권 제4호)를 발행했다. 잡지를 조선어와 일본어로 반분해 구성함으로써 "황도정신皇道精神 앙양에 적극 협력하라"는 일제의 요구에 불응해 자진 폐간의 길을 걸었던 것이다. 폐간호 마지막 면에는 "국책에 순응하여 이 제3권 제4호로 폐간합니다"라는 근고謹告가 실려 있다.

그러니까 양심 있는 지식인이라면『문장』폐간호를 앞에 두고 '분노'와 '슬픔'을 느낄 수밖에 없다. 나 역시 마찬가지였다. 숙연한 마음으로 잡지를 열었다. 하지만 어떤 요소가 눈에 들어오자 분노와 슬픔의 감정에 집중할 수 없게 되었다. 그 요소란 바로 목차 하단에 있는 '백양당白楊堂' 광고였다. 상표 좌우에 '와이샤쓰', '넥타이'라는 단어가 등장하는 것으로 보아 백양당은 아마도 옷가게였을 것이다.

소중한 잡지가 폐간되어도 시인과 소설가, 예술가 그리고 그들의 독자들은 옷을 입어야 한다. 따라서 잡지 폐간호에 옷가게 광고가 실린 것은 자연스러운 일일지 모른다. 그래도 그것이 『문장』 폐간호의 무거운 분위기와 맞물려 빚어내는 묘한 불협화음 때문에 나도 모르게 "허허" 하고 웃고 말았다. 게다가 내게는 '백양당'이라는 이름이 낯설지 않았다. 그러니까 그 헛웃음에는 반가운 마음도 깃들어 있었던 셈이다.

1941년 무렵 백양당은 종로 화신백화점 바로 옆에 자리 잡은 양품점이었다. 문학사가 백철(1908~1985)의 증언에 따르면 당시 백양당은 "깨끗하고 모던한 곳이라 해서 이름이 났었던" 모양이다. 그 가게 주인이 바로 인곡仁谷이라는 호를 지닌 배정국이라는 인사였다.[1] 그는 양품점을 운영하는 부유한 상인이었지만 그에 만족하지 않았던 것 같다. 배정국은 학문과 예술을 진심으로 사랑한 '예술애호가'였다. 여러 기록에서 확인되듯이, 그와 교유했던 인사들의 면면은

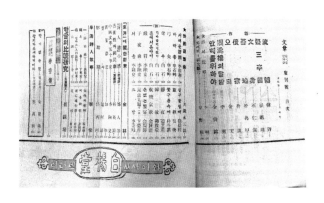

『문장』 폐간호(1941년 제3권 제4호) 목차.

실로 화려하다. 소설가 박태원(1910~1986), 이태준, 허준, 시인 김기림, 설정식(1912~1953), 화가 김용준, 김환기(1913~1974), 이여성, 서도가 손재형(1903~1981, '서예'라는 명칭을 만든 사람이다) 등이 그와 가깝게 지냈다.

백양당 주인 배정국의 흔적이 서울 성북동에 남아 있다. 오늘날 간송미술관, 수연산방(이태준 가옥) 등과 더불어 성북동 답사의 필수 코스로 자리 잡은 승설암 말이다(지금은 일부만 남아 있는데 한정식집으로 활용되고 있다). 당시 승설암 인근에는 한용운, 박태원, 이태준, 김용준, 전형필 같은 이름난 예술인과 지식인들이 살고 있었으니 그는 가히 당대 문화의 중심지에서 살았다고 할 만하다.

백양당 주인 배정국은 특히 이태준, 손재형, 김용준 같은 이들과 친하게 지내면서 고전과 전통에 이끌렸던 모양이다. 골동품을 수집하고 붓글씨를 쓰거나 벗들과 옛것의 아름다움을 함께 나누는 일이 그의 일상이 되었다.『문장』폐간호의 '백양당' 광고 역시 예술과 문화를 후원하는 활동이 아니었을까? 아무튼 이런 경험을 토대로 배정국은 후에 해방공간에서 글씨를 쓰는 서도가로, 책을 만드는 장정가로 활약했다. 해방 후에는 아예 양품점 '백양당'을 출판사 '백양당'으로 탈바꿈해 예술과 문화의 최첨단에 섰다. 출판사로 업종을 바꾼 후에 백양당에서는 해방기를 빛낸 다수의 책들이 나왔다.

이태준의 『상허문학독본』(1946년), 이여성의 『조선복식고』(1946년), 박치우의 『사상과 현실』(1946년), 김기림의 『시론』(1947년), 석주명의 『조선 나비 이름의 유래기』(1947년) 등이 그것이다. 설정식의 시집 『종』(1947년), 『이상 선집』(1949년)도 백양당 출판사에서 냈다.

1942년 5월, 호고일당의 분원 유람

그러나 출판사 백양당은 훗날의 일이고 지금 나의 관심은 양품점 백양당을 운영하던 일제강점기 말기의 배정국에게 쏠려 있다. 특히 그가 1942년 가장 아끼는 벗들과 함께 떠난 여행이 내 눈길을 끈다. 그 여행이야말로 내가 옛 기억을 소환해 이 글을 쓰게 된 직접적인 계기다. 아마도 그해 5월 중순 무렵이었을 것이다. 그는 다섯 명의 벗들과 더불어 경기도 광주의 옛 '분원分院' 터로 유람을 떠났다. 배정국 일행은 자신들을 호고일당好古一黨, 즉 '옛것을 좋아하는 사람들'이라 칭했다.[2] 다들 알다시피 분원은 조선백자의 산실이다. 조선시대 왕실의 음식 및 그릇을 담당하던 사옹원의 분원은 국(관)영 도자기 공장이었다. 저 빼어난 조선백자 대부분이 여기서 제작되었다.

그러나 불행히도 배정국이 벗들과 함께 분원 여행에 나선 1940년
대 초에 분원은 사라져 존재하지 않았다. 1884년(고종 21년) '분원자
기공소절목分院瓷器貢所節目'이 공표됨에 따라 왕실 관할이었던 사용
원 분원의 경영이 포기되고 이후 분원은 민영화의 길을 걷다가 결국
사라지게 되었던 것이다. 1900년을 전후로 해서 분원의 장인들도 근
거지를 잃고 전국으로 흩어졌다.[3] 조선백자의 생산도 중단되었다.
조선조를 찬란히 빛낸 '백자'와 '백자문화'는 그렇게 역사의 뒤안길
로 사라져버렸다.

호고일당의 분원행이 1942년이니 분원이 사라진 지 대략 사십 년
이나 지난 때다. 그러나 그렇다고 해도 백자를 사랑하는 사람에게 조
선백자의 산실인 광주 분원은 여전히 한 번은 가볼 만한 곳임에 틀림
없다. 열렬한 백자 수집가였고 1946년 백양당에서 "전통의 향기를
일반에 전하기 위하여" '고古문방구' 전람회를 열 정도로[4] 전통을 사
랑했던 배정국이라면 두말할 필요가 없을 것이다. 게다가 그와 함께
분원행에 나선 벗들은 '백자' 애호에 관한 한 누구에게도 뒤지지 않
는 인물들이다. 여기서 잠깐 그 벗들의 면면을 살펴보기로 하자.

청정靑汀 이여성(1901~?)은 〈군상〉 연작으로 유명한 화가 이쾌대의
친형이다. 지금은 이쾌대가 좀 더 유명하지만 1930~1940년대에 그
는 식민지 조선 최고의 엘리트로 명성이 높았다. 십대 후반의 나이

이쾌대, 〈이여성〉, 캔버스에 유채, 90.8×72.8cm, 1940년대.

에 김원봉, 김약수 같은 쟁쟁한 인물들과 함께 만주로 가서 독립운동을 했고 3·1운동이 일어나자 귀국해 대구에서 혜성단彗星團을 조직, 항일운동에 나섰다가 삼 년간이나 수감생활을 했다. 출옥 후에는 일본 도쿄의 릿쿄대학立敎大學 정치경제학과에서 공부했고 귀국후에는 언론인, 역사학자, 사상가, 화가로 활동했다. 숫자를 통해 조선인의 '삶의 질'과 일제의 식민지배 양상을 실증적으로 기술, 분석한 『숫자조선연구』(김세용과 공저, 세광사, 1931~1935년), "최초의 탁월한 한국 복식사"로서 지금도 "한국 복식사 연구자들의 필독서"[5]로 손꼽히는 『조선복식고』 등이 그의 대표작이다. 1942년 봄 호고일당의 분원 유람을 기획한 장본인이다. 1942년 당시 42세.

편석촌片石村 김기림(1908~?)은 1930년대에 이상과 더불어 모더니즘 시인으로 명성을 떨쳤던 바로 그 김기림이다. 일본대학, 동북제국대학에서 수학했고 『조선일보』 기자로 활동하면서 문단에 데뷔했다. 1940년대 초 김기림은 동양적인 것에 관심이 많았다. 앞서 말한 『문장』 폐간호에는 그가 쓴 「동양에 관한 단장斷章」이라는 글이 실려 있다. 1942년 당시 35세.

상허尙虛 이태준(1904~?)은 「가마귀」, 「달밤」, 「복덕방」 같은 주옥같은 단편소설을 쓴 소설가이자 언론인이다. 이상, 박태원, 김기림 등과 더불어 유명한 구인회九人會 멤버였고 잡지 『문장』의 간행을 주

상허 이태준의 가족, 수연산방.

도했다. 이태준은 소설가로서만 유명한 인물이 아니다. 우리 역사를 통틀어 가장 유명한 도자 애호가 중 하나다. 1942년 당시 39세.

근원近園 김용준(1904~1967)은 도쿄미술학교 출신의 이름난 화가 였지만 미술평론가, 미술사가로 왕성히 활동했고『근원수필』(을유 문화사, 1948년)을 쓴 수필가로도 널리 알려져 있다. 이태준과 함께 잡지『문장』의 간행을 주도했다. 1942년 당시 39세.

건초建初 양재하(1906~1966)는 경성법학전문학교 출신의 언론인 으로『조선일보』,『동아일보』기자로 활동했고 잡지『춘추』(1901~ 1944년)의 발행인을 역임했다. 문학, 예술과는 거리가 있는 인물이 지만 이여성, 김기림과『조선일보』에서 맺은 인연으로 1942년의 분원 유람에 동참한 것으로 보인다.『문장』제1권 제7호에「문화유산의 상속」이라는 글을 발표했는데 여기서 그는 "문화유산을 찾아보고 모아보려 하는 태도"의 중요성을 역설했다. 1942년 당시 37세.

이여성, 김기림, 이태준, 그리고 김용준과 배정국, 양재하. 적어도 예술, 문화에 관한 한 당대 최고의 인사들이 한자리에 모였다. 대부 분 '명문名文'으로 이름을 날린 문사들이다. 무엇보다 그들 모두는 백자를 사랑했다. 그러니 이날의 분원 여행은 이들이 풀어놓는 백 자 이야기로 풍성했을 것이다. 백양당 주인 배정국은 어땠을까? 아 마 그는 이날 대체로 침묵을 지키면서 진지하게 귀 기울이는 청중의

김용준, 〈자화상〉, 캔버스에 유채, 60.3×45cm, 1930년, 일본 도쿄예술대학 예술자료관.

역할을 도맡았을 것이다. 그가 살아온 삶의 행적을 돌아보건대 배정국은 자신을 내세우기보다 잘난 인간들이 발언할 수 있는 자리를 만들어주고 성의껏 그리고 즐겁게 그들의 이야기를 들어주는 유형의 인간이다. 아마도 이날의 여행 경비도 대부분 그가 부담했을 것이다. 매우 즐거운 마음으로 흔쾌히!

그날 배정국 일행은 어떤 이야기를 나누었을까? 지금 나는 어렵지 않게 그 내용을 재구성할 수 있다. 그들이 남긴 기록들이 있기 때문이다. 적어도 세 사람이 이날의 분원행에 관련된 글을 남겼다. 그 세 사람이란 이여성과 이태준, 그리고 김기림이다. 문제가 되는 글들을 열거하면 이렇다.

편석촌(김기림), 「분원유기」, 『춘추』 1942년 7월호.

청정학인(이여성), 「이조백자와 분원」, 『춘추』 1942년 7월호.

상허(이태준), 「도변야화」, 『춘추』 1942년 8월호.

지금부터 나는 이 세 편의 글을 토대로 그날 호고일당의 여정을 따라 그들이 나누었음 직한 조선백자 이야기를 재구성해보려 한다. '분원마을'에 대한 나 자신의 경험을 곁들이면 좀 더 생생한 이야기를 만들 수 있을 게다. 장담하건대 그날의 이야기는 근 칠십 년이 지난 오늘날에 읽어도 꽤나 흥미진진하다. 그리고 그 가운데는 지금 우리의 백자 감상에도 보탬이 될 만한 내용도 넉넉히 포함되어 있다.

백자의 비밀을 찾아
떠나는 여행

먼저 1942년 배정국 일행의 분원 유람이 지니는 역사적 의의를 강조할 필요가 있다. 결론부터 말하자면 이들의 분원 유람은 근대에 출현한 새로운 방식의 여행을 대표할 만한 사례다. 배정국의 벗들, 즉 이여성, 이태준, 김기림 등은 모두 전통을 사랑했으나 근대인이었다. 근대인들의 특징적인 기질 가운데 하나는 모든 현상을 원인-결과의 관계로 설명하고 싶어 한다는 점이다. 이들이 보기에 모든 표면의 현상은 심층의 보이지 않는 원인에서 비롯된 것이다. 백자의 아름다움도 마찬가지일 것이다. 그들은 눈앞에 펼쳐진 담백하고 우아한 조선백자의 아름다움이 어디서 나왔는지 궁금했다. 그날의 분원 유람은 그러니까 백자의 고향, 백자미美의 근원을 찾는 여행이었던 것이다. 조선백자의 산실인 분원은 백자의 비밀을 간직하고 있지 않을까? 작품의 비밀을 파헤치기 위해 그 작품의 고향을 찾는 새로운 형태의 여행은 그렇게 시작되었다. 그렇다면 그날 분원에서 호고일당은 무엇을 보았을까? 이 질문에 답하기 전에 당시 식민지 지식인 사회에 널리 퍼져 있던 한 사상가의 주장을 살펴보자.

그 사상가란 프랑스 문예학자 이폴리트 텐(1828~1893)이다. 텐은 인간의 모든 정신활동에는 원인이 있다고 주장하고 그 원인으로 '인종(민족)', '환경', '시대'의 세 가지를 들었다. 이러한 주장은 먼저 일본에 소개되었고 1930년대 초반 무렵 식민지 조선에도 널리 알려졌다.[6] 텐의 사상이 일정한 영향을 끼치고 있던 당시의 식민지 조선에는 "자연은 그 민족의 예술이 걸어야 할 방향을 정해준다"는 식의 주장이 폭넓게 수용되었다. 1942년 분원 유람을 떠난 배정국 일행 역시 이러한 지적 분위기에 호응하고 있었다. 그들은 조선백자의 아름다움을 탄생시킨 한 원인으로 상정된 자연, 환경을 찾아 분원에 갔던 것이다.

잠시 그들의 여정을 되짚어보기로 하자. 이들은 아침에 서울에서 출발해 (아마도 중앙선 기차를 타고) 점심나절에 '양수', 즉 남한강과 북한강이 합류하는 두물머리에 도착했다. 양수에 도착한 일행은 인근 포구로 가서 배를 탔다. 당시만 해도 양수에서 분원리로 가려면 뱃길을 이용해야 했다. 배는 한강을 따라 첫 목적지인 종지머리(배알머리)˙로 향했다. 이여성에 따르면 분원 서북쪽 이석리에 있는 종지머리는 옛 분원인들의 놀이터였다.[7] 과거 '석호정'이 있었다는 종지머리에서 이들은 점심식사를 즐겼다. 그 후에 배를 다시 잡아타고 분원마을로 향했다.

삼십대 중반~사십대 초반의 남자들이 함께한 여행이다. 게다가 두물머리의 아름다운 절경이 눈앞에 있다. 자연스럽게 흥이 더해졌다. 배 위에서 먼저 김용준이 그리던 화첩을 내던지고 숨겨두었던 술병을 꺼내 들었다. 양재하가 노래를 뽑았고 뒤이어 몇 사람이 노래를 뽑았다. 양수에서 종지머리, 종지머리에서 분원마을로 향하는 뱃길은 지루할 틈이 없었을 것이다. 물론 그 와중에도 호고일당은 지적 탐구를 게을리하지 않았다. 특히 그들의 지성과 감성을 자극한 것은 산과 하늘과 수면의 푸른색이었다. 이태준은 그 풍경을 어느 조선백자의 '청화'에서 본 듯하다고 했다.[8] 이여성도 분원의 "하늘빛 산빛 물빛이 모두 청화자기의 빛"이라고 단언했다.[9] 시인 김기림의 감상평은 매우 아름다워서 인용할 만하다.

● 차로 팔당댐(공도교)을 건너 강변의 45번 국도를 따라 남쪽으로 조금 내려가면 이석리 정류장이 있다. 근처에는 작은 편의점도 있고 음식점들도 있다. 포구(나루)도 사라졌고 지형도 변했기 때문에 단언할 수는 없지만 이 일대가 과거 '종지머리(배알머리)'라 불렸던 지역일 것이다. 지금은 사라져 없지만 신립 장군이 활을 쏘았다는 석호정 역시 근처에 있었을 것이다. '석호집'이라는 이름을 가진 음식점이 그 증거가 아니겠는가?

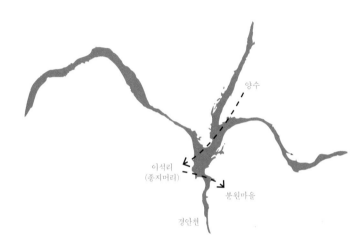

양수

이석리
(종지머리)

분원마을

경안천

1942년 호고일당의 분원 유람 경로(추정).

흐린 하늘빛을 받아 청동거울처럼 둔하게 윤기 나는 수면, 한강은 예다가 한 아담한 호수를 감아놓고 좌우 예봉산을 돌아 팔당협곡으로 빠져 나타났다. 물은 고인 듯 잠기는 듯 꿈을 꾸는 듯. 이 변하지 않는 것 위에 세월만은 자취 없이 몇천 년을 늙었느냐. 분원 예술가가 때 없이 그 화상畵想을 자아낸 것도 여기 일세 분명타. 바로 분원 자기에서 부스러져 떨어진 것 같은 나룻가의 돛대 배 하나둘, 배알머리 산벼랑에 다닥다닥 기어 붙은 오막살이 지붕인들 흰 바탕에 아청 윤곽만 둘렀다면 그대로 분원 자기의 한 모록이 아니랴.[10]

배정국 일행은 분원마을 인근의 강변에서 분원 백자의 아름다움을 낳은 자연 풍경을 발견했다. 이때 그들의 눈에 비친 모든 것은 언젠가 백자에서 보았던 빛깔과 풍경으로 귀속됐다. 강과 하늘의 푸른빛은 백자의 청화 빛이요, 노을 진 석양은 진사辰砂[11] 빛 석양이다. 마찬가지로 분원마을의 아담하고 깨끗하고 청초한 매력은 깨끗하고 아담하고 청초한 백자의 매력과 통하는 것으로 보였다. 김기림은 이렇게 썼다. "아청 치맛자락처럼 싸리 울타리 얼싸 휘어 싸안고 돌아앉은 몸맵시 분원 삼백 호가 요리사 모조리 깨끗도 하랴 아담도 하랴 청초하랴."[12]

옛 종지머리 자리에서 바라본 두물머리.

1942년 그들이 보았던 것을 우리도 볼 수 있다. 뱃길이 끊겨 더 이상 배를 탈 수 없고 1973년 팔당댐 완공으로 많은 곳이 물에 잠기긴 했지만 말이다. 그래도 그들이 감탄했던 두물머리의 아름다운 절경은 지금도 여전하다. 게다가 서울에서 한 시간 정도면 갈 수 있는 거리다. 늘 안개가 자욱한 이곳의 습윤한 분위기는 매우 단아하고 부드러운 느낌을 준다. "아름답고 우아하다"는 말이 절로 나온다. 특히 중첩된 봉우리의 명암 변화는 매우 극적이어서 한눈팔 겨를이 없을 정도다. 내가 보기에도 팔당 한강변에서 바라본 산과 강, 하늘과 집들의 청색 푸른빛은 분원 '청화백자'의 청색 푸른빛을 정말 닮았다.

과거에 최순우(1916~1984) 선생이 "한국미의 맑은 샘터"라 지칭했던 '청화백색'[13]의 푸른 빛깔은 회청回靑 또는 토청土靑 같은 코발트 안료를 사용해서 얻은 것이다. 사실 청화백자는 중국에서 유래한 것으로 조선백자의 '청화' 미감美感이란 결국 중국의 것을 모방한 것이다. 그러나 그렇다 하더라도 그것을 자기 표면에 시문한 이들은 전문 화원이든 아니면 일반 도공이든 모두 조선 백성이었다. 따라서 그들의 '청색 푸른빛'에 대한 감각은 이 땅 위에서 형성됐다고 할 수 있다. 특히 분원 도공들은 매일같이 지금 내 눈앞에 펼쳐진 두물머리와 팔당의 청색 푸른빛을 보고 살았다. 그러니 틀림없이 분원 청화

〈백자청화 산수무늬 대접〉, 19세기, 국립중앙박물관.

백자의 '청화' 미감은 분원마을에서 보이는 한강의 푸른빛, 푸른 하늘과 무관하지 않다. 그러니 백자, 특히 청화백자의 청색 빛을 운운하려면 적어도 한 번 이곳, 즉 도공들이 삶을 영위했던 분원 옛터에 와봐야 할 게다.

붕어마을
붕어찜

다시 그날 배정국 일행에게로 눈길을 돌리면 백자의 비밀을 찾아나선 여행은 꽤 성공적이었다고 할 수 있다. 그들은 두물머리, 팔당의 뱃길 여정에서 청화백자의 아름다운 푸른빛을 발견했고, 분원마을의 수수한 풍경에서 깨끗하고 아담하며 청초한 백자의 미감을 확인했다.

하지만 그들은 또 하나의 중요한(!) 목적은 달성하지 못했다. 예나 지금이나 경치 좋은 강변을 찾는 사람들의 숨은(진정한) 동기 가운데 하나는 '민물고기'다. 호고일당은 이석리에서 쏘가리나 잉어를 먹을 계획이었다. 하지만 아쉽게도 너무 늦게 이석리에 도착했다. 고기가 다 팔리고 없었던 것이다. 얼마나 아쉬웠을까! 김기림은 "강고기를 먹지 못한 것이 한이 된다"고 했고 근엄한 상허 선생(이태준)조차 "생선 구경을 못 한 것만은 유감이었다"고 했다. 이곳으로 일행을 이끈 이여성은 또 얼마나 무안했을까? 아쉬운 대로 호고일당은 이석리의 주인 없는 주막집 정자에 짐을 풀고 점심을 해결했다. 이날의 점심은 배정국과 김용준이 준비했다. 메뉴는 '갓 지은 흰밥'과 '상추'. 이렇게 허전한(?) 식사를 마치고 그들은 다음 목적지로 향했다.

오늘날에도 분원리 인근에는 민물고기 음식점이 많다. 이석리는 물론이고 김기림이 "아담하고 깨끗하고 청초하다"고 격찬했던 분원마을에도 '붕어찜' 전문식당이 많이 생겼다. 그 때문에 오늘날 분원마을을 두고 "아담하고 청초하다"고 말하기는 뭣하게 되었지만 말이다.

여담이지만 1997년 한 신문 지면에는 분원마을이 붕어찜과 더불어 거듭난 사연이 실려 있다.[14] 그 기사에 따르면 1960년대에 분원리는 '분원 배추'로 유명했다. 당시 분원마을에는 배추를 재배하는 전국 최대의 비닐하우스촌이 있었다고 한다. 하지만 1970년대 초 팔당댐 건설로 많은 농지가 수몰되면서 배추 농사가 어렵게 되었다. 그러자 마을 사람들은 팔당호에서 잡은 붕어로 요리한 붕어찜을 개발해 위기에 대처했다. 분원마을의 "내장을 뺀 붕어를 무, 감자 위에 놓고 고추장, 들깨가루, 마늘, 파 등 양념을 첨가해 푹 끓여 내놓은 담백한 붕어찜"은 1990년대에 전국적인 유명세를 얻는다. 기사는 취재 과정에서 만난 분원리 주민의 말을 인용하는 것으로 마무리된다. "도예지로 유명했던 옛 명성을 붕어찜으로 되찾았으면 한다."[15]

고려청자와 조선백자
그들이 백자를 사랑한 이유

그런데 그들은 왜 조선백자를 사랑했을까? 그들은 조선백자의 비밀을 찾아 분원마을을 찾아갈 정도로 백자를 좋아했다. 확실히 모든 옛것들 가운데 그들은 조선의 그릇, 백자를 최고로 쳤다. 몇 가지 이유가 있다.

첫째는 백자가 '맑고 깨끗하기' 때문이다. 집에서 설거지를 해본 사람은 안다. 아무리 음식물로 더럽혀져 있어도 백자 그릇은 몇 번 닦으면 금방 깨끗해진다. 설거지를 끝낸 백자 그릇의 '뽀득뽀득한' 느낌을 싫어하는 사람이 있을까? 게다가 그 맑고 하얀 표면은 '깨끗함'의 정수라 할 만하다. 호고일당이 백자를 사랑한 것도 그것이 '먼지를 털어내면' 깨끗해지기 때문이다. 그것은 다른 모든 옛것들과 구별되는 백자의 특성이라 할 만하다. 흔히 1930년대 후반에서

1940년대의 이태준, 김용준 등을 상고주의자, 복고주의자라고 지칭하지만 확실히 이들은 옛것이라면 무턱대고 좋아하는 그런 무작정의 상고·복고주의자는 아니었다.

1942년 당시 호고일당, 그러니까 이여성, 김기림, 이태준, 김용준 등은 식민지 조선에서 근대 교육을 받은 몇 안 되는 문화 엘리트들이었다. 그들은 낡은 전통을 갱신, 일신하여 '근대'로 지칭되는 새로운 사회, 새로운 문화를 열고자 했다. 그러나 깊이 뿌리내린 낡은 전통을 새롭게 하는 일은 쉬운 일이 아니었다. 그들이 눈과 귀로 접한 혁신의 근대에 비하면 구태에 물든 식민지 조선은 낡고 더럽게 보일 따름이었다. 변화를 기약할 수 없는 정체 사회, 또는 죽음의 그늘이 짙게 드리워진 사회, 그것이 바로 그들을 절망케 한 식민지 조선의 현실이었다.

그러면 낡은 전통, 늙은 동양은 젊어질 수 있을까? 김기림의 표현을 빌리면 "젊은 동양이 가지고 싶어 하는 것은 무엇인가?"[16] 그 '젊은 동양'의 모델을 그들은 조선백자에서 발견했다. 이태준은 먼지를 털어내고 깨끗한 백자 그릇을 얻는 일을 "주검의 먼지를 털고 새로운 미美와 새로운 생명의 불사조가 되게 하는"[17] 일에 비유했다. 김용준에 따르면 그것은 "모든 이욕利慾에서 떠나고 모든 사념邪念의 세계에서 떠난", "가장 깨끗한 정신적 소산"이다. 또는 "순결한 감정

김용준, 〈분원 강기슭〉, 1942년.

의 표현"이다.[18] 그 깨끗한 백자의 '백색'은 그들이 보기에 활력을 지닌 것, 즉 "뭉게거리는 구름의 흰색이요, 철썩 뛰는 생선의 푸름"[19]과 같은 것이다.

일제강점기 말에 김기림, 이태준, 김용준 등이 쓴 글을 읽을 때마다 내 눈길은 '깨끗한', '멀끔한', '조용한', '순결한' 같은 단어들에 맴돈다. 당시 이들의 글에는 이런 유의 단어들이 정말 많이 등장한다. 여기에는 확실히 청결 강박 내지 위생 강박 같은 것이 깃들어 있다. 아무튼 국립중앙박물관이나 삼성미술관 리움의 백자전시관을 돌아볼 때면 내 귀에는 '뽀득뽀득'이라는 소리가 들린다. 물론 내 마음속에서 나는 소리다.

그런데 먼지를 털어내면 깨끗해지는 것은 백자만이 아닐 게다. 강력한 경쟁자로 고려청자가 있다. 하지만 고려청자에 비해서 조선백자는 여전히 월등하다. 이유가 있다. 이것이 그들이 백자를 사랑한 두 번째 이유가 될 것이다. 이태준의 독특한 설명을 들어보자. 그에 따르면 고려청자들은 대부분 부장품들로 땅속에서 나온 것이다. 그것은 "한 번은 생활을 잃고 죽었던 것들"이다. 반면에 조선백자는 출토품이 별로 없다고 그는 말한다. 그것들은 "부엌에서 서재에서 몇십 년 동안 혹은 몇백 년 동안 각기 제 위치에서 생활을 오늘까지 계속해온 것들"이라는 것이다. 그래서 그에게 조선의 백자는 아무

〈백자청화 매조죽무늬 병〉, 조선, 개인 소장.

리 깨지고 기름에 쩐 것이라도 "살았다는, 생활하며 있다는 느낌"을 준다. "꾸준한 호흡"이야말로 백자의 매력이라는 것이다![20]

1942년 이태준의 발언을 우리는 어떻게 받아들여야 할까? 전통 또는 소중한 옛것을 우리는 어떻게 간직해야 할까? 과거의 낡은 것은 어떻게 죽지 않고 살아남아 꾸준히 호흡할 수 있을까? 나는 국립중앙박물관 백자전시관을 돌아볼 때면 종종 이태준의 물음을 곱씹는다. 지금 본래의 자리(부엌, 서재)에서 이탈해 국립중앙박물관에 소중히 모셔져 있는 백자들은 살아 있는 것일까, 죽은 것일까?

사기 파편의
언덕

호고일당의 그 후 여정을 확인해보기로 하자. 그들은 이석리에서 배를 타고 분원마을로 향했다. 지금의 경기도 광주시 남종면 분원리다. 미리 말해두지만 그들은 거기서 말 그대로 '충격적인' 광경을 접하게 된다. 여하튼 호고일당은 분원나루(소내포구)에 도착한 후 걸어서 분원마을로 갔다. 소내포구에서 분원마을을 향해 남쪽으로 이동하는 데 대략 이십 분의 시간이 소요되었다.[21]

잠시 분원의 역사를 살펴보자. 오늘날 많은 미술사가들은 경기도 광주에 분원이 설치된 시기를 15세기 중반으로 잡고 있다. 수양대군으로 널리 알려진 세조 연간(1455~1468년)에 해당하는 때다. 당시는 청자문화에서 백자문화로의 전환이 확고해진 때이고, 최상품의 백자라 할 수 있는 청화백자의 자체 생산이 적극 추진되던 때이기도 하다.● 분원 설치는 증가하는 백자의 수요를 충당하고 백자 생산 기술을 혁신하기 위한 조치였던 것이다.

그러나 분원은 한곳에 고정되지 않았다. 도자 생산에 필수적인 땔감을 충당하기 위해 분원은 나무가 무성한 곳을 따라 주기적으로 이동해야 했다. 윤용이 선생에 따르면 분원은 대략 십 년을 주기로 주변의 나무가 소진되면 다시 나무를 심은 후 다른 지역으로 이동했다.[23] 인근 도마리, 도수리, 금사리, 번천리 등 경기도 광주 도처에 분원 가마의 흔적이 남아 있는 이유다.

땔감 못지않게 중요한 분원의 입지조건은 운송의 편리성이었다. 과거에 우천牛川 또는 우천강으로 불렸던 경안천 인근에 분원의 흔적이 많이 남아 있는 것은 운송과 깊은 관련이 있다. 경안천에서 한

● 수양대군 시절 명나라에 사신으로 간 적이 있는 세조는 즉위 후 중국 청화백자에 필적하는 청화백자의 자체 생산에 몰두했다. 당시 조선 도공들의 목표는 "청화 안료를 시문할 수 있는 경질 백자를 만들어 양질의 청화백자를 생산해내는 것"이었다.[22]

강으로 이어지는 수계는 도자 원료를 운반하고 완성된 자기를 한양 사옹원 본원으로 운송하기에 가장 적절한 통로였던 것이다.

이렇게 끊임없이 이동을 거듭하던 분원은 18세기 중엽에 최후의 안식처를 얻게 된다. 경종 연간(1720~1724년)에 광주시 금사리로 이전한 분원은 삼십 년간 금사리에 있다가 영조 28년(1752년)에 지금의 분원리로 이동하게 된다. 분원리는 경안천이 한강과 합치되는 지점에 있기 때문에 '수운의 편리'라는 측면에서 가장 유리한 장소였다.[24] 땔감을 자체 조달하는 대신 인근 하천을 지나는 선박들로부터 세금을 걷어 땔감을 구입하는 방식으로 전환한 것도 분원의 정착에 영향을 미쳤을 것이다.[25] 이제 땔감을 찾아 이동하지 않아도 되었기 때문이다. 이후 분원리는 19세기 말 분원이 민영화되어 사라질 때까지 130여 년간 '분원'의 거처가 되었다. 이 지역이 '분원리'라는 명예로운 이름을 갖게 된 이유다. 그리고 이곳이 바로 1942년 분원 유람을 떠난 호고일당의 최종 목적지였다.

물론 호고일당이 방문했을 당시 분원은 이미 오래전에 사라지고 없었다. 그러나 130년의 오랜 역사는 그곳에 어마어마한 흔적을 남겨놓았다. 분원 가마터에 있는 "사기 파편의 산"(이태준) 말이다. 가마터 인근도 마찬가지였다. 김기림에 따르면 "개울에도 부스러기 사기 조각, 길바닥에도 사기 조각"이었다. 분원 가마터 "사기 조각의 언

▲ 분원리 가마터 퇴적층(분원백자자료관).

▼ 분원백자자료관의 전시 광경.

덕"(김기림) 앞에서 일행은 충격에 빠졌다. 그것은 백자의 중요한 속성 하나를 아프게 일깨워주는 이미지다. 즉 백자는 '깨지기 쉽다'.

깨진 백자 파편 더미 위에서 백자 애호가들이 할 수 있는 일이란 무엇일까? 아마도 파편들을 줍는 일일 것이다. 실제로 그들은 붉은 눈으로 사기 파편들을 주웠다.[26] 주머니가 불룩해져서 무거움을 느낄 정도로 말이다. 그것을 김기림은 "분원 사백 년의 꿈 조각"이라 불렀다. 그런데 그 조각들을 이어 붙여 하나의 '꿈'을 되살릴 수 있을까? 쉽지 않은 일이다. 밝고 흥겨운 분위기에서 시작된 호고일당의 분원 유람은 이쯤에서 어떤 애잔한 애수의 분위기를 띠기 시작한다. 마침 서편에 해도 뉘엿뉘엿 떨어지고 있었다.

'깨진 백자 파편들'의 이미지는 한 번 보면 절대로 잊을 수 없는 종류의 것이다. 따라서 그것은 종종 예술의 모티프가 되기도 한다. 이태준과 김용준의 각별한 친구였던 화가 김환기의 경우를 살펴보아도 좋을 것이다. 이 화가는 이태준, 김용준과 어울렸던 청춘기를 항아리열熱에 바쳤다. 아편 중독에 뒤지지 않을 항아리 취미를 지닌 화가는 항아리들을 너무나 열심히 사 모은 나머지 "다락, 광, 시렁 위에까지 항아리들을 포개어 쌓아놓는" 지경에 이르렀다. 이 항아리광은 겨울이 두렵다. 겨울에 항아리를 밖에 두면 얼어 터지기 때문에 그것들을 좁은 집 안에 간수해야 하는 문제가 생기는 까닭이

김용준, 〈수화소노인 가부좌상〉(김용준이 그린 김환기), 수묵담채, 1947년경.

다. "집은 좁고 다쳐서는 안 될 물건들이니 조금만 소홀해도 금이 가고 깨질 것 아닌가!"

그러나 화가는 그 물건들을 지키지 못했다. 6·25전쟁으로 피난을 떠나면서 항아리들을 집에 남겨둘 수밖에 없었던 것이다. 결과는 참혹했다. 부산 피난살이 삼 년 만에 집 뜰에 들어서니 "우거진 난초 속이 온통 항아리 파편 천지"였던 것이다. 그 파편 천지 위에서 그는 어떤 기분이었을까? 처음에는 물론 참담한 슬픔을 느꼈다. 그러나 그 후에 다른 감정이 생겼다.

> 사금파리 무더기에 서서 나는 이상한 충격을 받았다. 무엇인지 통쾌한 그런 심정이었다. 그 후 나는 다시 항아리에 손대지 않았다. 한두 개 요행히 남아 굴러다니는 것을 주워 적당히 두고 보는 데 안심하고 있다.[27]

나로서는 김환기가 집에 돌아와 마주한 '항아리 파편 천지'가 항아리 파편들의 무더기 그 이상인 것처럼 보인다. 그것은 "지금까지 자신을 지탱하던 한 세계가 산산이 부서진 인간"의 이야기일 것이다. 화가는 세계의 파편들을 이어 붙여 또 하나의 새로운 세계를 만들기로 한다. 작은 점들을 넓은 화면에 빼곡하게 찍어나가는 방식으로 자신의 세계를 펼친 김환기 특유의 작업 세계는 깨진 파편들로 만든 예술적 유토피아다.

1942년 호고일당의 방문 이후 분원 옛터는 어떻게 되었을까? 적어도 1962년까지는 큰 변화가 없었던 모양이다. 당시 이곳을 찾은 언론인 천관우(1925~1991)는 이렇게 회고했다. "지금 여기서 볼 수 있는 분원의 유흔이라고는 잡풀이 우거진 요지 비탈에 산더미를 이루고 한길가에도 수없이 박혀 깔린 아무짝에도 못 쓸 자기의 파편들뿐이어요."[28]

하지만 그 후에 많은 변화가 있었다. 오늘날 분원 가마터 자리에는 분원초등학교가 있고 그 위쪽에는 2003년에 개관한 분원백자자료관이 들어서 있다. 학교나 자료관 모두 생각보다 깨끗하게 정리되어 있어 산뜻한 느낌을 준다. 호고일당이 목격한 사기 파편들의 산을 기대한다면 허전한 느낌이 들 정도다. 그 파편 더미는 발굴, 정돈되어 지금은 매끈한 언덕만 남아 있다. 대신 분원백자자료관에서 옛 분원의 흔적을 더듬을 수는 있다. 박물관 내부 바닥과 벽면에 분원리 가마터의 퇴적층을 전사轉寫해놓았기 때문이다. 그 투명유리판 위에 올라 퇴적층에 쌓여 있는 백자 파편들을 바라볼 수 있다.

· · ●

장정가 배정국

배정국의 이야기로 시작했으니 배정국에 대한 이야기로 글을 마무리하면 좋을 것이다. 앞에서 말했지만 배정국은 해방 후에 양품점 백양당을 출판사 백양당으로 변모시켰다. 그 백양당에서 나온 책의 상당수는 그가 장정裝幀을 맡았다. 장정은 오늘날의 북디자인이다. 이태준의 『상허문학독본』, 이여성의 『조선복식고』, 박치우의 『사상과 현실』, 설정식의 시집 『종』 같은 해방기의 중요한 책들이 장정가 배정국의 손을 거쳐 세상에 나왔다. 그 대부분은 잡지 『춘추』 등에 발표됐던 이여성의 원고들을 한데 묶은 『조선복식고』처럼 여기저기 흩어져 있는 원고들을 한데 묶어 만든 책들이다.

손글씨를 즐겨 쓴 배정국 장정에서는 장정가의 전통 취미와 정성이 깃든 손맛이 고스란히 느껴진다. 그래서 나로서는 1942년 분원 유람길에서 만난 그 백자 파편의 언덕 위에서 양품점 주인 배정국 역시 자기 나름의 방식으로 깨진 파편들을 이어 붙일 방안을 모색한 것은 아닐까 생각해보게 되는 것이다. 그 결과가 바로 출판인, 장정가가 되는 길이 아니었을까?

그 출판인, 장정가는 원재료(원고)들을 결합하고 그에 새로운 색

▲◀ 이태준,『상허문학독본』, 백양당, 1947년.

▲▶ 박치우,『사상과 현실』, 백양당, 1946년.

▼◀ 설정식,『종』, 백양당, 1947년.

▼▶ 이상,『이상선집』, 백양당, 1949년.

과 형태를 부여해 전혀 새로운 텍스트를 만들어냈다. 그러니 출판인, 장정가로서 배정국은 호고일당의 다른 구성원들과 마찬가지로 깨진 파편들을 이어 붙여 새로운 세계를 만든 연금술사라 할 만하지 않은가!

폐
허
의

시
학

여주와 원주의 폐사지 기행

『폐허』에서 만난
반 고흐의 그림

　나혜석에 대한 논문 발표를 준비하기 위해 도서관에서 자료를 찾다가 『폐허』라는 잡지를 발견했다. 1920년대의 그 유명한 문학잡지 『폐허』 말이다. 그때 나는 부끄럽게도 이 잡지의 실물을 처음 보았다. 마치 유명한 연예인이라도 만난 양 나는 흥분했다. 그런데 잡지 『폐허』의 수명은 그리 길지 않았던 모양이다. 1920년에 창간호, 1921년에 2호가 나왔는데 그 2호가 종간호다. 그 후에 『폐허이후』(1924년)라는 잡지가 나왔는데 이 잡지도 창간호를 끝으로 더 이상 발행되지 않았다. 잡지를 펼쳐보니 김억, 남궁벽, 오상순, 염상섭 같은 당대 유명 문인들의 이름이 눈에 들어온다. 화가 나혜석은 『폐허』 동인으로 활동하며 이 잡지 2호에 「砂(사)」, 「냇물」 같은 시를 발표했다.

　문학사가나 문학비평가라면 당연히 잡지에 실린 시나 소설에 먼저 눈길이 가겠지만 나는 미술비평가다. 자연스럽게 내 시선은 먼저 거기에 실린 사진과 그림을 향했다. 『폐허』 2호의 표지를 펼치자 먼저 말쑥하게 차려입은 신사의 사진이 눈에 들어온다. 이것이 1920년대 지식인의 전형적인 모습인가? 『폐허』 동인이었던 오상순

◀ 호호 작(作), 〈라마극장의 폐허〉,『폐허』 통권 제2호, 1921년.

▶ 아를의 칼로 로마 극장의 폐허.

(1894~1963)의 사진이다. 그 앞 장에는 낯선 흑백 삽화가 큼지막하게 실려 있다. 제목은 〈라마극장의 폐허羅馬劇場의 廢墟〉다. 작가는 '호호'라고 적혀 있다. 그런데 '호호'는 누구란 말인가?

『폐허』동인 가운데는 화가 나혜석과 김찬영(1889~1960)이 있으니 처음에는 나혜석이나 김찬영의 그림일 것이라고 생각했다. 하지만 다시 자세히 보니 아래쪽에 화가의 서명이 있다. Vincent! 그렇다면 이 그림은 빈센트 반 고흐의 작품일 것이다. 1920년대 이 땅의 지식인들은 'Gogh'를 '호호'라고 표기했던 것이다. 반 고흐의 그림을 많이 보았다고 자부하는 내게도 낯선 그림이다. 얼른 찾아보니 반 고흐가 잠시 머물렀던 프랑스 남부의 아를 지역에 문제의 그림에 등장하는 로마시대 극장 유적이 남아 있는 모양이다. 그러니까 작품 제목 중의 '라마羅馬'는 필경 '로마'를 지시할 것이다. 잡지 앞쪽에 큼지막하게 실린 것으로 보아 이 그림은『폐허』동인들이 마음에 품었던 폐허 이미지에 해당한다고 해도 무방할 듯하다. 기둥과 계단만 남은 옛 로마의 폐허를 그린 그림은 다소 을씨년스럽다. 허무하다고 해도 좋다. 낡은 잡지에 실린 침침한 흑백 도판이라 그런 분위기가 더욱 부각되었을 것이다.

반 고흐의 그림을 보면서 나는 잠시나마 나혜석에 대한 탐구를 중단할 수밖에 없었다. 그림의 독특한 분위기가 잠자고 있던 내 역마살을 깨우고 말았기 때문이다. "폐허에 가고 싶다!" 그림 속 기둥과 계단을 눈으로 더듬으며 내 마음은 과거 『폐허』 동인들과 한마음이 되었다. 『폐허』 동인이었던 이익상(1895~1935)은 폐허의 침묵을 이해하고 그 '말없는 웅변'을 들을 수 있어야 '우리의 벗'이라고 했다.[1] 내 이제 기꺼이 그들의 벗이 될 것이다.

남한강변의
폐사지들

이제 어디든 폐허로 떠나야 했다. 그런데 폐허 답사로 적격인 곳은 어디일까? 일단 인적이 드문 곳이어야 한다. 사람들로 북적이는 떠들썩한 관광지에서는 폐허의 느낌을 만끽하기가 어렵기 때문이다. 이익상 선생의 말대로 '폐허'와 '침묵'은 한 묶음인 것이다. 또한 〈라마극장의 폐허〉에서처럼 근사한 유적들이 남아 있는 곳이면 좋을 것이다. 거기에 아름다운 작품이라도 남아 있다면 폐허의 비극적인 분위기가 한층 고조될 것이다. 여기에 나의 현실적인 요건을 고려하면 하루에 다녀올 수 있을 정도로 서울에서 가까운 곳이 좋겠다.

이런 조건에 딱 맞는 장소가 있다. 여주와 원주, 그리고 충주의 남

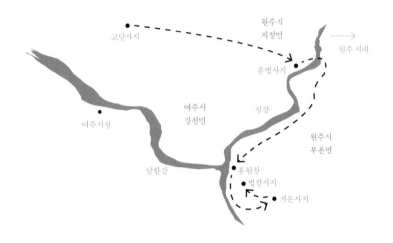

남한강변의 폐사지 답사(고달사지 → 홍법사지 → 거돈사지 → 법천사지).

한강변에 자리한 폐사지들이다. 고달사지, 홍법사지, 법천사지와 거돈사지, 그리고 청룡사지! 남한강변에 흩어져 있는 이 폐사지들은 폐허의 비장미를 절감할 수 있는 훌륭한 답사지들이다. 내가 이 폐사지들을 마지막으로 답사한 지 십 년이 훌쩍 넘었으니 지금은 어떤 모습일지 궁금하기도 했다.

『폐허』동인들과 한마음으로 떠나는 폐허 기행의 목적지를 결정하는 데는 그리 오랜 시간이 걸리지 않았다. 이렇게 답사지를 결정하고 나서 곧장 일정을 구상했다. 그리고 폐사지 답사 일정을 지도에 그려보았다. 동선을 감안해 충주의 청룡사지 방문은 안타깝지만 훗날로 기약하기로 했다.

2월 중순, 근래에 보기 드물게 화창한 날이다. 게다가 따뜻하다. 벌써 봄인가! 오늘 답사의 동행자, 나 못지않게 답사광인 동생이 운전하는 차에 올라 오늘의 폐허 기행을 시작한다. 우리는 1920년대의 염상섭 선생처럼 "묵묵히 동東으로 동東으로 가벼우나 느린 보조로"[2] 과거와 현재의 시간이 공존하는 폐허로 나아간다.

고달사지

덧없지만 아름다운 '생의 활기'

오늘의 첫 목적지인 고달사지高達寺址는 경기도 여주에 있다. 아침에 서울에서 출발한 차는 한 시간이 조금 지나자 여주시 북내면에 도착했다. 차에서 내리자 잘 정돈된 넓은 터가 보인다. 이곳이 바로 고달사지다. 이미 사찰로서의 기능을 상실한 '폐사' 상태지만 '폐사'라는 말에서 연상되는 황폐함은 사실 거의 느낄 수 없다. 산뜻하다고 할까? 여주시와 문화재청 관계자들이 살뜰히 보살핀 덕분일 것이다. 물론 그 결과 내가 원하는 폐허 특유의 분위기는 다소 흐릿해지기는 했다. 큼지막한 안내판이 있는 절터 입구에는 두 방향의 갈림길이 있다. 오른쪽으로 난 길은 승탑으로 가는 길이고 왼쪽으로 난 길은 절터로 가는 길이다. 먼저 왼쪽에 난 길로 향하기로 한다.

잘 정돈된 절터는 마치 공원 같다. 관람객들을 위해 목재로 만든 탐방로도 있다. 여기저기 화살표 모양의 안내판은 우리가 어떤 방향으로 이동해야 하는지를 친절하게 일러준다. 물론 그 지시를 곧이곧대로 따를 필요는 없을 것이다. 넓은 절터에 사람이라곤 나와 내 동생 단 둘뿐이기 때문이다.

지금은 이렇게 잘 정돈된 모양새지만 과거에는 물론 이런 모습이

여주 고달사지 석조대좌. 고려.

아니었다. 1966년의 한 신문 지면에 당시 고달사지의 상황을 알려주는 기사가 등장한다. 그 기사에 따르면 승탑들은 파손된 채 방치되어 있었고, 절터 한복판에 있는 석불좌는 "동네 부인들이 고추와 깨를 말리는 멍석 대용품"으로 쓰이고 있었다.[3] 이렇게 한때 멍석 대용품으로 쓰이던 석불좌는 지금은 달리 대접받고 있다. 격세지감이랄까! 석불좌, 즉 '고달사지 석조대좌'는 지금 고달사지 넓은 터에서 유난히 눈에 띈다. 1.5미터 정도 높이의 이 큼지막한 정사각형 대좌는 위, 중간, 아래의 3단으로 구성되어 있다. 상단과 하단에 연꽃잎을 서로 대칭으로, 즉 상단은 꽃잎 끝이 위로 향한 앙련仰蓮으로, 하단은 아래로 향한 복련覆蓮으로 돌려 새겼는데 그 연꽃잎이 일품이다. 매우 부드럽고 활기가 넘치면서도 그 넘치는 활기가 부담스럽지 않다.

석조대좌 가까이에 또 다른 작품이 있다. '원종대사탑비'가 그것이다. 과거에 방문했을 때는 비신碑身, 곧 비문이 새겨진 비碑의 몸체가 없었는데 지금은 있다. 얼른 인터넷을 검색해보니 2014년에 국립중앙박물관에 보관 중인 비신을 복제해 세웠다고 한다. 덕분에 탑비의 진면목을 확인할 수 있게 되었으니 감사할 일이다. 이 탑비는 특히 귀부龜趺, 즉 거북 모양의 받침이 매력적이다. '거북'이라고 했지만 그 얼굴은 차라리 용에 가깝다고 할 정도로 기개가 넘친다. 목을 잔

◀ 여주 고달사지 원종대사탑비, 10세기.

▶ 원종대사탑비의 귀부(세부).

뜩 움츠리고 눈을 부릅뜬 모양새가 용맹해 보인다. 둥글게 묘사된 콧구멍에서는 언제라도 뜨거운 기운이 뿜어 나올 것만 같다. 매우 사실적으로 묘사된 두툼한 발은 무거운 비석을 거뜬히 감내하는 거북의 힘을 느끼게 해준다.

이렇게 귀부 조각의 매력에 푹 빠져 있는데 느닷없이 동생이 소리를 지른다. 놀라서 뒤를 돌아보니 귀엽게 생긴 백구 한 마리가 꼬리를 흔들며 장난스러운 표정을 짓고 있다. 저 너머에 그보다 작은 강아지도 보인다. 백구 모녀인가? 인적 없는 폐사지의 백구 한 쌍! 그동안 심심했는지 백구들은 우리 곁에서 떠날 생각을 하지 않는다. 그노는 모습이 사랑스럽다. 방금 전까지 연꽃잎과 거북의 활기를 얘기했지만 조각의 활기란 역시 살아 있는 생명체 특유의 활기와 생기를 능가할 수 없다. 아무튼 폐허에서는 생명의 활기가 돋보이는 법이다.

이제 승탑을 보러 갈 차례다. 아까의 입구로 다시 돌아와 오른쪽으로 길을 잡는다. 그 언덕길 또한 잘 포장되어 있어서 걷기가 힘들지 않다. 백구들이 우리 뒤를 따른다. 얼마 지나지 않아 잘 만든 팔각원당형 승탑이 보인다. 승탑이란 부처의 사리를 안치한 불탑과는 달리 고승高僧의 사리나 유골을 안치한 탑이다. 일종의 무덤인 셈이다. 지금 내 눈앞에 있는 승탑은 '원종대사元宗大師의 승탑'으로 알려져 있다. 이 승탑은 앞서 본 석고대좌, 승탑비와 분위기가 유사하다. 기단 위와 아래 단에 돌려 새긴 연꽃잎은 아까 보았던 '석조대좌' 연꽃잎을 닮았고, 가운데 단에 새긴 거북과 용은 방금 전 탑비에서 느낀 거북의 생기발랄함을 지니고 있다. 그러니 지금까지 내가 본 작품들은 거의 같은 시기에 제작되었을 가능성이 크다. 그 시기는 아마도 승탑과 탑비의 주인공인 원종대사의 시대였을 것이다.●

원종대사는 통일신라 경문왕 9년(869년)에 태어나 고려 광종 9년(958년)에 입적한 고승이다. 그의 생애는 나말여초, 또는 후삼국시대의 혼란기와 겹친다. 그의 법명은 찬유璨幽다. 진경대사眞鏡大師 심희審希의 제자로 중국 당唐에 유학했고 삼십 년 유학생활을 마치고 귀국한 후에는 고려의 국사가 되었다. 당시에 고달원高達院으로 불렸던 고달사는 찬유가 머물던 선원禪院이다. 명성 높은 고승의 존재로 인해 이 시기 고달사는 최고의 전성기를 누렸다. 찬유의 제자가 5백 명에 달했다는 기록이 있고, 광종이 찬유가 머물던 고달원을 도봉원, 희양원과 더불어 '3부동선원三不動禪院'으로 지정했다는 기록도 있다.' 958년(광종 9년)에 찬유가 사망하자 광종은 그에게 '원종대사 혜진元宗大師 慧眞'이라는 시호를 내렸다.

찬유는 심희의 제자다. 그 심희가 바로 유명한 구산선문九山禪門

● 원종대사탑비의 비문에 따르면 승탑과 탑비는 고려 경종 2년(977년)에 건립된 것으로 추정된다. 경종은 광종의 아들이다.

여주 고달사지 원종대사 혜진탑, 4.5m, 고려, 977년.

여주 고달사지 승탑, 3.4m, 통일신라.

가운데 하나인 봉림산문鳳林山門을 세웠다. 심희는 원감화상圓鑑和尙 현욱玄昱의 제자이기 때문에 봉림산문은 현욱이 머물렀다는 혜목 산의 이름을 따 '혜목산문慧目山門'이라 부르기도 한다. 그 혜목산이 바로 고달사의 뒷산이다. 그러니 고달사는 나말여초의 시대적 격변 을 고스란히 담고 있는 역사의 현장이다. 물론 그 역사의 현장은 지 금 폐허가 되었다. 한때 많은 사람들로 북적였을 건물들은 사라졌 고 지금은 석조대좌와 승탑, 탑비 등만이 남아 있을 뿐이다.

원종대사 혜진탑을 보는 일은 고달사지 순례의 절정에 해당한다. 그러나 그 절정은 간단히 결말로 이어지지 않는다. 그에 버금가는 또 하나의 절정이 기다리고 있기 때문이다. 원종대사 혜진탑에서 왼 쪽을 바라보면 가파른 계단이 있다. 또 하나의 절정은 그 계단의 끝 에 있다. 국보 제4호로 지정되어 있는 '고달사지 승탑'이다.

이 고달사지 승탑은 여러 면에서 원종대사 혜진탑과 유사하다. 양 자 모두 화려하게 장식된 다소 둔중한 원형 기단 위에 팔각원당형 탑신부를 세웠다. 지붕 위 상륜부의 모양새도 매우 비슷하다. 여기 에 더해 기단과 탑신에 새긴 조각들의 분위기도 흡사하다. 이렇게 두 승탑은 유홍준 선생의 말대로 "어느 것이 먼저 만든 원작이고 어 느 것이 나중에 세운 모방작인지 얼른 구별하기 힘들 정도로"[5] 유사 하다. 다만 원종대사 혜진탑은 높이 4.5미터로 3.4미터인 고달사지 승탑보다 조금 크다. 오래전에 고유섭 선생은 고달사지 승탑을 원감탑, 곧 원감화상 현욱의 승탑으로 추정했다. 현욱→심희→찬유로 이어지는 혜목산문의 개산조開山祖인 현욱의 승탑이라는 것이다.[6] 이 견해를 받아들이면 이 승탑은 통일신라 말기의 작품이라고 해야 한다. 물론 정확한 기록이 없기 때문에 이 승탑은 현욱의 승탑이 아닐 수도 있다.

유사하게 생긴 고달사지의 두 승탑은 모두 나말여초 승탑의 대표작이다. 다시 고유섭 선생을 인용하면 두 승탑은 이른바 팔각원당형 석탑의 규범을 이루고 있을뿐더러 "대표적인 걸작품"이다.[7] 하지만 두 승탑 가운데 어느 쪽이 좀 더 우월한가를 두고 미술사가들의 입장은 갈린다.

먼저 고유섭 선생은 원종대사 혜진탑을 좀 더 우수하다고 평한다. 그것은 원감탑(고달사지 승탑)을 본뜬 것이나 작품으로는 도리어 우수하다는 것이다. 그가 보기에 원종대사 혜진탑은 "고복석에는 영귀靈龜를 정면에 새기고 운룡雲龍을 좌우에 새겨 호괴豪瑰한 품이 벌써 걸작인데 앙련, 복련의 웅혼한 맛이 일단의 정채精彩를 가하고 탑신의 사천왕상과 옥개의 건장한 맛과 상륜의 정교한 품이 발군의 미태美態를 형성하고"[8] 있다. 반면에 유홍준 선생은 고달사지 승탑을 좀 더 뛰어난 작품으로 본다. 그에 의하면 고달사지 승탑을 모방

한 원종대사 혜진탑은 원작의 조형미에 미치지 못하며 "크기만 장대해졌다"는 느낌을 줄 따름이다.[9]

　나는 어느 쪽의 편을 들까? 자리를 잡고 앉아 다시 찬찬히 고달사지 승탑을 살펴본다. 그러자 지금까지 보이지 않던 것이 보인다. 내 눈에 들어온 것은 기단부의 거북머리 조각이다. 그 거북은 정면을 바라보고 있는데 얼굴이 앞쪽으로 돌출해 있다. 그래서 고달사지 승탑의 거북머리는 마치 탑비의 귀부처럼 입체적으로 보인다. 아마도 조각가는 이 입체적인 형상을 얻어내기 위해 꽤 고생했을 것이다. 반면에 앞서 보았던 원종대사 혜진탑의 거북은 몸체는 정면을 향하고 있지만 머리는 왼쪽으로 향하고 있다. 그래서 그 거북머리는 앞서 고달사지 승탑의 거북머리에 비해 평면적으로 보인다. 고개를 옆으로 돌리고 있기 때문에 앞으로 튀어나올 필요가 없었던 것이다. 그것은 조각보다 차라리 회화에 가까워 보인다. 생각해보니 그 모양새가 얼마 전 이탈리아 피렌체의 산 로렌초 성당에서 만난 미켈란젤로의 줄리아노 데 메디치의 조각상과 유사하다. 흔히 '줄리앙' 이라고 부르는 그 조각상 역시 몸은 정면을 향하지만 얼굴은 옆쪽을 향하고 있다. 독일 미술사가 알로이스 리글에 따르면 이런 자세는 이성과 감성의 충돌을 나타낸다. 이성은 몸을 정면으로 향하게 하지만 감성은 그에 반발해 머리를 다른 쪽으로 향하게 한다는 것이다.[10]

▲ 고달사지 원종대사 혜진탑의 기단 조각.

● 고달사지 승탑의 기단 조각.

▼ 미켈란젤로 부오나로티, 〈줄리아노 데 메디치〉, 1524~1534년, 산 로렌초 성당, 피렌체.

그러면 원종대사 혜진탑의 작가는 왜 거북의 머리를 몸과는 다른 쪽으로 향하게 했을까? 그 답을 찾기란 쉬운 일이 아니다. 다만 확실한 것은 그런 자세가 작품을 역동적으로 만든다는 점이다. 무엇보다 고달사지 승탑에서 확고했던 좌우대칭이 여기서는 깨져서 무게가 한쪽으로 쏠렸다. 균형보다 동세를 지지하는 형국이다. 그러니 적어도 거북 조각만 본다면 고달사지 승탑은 입체적이고 안정된 세계를, 원종대사 혜진탑은 평면적이지만 변화무쌍한 세계를 나타내고 있다고 해야 한다. 두 세계 중에서 나는 원종대사 혜진탑이 추구하는 변화무쌍한 세계에 좀 더 끌린다. 물론 이것은 내 취향이다. 변화보다 안정을 좋아하는 사람도 많을 것이다. 미켈란젤로의 역동적인 세계보다 라파엘로의 균형과 조화의 세계를 좋아하는 사람도 있는 것처럼 말이다.

여하튼 고달사지에서 보아야 할 작품은 다 보았다. 이제 언덕을 내려갈 차례다. 백구들이 앞서 우리가 올라온 길과는 다른 길에서 꼬리를 흔들고 있다. 마치 그쪽으로 가자는 것처럼 말이다. 백구들을 따라나서기로 한다. 안정된 삶을 버리고 변화를 찾아 나선 모험가라도 된 기분이다. 강아지들을 따라나서기로 한 우리의 판단은 틀리지 않았다. 그 길로 내려가면 아까 돌아다녔던 절터가 나온다. 게다가 이 길에서는 원종대사 혜진탑과 탑비가 있는 절터를 한눈에

여주 고달사지 풍경.

볼 수 있다. 새삼 고달사지가 참으로 넓다고 느낀다. 승탑의 주인들이 살아 있었을 때 그 넓은 터는 건물과 사람들로 북적였을 게다. 그 사람들은 지금 없다. 폐허에서 마주치는 삶은 이렇게 덧없다. 소설가 김훈은 고달사지 폐허에서 자신이 느낀 소회를 이렇게 썼다.

폐허는 그 위에 세워졌던 모든 웅장하고 강고한 것들에 대한 추억으로써가 아니라 그 잡초더미 속에서 푸드득거리는 풀벌레들의 가벼움으로 사람을 긴장시킨다. 폐허에서는 풀벌레가 영원하고 주춧돌은 덧없어 보인다.[11]

흥법사지
삶의 허무와 불변의 법칙

만나자마자 이별이라더니 백구들과의 이별이 자못 애틋하다. 차를 세워둔 곳까지 따라온 강아지들이 우리 곁을 떠나지 않는다. 뭐라도 먹을 걸 주면 좋으련만 우리 손에는 아무것도 없다. 미안하다. 그런데 다음에 올 때도 이 강아지들을 볼 수 있을까? 아무쪼록 귀여운 백구들이 고달사 넓은 절터에서 오래도록 건강하게 뛰놀기를 바랄 따름이다. 안녕!

이제 오늘의 두 번째 목적지로 향한다. 그 목적지는 흥법사지興法
寺址다. 흥법사지는 강원도 원주시 지정면에 있다. 고달사지에서 흥
법사지까지의 거리는 20킬로미터 남짓. 적어도 삼십 분 정도는 걸릴
테니 (운전대를 잡은 동생에게는 미안하지만) 잠시 휴식을 취할 수 있지
않을까? 그러나 방심은 금물이다. 지금으로부터 대략 팔십 년 전, 그
러니까 1933년 12월에 고유섭 선생이 그 방심으로 인해 흥법사지에
갈 기회를 놓쳤다. 그 분통한 경험을 그는 이렇게 회고했다.

익일 여주에서 원주로 향할 때에 중도 문막 부근에서 잠깐 내렸
다가 흥법사지와 그 유물을 구경하려고 입구 어귀에서 자동차를
부탁하였으나 초행길이라 운전수에게만 맡겼더니 아무 소리 없이
목적지를 지나치고 말았다. 분하기가 짝이 없었으나 별도리 없이
원주로 들어섰다.[12]

물론 우리에게는 믿음직한 내비게이션이 있다! 화면에 흥법사지
네 글자를 치자 친절한 안내가 시작된다. 그러나 흥법사지는 내비게
이션의 친절한 안내로도 찾기가 쉽지 않다. 외진 곳에 있는 탓이다.
그 안내가 끝난 시점에 우리는 산 밑의 밭 한가운데 서 있었다. 폐허

의 속성 가운데 하나는 경계가 명확하지 않다는 것이다. 흥법사지가 바로 그렇다. 밭 한가운데 있는 삼층석탑 하나, 그리고 비신도 없이 덩그렇게 놓여 있는 귀부(받침돌)와 이수(머릿돌)들, 농가 인근에 드문드문 보이는 석축들이 이곳이 흥법사의 옛터라는 것을 알려줄 뿐이다. 그러니 어디까지가 흥법사인지 헤아릴 길이 없다. 밭에서 일하는 어르신이 있지만 우리에게는 눈길조차 주지 않는다. 발굴조사 때 설치된 것으로 보이는 간이화장실은 을씨년스럽다.

흥법사에도 영광의 시대는 있었다. 흥법사는 나말여초의 고승 진공대사眞空大師 충담忠湛이 머물던 선원이다. 충담은 젊어서 당唐에 유학했고 귀국 후에는 신라 신덕왕의 스승이 되었다. 고려 건국 후에는 태조 왕건의 건국사업에 협력했고 태조 23년(940년)에 입적했다. 지금 절터에 있는 탑비가 바로 그 진공대사의 탑비다. 왕건이 직접 비문을 짓고 당태종의 글씨를 집자해 세웠다는 비는 그 자체로 흥법사의 전성기를 알려주는 증거다. 그러나 지금 그 비문이 새겨진 몸돌은 국립중앙박물관에 있다. 흥법사에 있던 진공대사의 승탑과 석관도 현재 국립중앙박물관에 있다. 저 유명한 염거화상탑 역시 흥법사에 있었다고 전하지만 지금은 국립중앙박물관에 있다. 국립중앙박물관에 있는 흥법사 관련 유물들은 하나같이 당대를 대표하는 걸작들이다. 그러나 이 걸작을 보려면 흥법사가 아니라 국립중앙박물관에 가야 한다.

이렇게 사찰의 귀중한 보물들이 본래의 자리를 떠나 있다는 것은 그만큼 이 사찰이 과거의 영광을 뒤로하고 철저히 몰락했다는 것을 뜻한다. 절 자체는 임진왜란 때 없어졌다고 하지만 관련 기록이 드물다는 것은 이미 임진왜란 전에 사세가 기울었다는 것을 시사한다. 게다가 사찰의 소중한 보물들이 대부분 다른 곳으로 옮겨진 탓에 오늘날 흥법사지는 가치 있는 유적지로 대접받지도 못한다.

그러나 바로 그 이유 때문에 흥법사지는 폐허로서 독특한 매력을 갖는다. 좀 더 폐허답다고 할까? 일종의 공원처럼 조성되어 삶의 현장에서 분리된 고달사지와는 달리 흥법사지는 삶의 한복판에 있다. 즉 그 곁에 농가와 밭들이 있다. 그것은 폐허가 우리에게 일깨워주는 삶의 섭리, 곧 "모든 것은 역사와 더불어 사라지기 마련"이라는 섭리를 극적으로 전달한다. 과거 이곳에는 고승이 주석한 명찰 흥법사가 있었으나 시간의 경과와 더불어 사라졌다. 그 자리에 지역 유림들이 도천서원陶川書院을 세웠다. 1693년, 곧 숙종 19년의 일이다. 이 서원은 사액서원으로서의 영예를 누렸으나 1868년(고종 5년) 흥선대원군이 주도한 서원 철폐로 훼철되었다. 지금 그 자리에는 농가와 밭들이 들어섰다. 그러나 그 농가와 밭들도 언젠가는 사라질 것이다.

원주 흥법사지 풍경. 오른쪽에 삼층석탑이, 왼쪽에 진공대사탑비가 보인다.

실제로 강원도 문화재자료 제45호로 지정되어 있는 흥법사지를 국가 사적으로 승격시켜 체계적인 정비·보존에 나서야 한다는 주장이 점차 힘을 얻고 있다.[13] 언젠가 흥법사지는 고달사지처럼 깔끔한 유적지로 변모할지 모른다. 이렇듯 흥법사지는 "인간사에 영원한 것은 없다"는 진리를 웅변한다. 영원한 것은 공간과 시간뿐이다. 그래서 18세기의 사상가 드니 디드로는 "폐허를 통해 인간은 세상의 모든 것이 역사와 함께 사라지고 오직 공간과 시간만이 지속된다는 불변의 진리를 깨닫게 된다"고 하면서 이를 '폐허의 시학Poétique des ruines'이라고 칭했다.[14]

'폐허의 시학'을 실감케 하는 흥법사지의 유물은 삼층석탑이다. 이 삼층석탑은 경주에 있는 감은사지탑 또는 고선사지탑에 기원을 둔 이른바 전형석탑에 속하는 고려시대 탑이다. 그러나 감은사지탑이나 고선사지탑에 비해 크기가 매우 작다. 그래서 훨씬 더 왜소해 보인다. 전형탑의 공식에 따라 이중기단 위에 삼층으로 쌓은 탑은 손상이 매우 심해서 아슬아슬하게 서 있는 느낌이다. 게다가 기단의 크기에 비해 탑신이 다소 작아서 위태로워 보이기까지 한다.

이렇게 위태로워 보이지만 이 탑은 천 년 넘게 그 자리를 지키고 있다. 모진 격변에도 불구하고 용케 제자리를 지키고 있는 것이다. 어마어마한 생명력을 지녔다고 할 수밖에 없다. 이것은 폐허의 또

홍법사지 삼층석탑, 3.69m, 고려.

다른 시적 특성이다. 폐허에 남아 있는 과거의 단편은 어떤 '변함없는 가치' 또는 폐허 속에서 언제나 다시 시작되는 삶의 생명력을 상기시킨다.

그 생명의 힘을 상기시키는 흥법사지의 유물이 또 하나 있다. 진공대사의 탑비 말이다. 이 탑비는 흥법사지의 폐허 속에서도 유난히 돋보인다. 비신도 없이 귀부와 이수만 남아 있는 상태지만 매우 독특한 매력을 발산한다. 이 작품의 매력은 단연 머릿돌에 해당하는 이수다. 이수의 앞면 중앙에 비명碑銘이 새겨져 있고 그 좌우에 서로 노려보는 두 마리 용이 보인다. 자세히 보면 그 옆으로 또 다른 용들이 있다. 이수 뒷면에도 또 다른 용들이 보인다. 이렇게 각각 다른 방향에 머리를 둔 용들은 구름 속에서 서로 얽혀 요동치고 있다. 운룡雲龍들이다! 통상 이수는 직각이 두드러진 직육면체 형태인데 진공대사탑비의 이수를 만든 조각가는 그 직각의 틀을 거의 의식하지 않았다. 멀리서 보면 이 탑비의 이수는 차라리 무정형의 덩어리처럼 보일 정도다. 그 무정형의 덩어리는 용 여러 마리가 서로 얽혀 만들어낸 장관이다.

그러나 진공대사탑비의 장관, 그 생명력은 돌 속에 갇혀 있다. 어떤 설화가 떠오른다. 돌아오지 않는 남편을 기다리다 죽어 돌이 되었다는 여인의 이야기, 즉 신라 때 충신으로 유명한 박제상*의 아내

원주 흥법사지 진공대사탑비, 고려, 940년.

이야기다. 그녀는 망부석望夫石이 되어 '영원한 사랑'을 실현했다. '사랑'이라는 가장 생생한 감정은 '돌'이 됨으로써 비로소 영원성을 얻게 된 것이다. 사랑이라는 말랑말랑한 감정과 단단한 돌의 공존, 참으로 기막힌 역설이 아닌가!

거돈사지

조각들을 이어 붙여 전체를 그리는 상상력

다음 목적지는 거돈사지居頓寺址다. 거돈사지는 원주시 부론면에 있다. 홍법사지에서 부론면으로 가는 길에는 '홍원창'이라고 불린 옛 조창漕倉 터가 있다. 조창이란 수로 연변에 설치된 창고를 말한다. 과거에 홍원창은 원주와 충청북도의 물자를 한강을 통해 서울로 실어 나르는 거점으로 기능했다. 지금 홍원창은 자취를 감췄지만 그 터에서 바라보는 강 풍경이 매우 근사해서 쉬어 갈 만하다. 게다가 가까이에 유명한 추어탕집이 있다. 마음을 편하게 하는 허름한 분위기에 맛좋은 음식을 원하는 답사객이 찾을 만한 곳이다. 나와 내

● 신라 눌지왕 때의 충신. 왜국에 건너가 볼모로 잡혀 있던 눌지왕의 아우를 탈출시키고, 자신은 왜군에게 잡혀 유배되었다가 처참히 살해당했다.

동생도 이곳에서 허기를 채웠다.

맛있는 음식으로 배를 채우니 마음이 훨씬 여유롭다. 폐허를 돌아볼 때는 몸과 마음이 넉넉해야 한다. 자칫 폐허 특유의 우울한 기분에 빠져버릴 수 있기 때문이다. 여하튼 차는 몇 분 지나지 않아 거돈사 옛터에 도착했다. 거돈사지는 잘 정돈된 유적지다. 특히 건물지와 석축이 잘 보존되어 있어서 걷는 즐거움이 각별하다.

우리의 걷기는 도로에 면해 있는 원공국사탑비에서 시작한다. 이 탑비는 탑신과 귀부, 이수가 모두 잘 남아 있다. 먼저 귀부의 거북상을 바라본다. 이 거북은 용맹하다기보다 듬직하다는 인상을 준다. 눈을 크게 뜨고 입을 굳게 닫고 있는데 입 양쪽 끝이 살짝 올라가 있어서 웃고 있는 것처럼 보인다. 넉넉하고 듬직한 모습이다. 물론 끼니를 해결한 넉넉한 마음이 거북을 대하는 내 태도에 영향을 미쳤을 수 있다. 마음이 넉넉하면 세상 만물이 넉넉해 보이는 법이다! 귀부 위로 비신을 세우고 이수를 얹었는데 비신, 곧 몸돌에 비해 이수, 곧 머릿돌이 매우 크다. 자칫 불안해 보일 수 있는 형국인데 제아무리 무거운 것이라도 감내할 것처럼 보이는 거북의 듬직한 생김새 때문에 불안한 느낌은 거의 들지 않는다.

이 탑비의 주인공 원공국사는 어떤 인물인가? 그는 고려 건국 초기인 930년에 태어났고 거란의 침입으로 혼란하던 1018년(현종 9년)

◀ 거돈사지 원공국사탑비, 4.99m, 고려, 1018년.

▶ 거돈사지 원공국사탑비(세부).

에 거돈사에서 입적했다. 법명은 지종智宗인데 광종 5년에 해당하는 954년 승과에 합격했고 959년 오월국吳越國에 유학해 연수延壽라는 고승에게 배웠다고 한다. 귀국 후에는 왕사와 국사로 대우받으며 당대 불교의 발전에 적지 않은 영향을 끼쳤다. 김두진 선생에 따르면 원공국사 지종은 선종의 입장에서 선종과 교종, 정확히는 교종 내부의 문제를 해결하려는 성상융회性相融會 사상을 펼친 고승이다.[15] 불교 교리에 문외한인 나로서는 이 말의 참뜻을 헤아릴 길이 없지만 서로 다른 입장을 융합하는 접근에는 탁월한 균형 감각이 필요하다는 것만큼은 알고 있다. 무거워 보이는 머릿돌을 넉넉한 웃음으로 지탱하는 탑비의 모양새는 어쩌면 성性과 상相 내지는 공空과 색色의 화합을 추구한 원공국사의 균형 감각을 반영한 것일 수 있다.

탑비가 있는 곳에서 저 위 언덕을 보면 탑비의 주인공 원공국사의 승탑이 보인다. 그 승탑으로 가는 길에는 여기저기 석축과 계단의 흔적이 있는데 그 흔적을 따라 걷는 길이 폐허로 유명한 로마의 팔라티노 언덕을 걷는 느낌과 다르지 않다. '라마극장의 폐허'도 그럴까? 고달사지의 목재 탐방로 같은 것은 없지만 오히려 그렇기 때문에 걸을 때의 고상하고 예스러운 느낌은 배가된다.

곧 원공국사의 승탑에 도착했다. 이 승탑은 고려 초에 만들어진 팔각원당형 승탑의 대표작 가운데 하나다. 탑 앞에 있는 안내문에는 이 승탑을 "비례가 알맞고 중후한 품격을 가지고 있다"고 소개하고 있다. 그러나 유감스럽게도 이 탑은 원작이 아니다. 거돈사지에 있던 본래의 승탑은 일제강점기에 고물상의 손을 거쳐 일본인 와다和田의 집에 옮겨졌고 그 후 여기저기를 전전하다[16] 지금은 국립중앙박물관 경내에 있다(21쪽 참조). 원주시를 중심으로 반환운동이 전개되기도 했지만 국립중앙박물관의 반대로 성사되지 못했다. 그 대안으로 세운 것이 지금 거돈사지에 있는 승탑이다. 그것은 원작을 재현한 복제품이다.[17] 이 승탑은 2007년에 세웠으니 이제 제법 세월의 때가 묻었다. 승탑 앞에 있는 잔디밭에 앉아 숨을 고른다. 넓은 절터에는 나와 내 동생 말고는 아무도 없다. 늦겨울인데도 햇빛이 가득한 맑은 날씨 덕에 몸과 마음이 다 함께 나른해진다.

원공국사 승탑 자리에서 아래를 내려다보면 멀리서도 꽤 잘생겨 보이는 삼층탑이 보인다. 잠깐의 휴식을 마치고 그 탑으로 향한다. 이 삼층석탑은 앞서 본 흥법사지의 삼층탑과 마찬가지로 전형탑의 양식을 지니고 있다. 그러나 위태로워 보이는 흥법사지의 탑과는 달리 큰 훼손 없이 보존되었을뿐더러 짜임새도 매우 견고하다. 기단에 비해 탑신이 작아 보이는 흥법사지 탑에 비해 기단과 탑신의 비례도 매우 조화롭다. 전체적으로 상승감이 두드러진 모양새다. 5.3미터 높이의 탑이 돌과 흙을 쌓아 만든 축대 위에 세워져 있는 탓에 상

거돈사지 삼층석탑. 5.3m, 통일신라 말기.

원주 거돈사지 풍경.

승감이 더욱 부각되었다. 고려시대보다 통일신라시대의 미감에 가까운 모양새다. 그래서 미술사가들은 이 탑의 조성 연대를 통일신라 말기에 해당하는 9세기로 잡고 있다. 그렇다면 거돈사는 적어도 9세기에 건립된 사찰로 봐야 할 것이다.

거돈사지는 볼 것이 많은 폐사지다. 이번에는 절터 한쪽에 있는 오래된 나무에 눈길이 간다. 천 년의 고목이라 하니 나무는 그 자리에서 거돈사의 흥망성쇠를 고스란히 지켜보았을 것이다. 과거에 거돈사는 어떤 절이었을까? 폐허에서는 "잔해의 나머지 부분을 보고 이를 통해 상상력을 촉발시켜 전체를 구성하는 능력"[18]이 활성화된다고 했다. 마침 고목 근처에는 과거의 온갖 잔해들이 옹기종기 모여 있다. 그들 중 어떤 것은 석등의 받침대였을 것이고 또 어떤 것은 계단과 석축의 부재部材였을 것이다. 나는 마치 낭만주의 시인처럼, 또는 1920년대 『폐허』의 동인들처럼 마음속에서 그 잔해들을 이어 붙여 본래의 거돈사를 상상해본다. 그렇게 거돈사는 내 마음속에서 "현재의 조각나고 상처 입은 모습을 뛰어넘어 잃어버린 총체적 형태로 다시 구현될지"[19] 모른다. 물론 그 작업이 성공을 거둘 가능성은 거의 없다. 아니 불가능하다. 나는 재능을 타고난 시인이 아니라 평범한 속인에 불과하기 때문이다. 그래도 폐허가 불러일으킨 시적 감성에 잠시나마 내 영혼을 맡겨보는 일은 황홀한 경험이다. 거돈사지는 방문자를 시인으로 만드는 힘을 지닌 폐허다.

법천사지

폐허에서 빛나는 극적인 아름다움

이제 오늘의 마지막 답사지인 법천사지法泉寺址로 향할 차례다. 사실 법천사지는 흥법사지에서 거돈사지로 향하는 길 중간에 자리 잡고 있다. 그러니 거돈사지에 앞서 법천사지를 방문해도 된다. 하지만 나는 이 폐사지를 오늘의 마지막 코스로 잡았다. 폐사지 답사의 피날레를 장식하기에 법천사지만 한 곳이 없다고 보기 때문이다. 법천사지는 거돈사지에서 매우 가깝다. 두 장소의 거리가 11킬로미터 정도로 차로 이동하면 십오 분 남짓 소요된다.

법천사지는 지금(2015년 12월) 발굴이 한창이다. 그래서 매우 어수선하다. 그래도 오랜 기간 지속된 발굴과 정비사업으로 제법 유적지로서의 면모를 갖추기 시작했다. 학부 시절 처음 이곳을 방문했을 때(그날은 매미가 맹렬하게 울어대는 무더운 여름날이었다) 잡초로 무성했던 모습을 생각하면 격세지감을 느끼지 않을 수 없다. 끈으로 만든 울타리로 둘러친 발굴지 광경은 한때 위용을 자랑했던 법천사의 과거를 증언하고 있다.

법천사의 과거를 이야기할 때 빼놓을 수 없는 인물이 바로 혜소국사慧炤國師 정현鼎賢과 지광국사智光國師 해린海麟이다. 두 분 모두 고려 초기 불교문화의 중심에 있던 법상종 승려다. 정현은 972년(광종 23년)에 태어나 1054년(문종 8년)에 입적했다. 법상종의 총본찰인 현화사의 제2대 주지를 역임했고 왕사와 국사로 활동했다. 그는 1032년부터 1034년까지 이곳 법천사의 주지로 있었다. 한편 고려 성종 4년에 해당하는 984년 원주에서 태어난 해린은 1067년(문종 21년) 법천사에서 입적했다. 1054년 정현의 뒤를 이어 현화사의 제3대 주지로 임명되어 교단을 이끌면서 유명한 초조대장경 판각과 간행을 주도했다. 또한 고려 초 태평성대를 이끈 문종의 치세 기간에 왕사와 국사를 역임하기도 했다.[20] 법천사는 해린이 말년에 머물면서 죽음을 맞이한 사찰이다.

정현과 해린이 활동하던 11세기 초 법천사는 고려 불교문화를 대표하는 대사찰 가운데 하나였다. 지금 눈앞에 펼쳐지고 있는 광대한 발굴 현장은 과거의 영광을 증명하는 흔적들이다. 그러나 법천사도 '성자필쇠盛者必衰' 곧 '한 번 성한 것은 반드시 쇠하기 마련'이라는 세상의 이치를 거스르지 못했다. 지금 법천사는 과거의 흔적을 간직한 폐허일 뿐이다. 입구의 안내판에는 이 절이 임진왜란 때 불타 없어졌다고 적혀 있다.

폐허의 무상함에 빠져 우울할 때는 떠들썩한 분위기가 기분 전환에 보탬이 된다. 다행스럽게도 법천사지 답사의 동반자가 있다. 고달사지 백구들에 이어 오늘 우리가 만난 두 번째 동반자들이다. 젊은 부부와 세 아이들. 열 살 전후로 보이는 아이들은 뭐가 그리 즐거운지 소리를 지르며 여기저기 뛰어다닌다. 모두 키나 생김새가 비슷하다. 쌍둥이들인가? 사실 나와 내 동생도 쌍둥이다. 우리는 엄마의 배 속에서 같은 날 태어났다. 열 살 때 우리도 저렇게 뛰어놀았다. 여행과 답사를 사랑했던 부모님 덕분에 내 기억 속 우리의 놀이터에도 절터와 오래된 석탑, 박물관의 이미지가 등장한다. 그러나 거기서 같이 뛰놀던 내 동생도 나도 이제 꽤 나이를 먹었다. 그때는 다투기도 많이 했는데 지금은 함께 있는 것만으로 그저 애틋하다. 그러니 현재는 얼마나 소중한가! 지금은 이렇게 같이 있지만 나이를 먹는 일은 계속될 것이고 나도 내 동생도 언젠가는 사라져 소멸할 것이다. 어쩌면 소멸에 저항하는 일이야말로 예술작품의 본래 사명이 아닐까? 곧 사라질 소중한 현재를 영원히 간직하기 위해 옛 사람들은 탑을 만들고 탑비도 만들었을 것이다. 지금 이 순간을 붙들기 위해 우리가 사진을 찍는 것처럼 말이다. 간직하고 싶은 현재가 소중하고 아름다울수록 그 현재를 붙잡아두는 예술작품도 아름다워져

원주 법천사지 풍경.

야 하리라.

법천사지에도 폐허의 우울한 분위기를 밝은 분위기로 바꾸어주는 아름다운 예술작품이 있다. 절터 북쪽 산기슭에 있는 '법천사지 지광국사 탑비'가 그것이다. 앞서 언급한 지광국사 해린의 생애와 업적을 기록한 탑비다. 이 탑비는 현존하는 탑비 가운데 가장 섬세하고 아름다운 것으로 손꼽힌다. 지광국사의 제자였던 혜덕왕사慧德王師 소현詔顯이 탑비의 제작을 주도했다. 소현은 고려 초 문벌귀족으로 유명한 이자연(1003~1061)의 다섯째 아들이다.[21]

명문 귀족 출신의 승려 소현은 자신이 동원할 수 있는 모든 권력과 자원을 이용해 이 탑비를 만들었다. 그 결과 지광국사의 탑비는 11세기 고려 귀족문화를 대표하는 걸작이 되었다. 작품을 보면 한눈에도 소현이 스승의 탑비를 최대한 아름답게, 그리고 최대한 특별하게 만들기 위해 노력했다는 것을 인정할 수밖에 없다. 먼저 귀부의 거북은 목을 쭉 내밀어 머리를 높이 쳐들고 있다. 거북이 목을 잔뜩 움츠리고 있는 고달사, 흥법사, 거돈사 터의 탑비 귀부들과는 전혀 다른 모양새다. 거북의 턱에 달린 긴 수염은 몸과 연결되어 있다. 이 수염은 기이한 분위기를 자아내는 미적 장치이면서 동시에 앞으로 튀어나온 거북의 목을 지탱하는 기능도 담당한다. 머리를 쳐든 거북의 형상은 둔중하다기보다 날렵해 보인다. 그것은 다른 귀부 조

◀ 원주 법천사지 지광국사 탑비, 4.55m, 고려, 1085년.

▶ 원주 법천사지 지광국사 탑비의 귀부.

원주 법천사지 지광국사 탑비 측면의 운룡 조각.

각에서는 거의 찾아볼 수 없는 세련된 이미지다. 이 탑비를 특별하게 만드는 또 다른 장치는 장식 무늬들이다. 목 주변에 새긴 비늘, 거북 등껍질 아래 돌려 새긴 구름과 파도 무늬, 비신(몸체) 양쪽에 섬세하게 조각한 운룡들은 탑비를 돋보이게 하는 아름다운 장식들이다. 한편 머릿돌인 이수의 형상은 이 탑비의 백미다. 미술사가들이 '왕관 모양' 또는 'V자형'이라고 부르는 이수의 독특한 생김새는 전례를 찾을 수 없는 것이다. 그 안에 연꽃과 구름이 네 귀퉁이의 귀꽃에 이르기까지 세밀하고 빼곡하게 새겨져 있어 화려함을 더한다.

나로서는 특히 비신의 양쪽에 새겨진 운룡 또는 쌍룡이 특별해 보인다. 위아래로 길쭉한 그 좁은 공간, 구름 속에서 얽혀 있는 두 마리 용은 격렬한 동세를 자랑한다. 자칫 갑갑해 보일 수 있는 조건임에도 불구하고 조각가의 능수능란한 솜씨는 닫힌 좁은 공간의 제약을 벗어나 너른 천상세계에서 자유롭게 요동하는 용들을 만들어 냈다.

이렇게 지광국사의 탑비는 매우 장식적이다. 그러나 그 장식이 전혀 부담스럽지 않다. 최대한 장식을 더하면서도 과잉이 되지 않도록 살피고 또 살핀 결과일 것이다. 그것은 현세의 삶을 다하고 입적한 스승의 존재를 영원히, 그리고 아름답게 간직하기 위해 노력한 한 승려의 눈물겨운 고투의 흔적이다. 애틋한 것은 그 제자도 오래전에 숨을 다하고 세상에서 사라졌다는 점이다. 탑비 주변에 빼곡했을 건물들도 모두 사라졌다. 과거에 탑비 옆에 세워져 있던 지광국사의 승탑 역시 흔적(탑전지)만을 남기고 다른 곳에 가 있다. 지금 경복궁, 정확히는 국립고궁박물관 뜰에 있는 '법천사지 지광국사 현묘탑'이 그것이다. 탑비만큼 아름답고 웅장하며 섬세한 이 승탑을 본래의 자리에서 떼어내 다른 곳에 가져간 것은 일제강점기의 일본인들이었다. 한때 일본 오사카로 밀반출되었던 지광국사의 승탑은 용케 고국으로 돌아왔으나 여러 사정으로 본래의 자리인 법천사지로는 돌아오지 못했다.[22]

그래서 현재 법천사지에 남아 있는 빼어난 예술작품은 사실상 지광국사 탑비뿐이다. 그것은 폐사지 한쪽 높은 언덕 위에 혼자 남아 있다. 외롭다고 할까, 고독하다고 할까? 그러나 바로 그 이유로 인해 탑비는 더 아름다워 보인다. 어둠을 비추는 한줄기 빛이 밝은 대낮의 햇빛보다 밝은 것처럼, 또는 전쟁터에서 꽃핀 사랑이 일상의 사랑보다 숭고하고 아름답게 보이는 것처럼 황폐한 폐허에 홀로 남아 있는 빼어난 예술작품은 극적으로 아름답다. 그 비장한 아름다움에 반해, 또는 취해 나는 탑비를 보고 또 보았다.

아이들의 웃음소리가 들린다. 그 소리가 알람 소리처럼 내 정신을 깨운다. 이제 정신을 차리고 일상으로 돌아가야 할 시간이다. 동생과 함께 다시 차에 오른다. 그렇게 행복했던 오늘은 지나간다. 다시는 돌아오지 않을 오늘, 이토록 그리운 현재!

· · ●

『폐허』2호에서 〈라마극장의 폐허〉가 실려 있는 장을 넘기면 다음 장에 독일 시인 프리드리히 실러의 다음과 같은 발언이 네모 상자 안에 등장한다. '폐허'라는 잡지 명칭은 여기서 유래했다고 한다.

옛것은 쇠퇴(衰頹)하고 시대는 변천(變遷)한다.
새 생명은 이 폐허에서 피어난다.

장식의 리듬, 몸의 박자

국립중앙박물관, 한국미술의 장식 패턴들

꽃가게에서

사랑하는 연인에게 꽃을 선물할 때 가장 큰 고민은 역시 '무슨 꽃을 선물할 것인가'일 것이다. 팬지? 라일락? 데이지? 안개꽃? 아니면 역시 장미? 고민 끝에 꽃을 선택하면 다음에는 그 못지않게 답하기 어려운 질문이 던져진다. "몇 송이로 할까요?"

장미꽃 한 송이는 어떤가! 뭔가 허전하다. 열 송이, 아니면 백 송이? 그러다보면 '백만 송이' 꽃에 관한 어떤 노래가 떠오르기 마련이다. 그리고 내 주머니 사정을 헤아려본다. 백만 송이는 역시 무리다. 친절한 꽃가게 점원은 이런 상황에 익숙한 모양이다. 점원이 웃으며 내게 묻는다. "열 송이 정도면 어떨까요?"

꽃 한 송이에 만족하지 못하고 그 수를 자꾸 늘려가는 것은 역시 꽃의 아름다움을 극대화하기 위해서일 것이다. 아름다운 꽃이 두 송이, 세 송이로 불어날수록 그 아름다움도 두 배, 세 배가 되지 않겠는가? 빨간 장미의 꽃말이 '열정'이니 내 불타는 열정을 표현하려면 한 송이로는 어림도 없다. 하지만 너무 과하면 상대방에게 부담을 줄 수 있다. 사랑하는 마음을 잘 전달하면서도 너무 과하지 않은 꽃송이의 개수는 몇 개일까?

물론 경험 많은 꽃가게 점원에게 문제의 해결을 위임하는 가장 안

전하고 확실한 방법이 있다. 최종 선택은 역시 내 몫이긴 하지만 말이다. 하지만 이 문제를 다른 누구에게 일임할 수 없는 사람들이 있다. 디자이너나 예술가들이다. 일찍이 수사학자들이 알려준 대로 특정 단어나 이미지, 모티프, 패턴, 형태의 반복은 미적 효과나 의미를 강조, 배가시키는 효과가 있다. 하지만 정도가 지나치면 '반복'은 미적 효과나 의미 전달을 방해할 수도 있다.

이 문제에 관한 흥미로운 예술 실험이 있다. 미국 예술가 앤디 워홀(1928~1987)은 우리의 감각을 자극하는 이미지를 택해 그 이미지를 반복 병렬시키는 작업들을 선보인 바 있다. 이를테면 '가장 섹시한' 마릴린 먼로의 이미지를 두 개, 세 개, 네 개……로 늘려가면 '섹시함'의 강도가 높아질까? 아니면 '가장 끔찍한' 교통사고 장면을 두 개, 세 개, 네 개……로 늘려가면 '끔찍함'의 강도는 두 배, 세 배, 네 배로 증가할까?

대답은 '그렇지 않은 것 같다'이다. 이미지나 패턴의 반복은 어떤 수준을 넘어서면 미적 효과나 의미의 전달을 방해한다. 그것은 '지겨운 것', '지루한 것'이 되어 우리의 관심에서 멀어질 것이다. 특히 반복은 '의미'의 가장 치명적인 적에 해당한다. 사랑하는 연인이 어떤 선물을 받고 좋아했다고 해서 그다음에도 같은 선물을 줄 때 어떤 반응이 돌아올지를 생각해보자.

하지만 예술가의 관점에서 볼 때 뭔가를 반복하면 잃는 것이 있지만 또한 얻는 것도 있다. 앤디 워홀의 '마릴린 먼로' 작업을 보면 그녀의 섹시함은 반복을 통해 배가되기보다 경감된다. 대신 우리 눈은 노란색의 리듬, 빨간색의 율동, 핑크색의 진동 같은 것을 감지한다. 이렇게 이미지 또는 패턴의 반복은 시각적 리듬이나 율동을 창출하는 경향이 있다. 여기에 약간의 변화를 더하면 더욱 흥미로운 리듬이 창출될 것이다. 이렇게 본다면 예술가(또는 디자이너)는 두 갈래 길에 서 있다고 할 수 있다. '의미의 편에 설 것인가?' 아니면 '리듬과 율동의 편에 설 것인가?'

한국 도자사의 걸작 두 작품을 비교해보면 어떨까? 조선시대의 청화백자 〈백자청화 동정추월문 항아리〉의 제작자는 그릇 표면에 '동정추월洞庭秋月' 곧 '달빛으로 그윽한 동정호의 가을밤'을 그려 넣었다. 여기서는 '반복'을 거의 찾아볼 수 없다. 감상자는 소상팔경瀟湘八景 중 가장 인기가 많은 경관 중 하나인 '동정호수의 달밤'에 취해 헤어날 길이 없다. 반면에 고려시대의 상감청자 〈청자상감 운학문 매병〉에서는 상황이 전혀 다르다. 이 청자매병의 제작자는 그릇 표면에 학과 구름의 모티프를 반복해서 그려 넣었다. 감상자는 그릇 표면을 따라 학과 구름 모티프의 반복이 연출하는 시각의 리듬을 즐길 수 있다. 전자에서는 의미가 강조된 반면 후자에서는 리듬

◀ 〈백자청화 동정추월문 항아리〉, 높이 32.5cm, 조선, 18세기 후반, 삼성미술관 리움.

▶ 〈청자상감 운학문 매병〉, 높이 42.1cm, 고려, 13세기 후반, 간송미술관.

이 강조됐다. 〈백자청화 동정추월문 항아리〉를 '서정적'이라고 하면 〈청자상감 운학문 매병〉은 '감각적'이다. 미술사가들의 어법을 빌리자면 전자는 '회화적'인 반면 후자는 '장식적'이다.

취향은 갈리기 마련이다. 내 경험에 〈청자상감 운학문 매병〉을 좋아하는 사람은 〈백자청화 동정추월문 항아리〉를 마뜩지 않아 하는 경향이 있고, 반대로 〈백자청화 동정추월문 항아리〉를 아끼는 사람은 〈청자상감 운학문 매병〉 앞에서 고개를 설레설레 젓는 경향이 있다. 물론 많은 위대한 예술은 이렇게 극단적인 입장으로 단번에 나뉘지 않는다. '의미'와 '장식'을 공존시켜 양자의 상호작용에서 예술의 가치를 모색하기 때문이다.

질서의
감각

국립중앙박물관을 둘러볼 때는 어떤 목적이나 주제를 가지는 것이 좋다. 그 많은 작품들을 하루에 다 보는 건 거의 불가능에 가깝기 때문이다. 오늘 나의 주제는 '장식'이다. 국립중앙박물관의 전시실을 돌아다니며 패턴의 반복이나 장식적 리듬을 찾는 것이 나의 목적이다. 그러다보면 예술에서 '반복'의 가치에 대한 새로운 통찰을 얻게 될지도 모른다.

그런데 통상 '장식적이다'라는 말은 긍정적인 의미보다 부정적인 의미를 갖는다. '장식'이라고 하면 인위적인 조작이나 겉치레, 허례허식, 사치나 낭비 같은 것을 떠올리는 사람이 많다. 반면 '군더더기 장식이 전혀 없는 검소함을 갖췄다'는 말은 대단히 긍정적인 의미를 갖는 경향이 있다.

하지만 미술사가들 중에는 '장식'을 아주 중요하게 생각하는 이들이 많다. 『서양미술사』의 저자로 널리 알려진 에른스트 H. 곰브리치(1909~2001)도 그중 하나다. 그에 따르면 장식은 인간의 생물학적 유산이다. 유기체로서의 인간은 생존을 위해 변화무쌍한 현실에서 '질서'를 찾는 능력을 발달시켜왔다는 것이다. 다시 말해 인간은 복잡한 현실에서 반복되는 것, 순환하는 것을 찾는 데 익숙해질 필요가 있다. 그래야만 상황의 변화도 제때 감지할 수 있고 그에 효율적으로 대처할 수 있기 때문이다. 그것을 일러 곰브리치는 '질서의 감각sense of order'이라 불렀다.[1]

곰브리치의 말대로 인간은 자기 삶에서 규칙과 질서를 찾는 경향이 있다. 인간은 때로 자기가 발견한 규칙을 벗어나는 데 민감하게 반응한다. 예를 들어 우리 동네 편의점의 아르바이트 학생의 취미는

손님의 구매 패턴을 읽는 일이다. 그 학생에게 우리 부부는 매주 토요일 밤 여덟 시쯤 등장해서 2리터짜리 생수 여섯 개 묶음을 사가는 사람들이다. 아내가 집을 비운 어느 토요일 저녁 삼각김밥을 사러 편의점에 갔는데 그 학생이 내게 묻는다. "오늘은 혼자 오셨네요. 생수는 안 사세요?"

'질서의 감각'은 '장식'과 불가분의 관계에 있다. 정말 많은 미술작품에 등장하는 장식 패턴을 감상할 때 질서의 탐색은 절대적인 중요성을 갖는다. 한가롭게 누워 장롱이나 벽지의 장식 패턴을 추적했던 경험을 상기해봐도 좋을 것이다. 그래서 심영섭• 선생은 장식의 본질적인 특성으로 "질서의 미와 그 쾌감"을 들었던 것이다. 그에 따르면 "질서가 대단히 정연하면 감정에 율동의 미를 느끼게" 된다.[2] 물론 너무 쉽게 파악되는 질서는 재미가 없다. 수수께끼를 풀 때처럼 서서히 모습을 드러내는 질서가 우리를 흥분시킨다. 그러니 장식에 대한 거부감은 잠시 괄호 안에 넣어두고 패턴들의 질서와 리듬, 운율에 몸을 맡겨봄이 어떠한가!

• 1920년대 말에서 1930년대 초반까지 활동한 화가이자 비평가. 한국 최초의 '아세아주의 미술론'을 주창했다.

빗살무늬

장식 패턴의 탐색

장식 패턴의 탐색은 국립중앙박물관의 첫 번째 전시실인 '선사고대관'에서 시작할 수 있다. 신석기실의 '빗살무늬'●는 아마도 한국미술에 등장한 첫 번째 장식 패턴일 것이다. 까마득한 옛날, 신석기시대의 예술가들이 토기 표면에 새긴 빗살무늬는 얼핏 단순해 보이지만 자세히 들여다보면 대단히 복잡하고 다채로운 질서를 구현하고 있다. 물론 두말할 필요 없이 후대의 장식 패턴들은 그보다 훨씬 복잡하고 정교한 질서에 따라 제작되었다. 그런 의미에서 신석기 빗살무늬 패턴에 내재된 질서를 파악하는 일은 이후 한국미술에 나타난 장식 패턴을 파악하는 예비 과정으로 삼을 만하다. 빗살무늬의 예비 과정을 거친 후 우리는 좀 더 유명한 장식 패턴들을 찾아다니게 될 것이다. 물론 지금부터 확인하게 되겠지만 빗살무늬의 질서를 파악하는 일은 그 자체로 매우 유쾌한 일이다.

신석기 토기에 시문된 빗살무늬는 두 개의 요소로 구성된다. 하

● 빗살무늬토기, 곧 즐문토기(櫛文土器)라는 명칭은 과거 독일학자들이 북방 유라시아의 특정 토기들을 지칭하기 위해 사용한 캄 케라믹(Kamm keramik)이라는 명칭을 일본학자 후지타 료사쿠(藤田亮策)가 1930년대에 '즐문목기'로 번역한 데서 유래한다. 후지타의 정의에 따르면 즐문목토기란 "마른 면에 빗 모양의 것으로 토기를 긁어서 무늬를 만들어 소성한 것"이다.[3]

나는 오른쪽 위에서 왼쪽 아래로 그은 사선들(////)이고 다른 하나는
왼쪽 위에서 오른쪽 아래로 그은 사선들(\\\\)이다. 이 두 요소를 조합
하면 아래 그림에서 c와 같은 형태를 얻을 수 있는데 이것이 바로 모
든 빗살무늬의 기본 형태다.

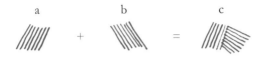

이제는 기본 형태를 응용할 차례다. 예를 들어 경상북도 김천 송
죽리에서 발굴한 바리[鉢]의 작가는 기본 형태(c) 두 개를 이어 붙여
다이아몬드 형태를 만들고 그것을 확장하는 식으로 패턴을 구성했
다. 그림으로 나타내면 이렇다.

물론 다이아몬드 형태에도 여러 가지가 있다. 거의 정사각형에 가
까운 것도 있고 위아래로 뾰족한 것도 있으며 좌우로 벌어져 납작하
게 된 것도 있다. 부산 동삼동에서 발굴한 바리는 좌우로 긴 납작한
다이아몬드 형태를 패턴의 출발점으로 삼았다.

◀ 빗살무늬토기 바리, 경북 김천 송죽리.

▶ 빗살무늬토기 바리, 부산 동삼동.

방향을 달리하는 두 종류의 사선을 결합해 얻을 수 있는 것은 다이아몬드 형태뿐만이 아니다. 조합을 통해 얻을 수 있는 패턴은 매우 다양하다. 송죽리에서 발굴한 또 다른 토기의 작가는 두 종류의 사선을 결합해 평행사변형 형태를 얻고 이것을 패턴의 출발점으로 삼았다. 평행사변형 패턴을 얻는 과정을 그림으로 나타내면 이렇다.

한편 서울 암사동에서 발굴한 토기의 작가는 두 사선을 조합해 마치 산山처럼 생긴 패턴을 얻었다. 김원용 선생은 빗살무늬가 생선뼈와 닮았다 하여 '생선뼈문[魚骨文]'이라고 칭했는데[4] 이 패턴의 기본형은 정말 생선뼈처럼 생겼다. 다음은 이 패턴이 생성, 확장되는 모습을 그려본 것이다.

두 종류의 사선을 다이아몬드나 평행사변형, 삼각형 같은 기하학

◀ 빗살무늬토기 바리. 경북 김천 송죽리.

▶ 빗살무늬토기 바리. 서울 강동구 암사동.

적 도형에 한정하지 않은 패턴 구성도 가능하다. 이 경우 패턴 구성은 기하학적 도형의 엄격한 틀에서 벗어나 좀 더 유연하고 자유분방한 성격을 갖게 될 것이다. 이를테면 다음과 같은 식이다.

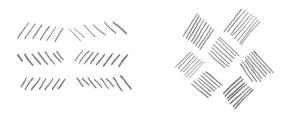

엄격한 기하학적 패턴이 정형시 같다면 이런 유형의 패턴은 자유시에 가깝다. 전자에서 팽팽한 긴장과 힘을 느낄 수 있다면 후자에서는 주어진 조건하에서 최대한 느슨해지는 생활의 여유 같은 것을 느낄 수 있다. 이렇게 다양한 빗살무늬 패턴의 질서를 파악하다보면 신석기시대 작가들도 우리와 마찬가지로 저마다의 개성과 생활 리듬을 지니고 있었다는 것을 새삼 확인하게 된다.●

● 그런데 '빗살무늬'의 가능적 용도는 무엇일까? 김원용 선생에 따르면 이 토기는 태토를 엿가락처럼 만들어 반반한 석판 위에서 둥글게 감아올리거나 둥근 테로 만들어 쌓아올리는 식으로 만든다. 이 경우 감아올린(또는 쌓은) 띠들이 서로 잘 엉겨 붙을 수 있게끔 하는 방안이 필요할 것이다. 그런 견지에서 김원용 선생은 빗살무늬가 "태토의 감아올린 띠들이 서로 단단하게 붙도록 그 접착부를 금으로 그은 것에서 출발한 기능적 문양"이라고 주장했다.**5** 그런가 하면 유홍준 선생은 그릇 표면의 빗살무늬가 마치 사람 손바닥의 지문처럼 미끄러지지 않고 잡기 편하게 하는 기능을 수행한다는 의견을 개진했다.**6**

◀ 빗살무늬토기 바리, 서울 강동구 암사동.

▶ 빗살무늬토기 바리, 서울 강동구 암사동.

고유섭 선생에 따르면, 신석기 토기에 많이 새겨진 선조線條 무늬들은 신석기인들의 노동 감정을 나타낸다. "노동이 율동을 본질로 하기"에 "선은 율동을 나타낸다"는 것이다. 또한 고유섭 선생은 신석기의 선조 무늬들이 고립된 개별 존재들을 "군단적, 단체적으로 결속시키는" 양상에 주목했다. 그는 신석기 토기의 빗살무늬들이 철저히 상호관계를 이루는 양상에서 "사회적 동물"로서 인간의 출현을 읽어냈다.[7]

신석기 빗살무늬의 율동을 파악하는 과정에서 확인했듯이 장식 패턴을 즐기는 일은 패턴의 기초 구성요소를 확인하고 그것이 어떤 방식으로 반복, 결합되는지를 살피는 데서 시작한다. 그런 의미에서 장식 패턴을 즐기는 일은 음악을 즐기는 일과 매우 유사하다. 신석기시대의 빗살무늬 패턴을 보면 단순하고 중독성 있는 후렴구를 무한 반복하는 오늘날의 후크송 같다고 느낄 때가 있다.

팔메트 또는 당초문

세상에서 가장 유명한 패턴

국립중앙박물관 상설전시동 1층 백제실에는 은판으로 만든 매

◀ 은제 관꾸미개, 부여 능산리, 백제, 국립부여박물관.

▶ 구스타프 클림트, 〈성취〉(스토클레 프리즈를 위한 패턴), 1905~1909년, 오스트리아
   응용미술관.

우 우아한 관장식(꾸미개)이 진열되어 있다. 충청남도 부여군 능산리에서 출토된 작품인데, 원작은 국립부여박물관에 있고 국립중앙박물관에 있는 것은 복제품이다. 구불구불한 식물 줄기와 꽃봉오리 패턴이 매우 우아하고 아름다워서 지나가는 사람들의 시선을 잡아끈다. 미술사가들이 흔히 당초문唐草文 또는 넝쿨무늬라고 부르는 패턴이다.

이 패턴은 아마도 세계에서 가장 유명한 장식 패턴일 것이다. 그 기원에 대해서는 여러 설명이 있다. 가령 독일 미술사가 알로이스 리글에 따르면 그것은 고대 이집트의 연꽃lotus 패턴에서 출발했고 그리스인들이 이른바 팔메트palmette 패턴으로 발전시켰다고 한다.[8] 서양학자들 중에는 이 패턴을 아칸서스 넝쿨acanthus scroll로 지칭하는 경우도 있다. 그런가 하면 강우방 선생은 특히 고구려 고분벽화에 나타나는 팔메트 패턴을 만물생성의 근원을 표현한 영기문靈氣文으로 이해한다. 그에 따르면 팔메트 패턴은 무한성과 역동성을 추구하는 영기문의 갖가지 발현 양태 가운데 하나다.[9] 이 패턴의 가장 큰 매력은 생명체의 활기와 규칙적인 소용돌이가 역동적으로 공존한다는 점이다. 이 패턴의 기본 형태를 느슨하게 그려보면 358쪽의 a와 같은 형태가 될 것이고 이것은 b, c와 같은 형태로 변형될 수 있다. 물론 꽃을 강조하느냐 아니면 줄기를 강조하느냐에 따라서 패턴은 정

a

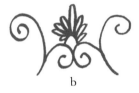

b

c

팔메트 패턴의 생성 절차.

말로 다양한 형태로 변형될 수 있다.

팔메트 또는 당초문은 서양, 중동, 인도, 중국 그리고 한국에 이르기까지 거의 전 세계에서 시대를 불문하고 장식 패턴으로 널리 활용되었고 그만큼 다양한 버전이 존재한다. 구스타프 클림트의 장식 벽화에 등장하는 소용돌이 패턴은 그 극단적 사례 가운데 하나다. 오늘날도 마찬가지다. 우리 주변 여기저기에 당초문이 있다. 당초문을 가장 쉽게 확인할 수 있는 장소가 바로 결혼과 관계된 공간들이다. 웨딩숍이나 결혼식장에 가면 어디에나 당초문이 있다. 한때 나는 당초문 이미지를 수집한 적이 있는데 그 규모가 금세 너무나 방대해져서 지쳐 포기했을 정도였다.

한국미술에 당초문이 등장한 시기는 삼국시대로 추정한다. 특히 고구려 고분벽화에는 갖가지 형태의 당초문이 등장한다. 무령왕릉에서 발굴된 왕비 금제 관장식의 당초문은 가장 아름다운 사례 가운데 하나다. 위로 피어난 연꽃과 아래로 핀 연꽃, 퍼져 나가는 줄기 넝쿨을 달걀 모양의 전체 형태 속에서 아우른 솜씨가 보통이 아니다. 당초문의 가장 아름다운 버전이라 할 만하다. 이렇게 짜임새 있는 장식 패턴은 보는 이의 마음을 들썩이게 한다. 오래전에 안승주 선생은 그것을 여러 단위의 문양을 조합해 얻은 "율동적 외형"으로 평가하며 백제의 곡선문화를 강조하기도 했다.[10] 그런가 하면 최정

◀ 무령왕릉 출토 금제 관장식(왕비), 백제, 국립공주박물관.

● 홍콩 버스정류장의 팔메트 패턴 장식.

▶ 서울 청담동 골목에 있는 당초문 장식.

〈청자 투각 용머리장식 붓꽂이〉, 높이 8.8cm, 고려, 12세기, 국립중앙박물관.

호 선생은 관장식을 이루는 선들이 "음악적인 선율, 음악적인 가락으로 내게 다가왔노라"고 평했다.[11]

아름다운 당초문의 또 다른 사례는 국립중앙박물관 고려청자실에 있는 〈청자 투각 용머리장식 붓꽂이〉다. 여기서 연꽃과 줄기는 질서정연한 패턴 속에 배치되었으나 생명력을 잃지 않았다. 이 청자 붓꽂이를 만든 작가는 당초문을 아우르는 전체 형태의 모서리를 둥글게 하여 당초문 줄기의 곡선과 조응하게 했다. 그 우아하고 부드러운 틀 속에서 꽃과 줄기는 편안하게 숨 쉬고 있는 것만 같다.

도철문과 운학문
규칙과 일탈

앞에서 〈청자 투각 용머리장식 붓꽂이〉의 당초문을 다뤘지만 당초문은 고려청자의 장식 패턴 가운데 일부일 뿐이다. 고려청자는 말 그대로 한국 장식 패턴의 보고寶庫다. 나는 한동안 국립중앙박물관 고려청자실에 머물며 그 패턴들을 감상할 생각이다.

먼저 살펴볼 작품은 〈청자 양각 도철무늬 향로〉다. 이 향로에 새겨진 무늬가 바로 유명한 도철문饕餮文이다. '탐할 도饕'와 '탐할 철餮'

벗

고리   병 모양 뿔   부리 모양의 턱

눈

다리

앞으로 굽은 깃   뒤로 굽은 깃

▲ 〈청자 양각 도철무늬 향로〉, 높이 18.4cm, 고려, 국립중앙박물관.

▼ 도철문 다이어그램(William Watson, 1965), E. H. Gombrich, *Sense of Order: A Study in the Psychology of Decorative Art*(N.Y.: Phaidon Press, 1984), p. 267에서 재인용.

두 글자를 합쳐 만든 단어이니 도철은 글자상으로는 '탐욕의 화신'이라는 의미를 갖는다. 중국 진나라 시대의 여불위가 편찬한 『여씨춘추呂氏春秋』에는 "주나라의 청동 정에는 도철을 새겨 넣었는데 머리는 있으나 몸은 없고 사람을 잡아먹는데 아직 삼키지 못한 형상이었다"는 구절이 있다. 여기서 청동 정에 새겨 넣은 도철을 도철문으로 이해한다. 실제로 중국의 옛 청동기에는 도철문이 무수히 등장한다. 국립중앙박물관 중국실에도 도철문 청동기가 몇 점 전시되어 있다. 〈청자 양각 도철무늬 향로〉의 도철문은 중국 청동기의 도철문을 가져와 자신의 것으로 삼은 경우다.

　미술사가 곰브리치에 따르면 도철문은 서로 마주보는 두 마리 괴수beast를 나타낸 것이다. 곰브리치가 보기에 그것은 옆에서 바라본 용 두 마리의 모습을 형상화한 것이다.[12] 그런데 흥미로운 것은 도철문을 전체적으로 볼 때 거기서 눈을 부릅뜬 또 다른 괴수의 얼굴이 출현한다는 점이다. 이것을 곰브리치는 '제2의 얼굴secondary face' 또는 '종잡을 수 없는 얼굴 형태elusive mask'라고 불렀다. 이 경우 도철문은 용 두 마리가 마주보는 형상이라기보다 눈을 크게 뜨고 침입자를 경계하는 신성한 괴수처럼 보인다. 이 해석은 『여씨춘추』의 "머리는 있으나 몸은 없는" 도철의 묘사에도 부응한다. 아마도 먼 옛날 청동기나 청자에 도철문을 새겨 넣은 작가들도 이 사실을 알았을 것이다. 두 가지의 상이한 이미지로 보일 수 있다는 점, 그것이 어쩌면 도철문의 가장 큰 매력이자 상징적 힘의 근원이 아닐까?

실제로 좌우대칭의 장식 패턴은 원래 그것이 무엇을 나타내건 간에 얼굴처럼 보이는 경향이 있다. 어릴 적 방 안에 누워 오래된 가구나 벽지의 장식 패턴을 바라보던 중 문득 출현한 괴물의 얼굴에 당황했던 경험은 비단 나만의 것은 아닐 것이다. 다시 곰브리치를 인용하면 이런 유형의 패턴 이미지는 '방어' 또는 '수호'의 기능을 담당한다.[13] 즉 시도 때도 없이 출현하는 괴물의 얼굴은 상징적인 수준에서 그것과 관계된 신성한 세계를 수호하는 역할을 담당하는 것이다.

이제 또 다른 패턴과 만날 차례다. 〈청자상감 운학문 매병〉이 그것이다. 12세기 후반 고려에서 제작된 이 청자 매병에는 학과 구름이 등장한다. 이렇게 학과 구름으로 만든 장식 패턴을 '구름학 무늬' 또는 운학문雲鶴紋이라고 부른다. 일단 여기에는 모두 여섯 마리의 학이 등장하는데 자세가 모두 다르다. 청자 매병의 표면에 운학문을 시문한 작가는 어떤 방식으로 학과 구름을 배치했을까?

그런데 그 질서를 파악하기가 쉽지 않다. 어떤 방식을 동원하더라도 현장에서 한 번에 학 여섯 마리를 모두 다 볼 수 없기 때문이다. 특정 시점에서 한 번에 볼 수 있는 학은 최대 두 마리에 불과하다. 그것을 모두 보려면 주변을 빙빙 돌아야 한다. 따라서 학 여섯 마리의 배

〈청자 상감 운학문 매병〉, 높이 30.3cm, 고려, 12세기 후반, 국립중앙박물관.

치를 결정한 규칙을 파악하려면 최대한 정신을 집중할 필요가 있다.

결국 박물관 전시실 안에서 질서를 파악하려는 시도는 실패로 끝났다. 그것은 내 지능의 한계를 벗어난 과제였던 것이다. 하지만 집에 돌아와 학 여섯 마리를 차례로 그려보고 나서 결국 실마리를 풀수 있었다. 다음은 여섯 마리의 학 가운데 다섯 마리의 배치를 느슨하게 그려본 것이다. 양쪽 끝에 배치될 마지막 한 마리는 어떤 모양일지 상상해보라.

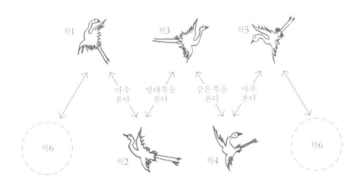

일단 학 두 마리의 관계를 기준으로 패턴의 질서를 파악해볼 수 있다. 그러면 첫 번째 장면은 두 학이 서로 마주본다(학1과 학2), 다음 장면에서 두 학은 서로 반대쪽을 바라본다(학2와 학3), 세 번째 장면에서 두 학은 같은 장소를 바라본다(학3과 학4), 그리고 다음 장면에

서 두 학은 서로 마주본다(학4와 학5). 이런 질서대로라면 여섯 번째 학(학6)은 학5와 반대쪽(오른쪽)을 바라보고 학1과는 같은 쪽(오른쪽)을 바라보는 식으로 배치했을 것이라고 예상할 수 있다.

하지만 학의 머리가 향하는 방향을 생각하면 정반대의 결론이 나온다. 즉 현재 왼쪽을 바라보는 학이 두 마리, 머리를 오른쪽으로 향하고 있는 학이 세 마리니까 나머지 한 마리는 왼쪽을 바라보게 형상했을 것이라고 추정할 수 있다. 그러면 오른쪽을 향한 학이 세 마리, 왼쪽을 향한 학이 세 마리가 되기 때문이다.

이제 해답을 내놓을 차례다. 그 여섯 번째 학은 다음 그림과 같이 배치되었다.

이 여섯 번째 학은 오른쪽도 왼쪽도 아닌 아래쪽을 향해 하강하고 있다. 다섯 마리 학의 배치를 통해 공들여 만든 규칙이 여섯 번째

학의 자세로 인해 깨져버렸다. 자연스럽게 "그것은 이렇게 생겼을 것이다"라는 나의 예측과 기대도 무산되었다. 그것은 일종의 일탈이고 파격이다. 하지만 작품의 매력은 이러한 일탈로 인해 반감되기보다 오히려 고조된다. 어쩌면 예술의 매력은 질서정연한 규칙의 수립에 있는 것이 아니라 그 규칙의 과감한 일탈에 있는 것이 아닐까? 아닌 게 아니라 수사학자들은 수사학의 문체가 규칙(표준)의 일탈에서 발생한다고 주장한다. 늘 정해진 방식으로 말하던 사람이 난데없이 전혀 다른 방식으로 말할 때 우리는 주목하기 마련이다. 물론 그러한 일탈이 예술적 생명력을 간직하려면 그 일탈의 전제가 되는 규칙을 공들여 만드는 과정이 선행되어야 한다. 나로서는 이 독특한 상감청자 매병을 한때나마 소유했을 고려 귀족의 마음을 상상만 해도 즐겁다. 그는 이 매병을 손에 들고 이리저리 돌려보면서 학을 따라 아래위로 눈길을 옮겨가며 즐거워했을 것이다.

지금까지는 학 패턴에 주목했지만 학과 더불어 있는 구름 패턴, 곧 운문雲文 역시 매우 유서 깊은 패턴이다. 유홍준 선생에 따르면 이 상감청자에 시문된 운문은 "위로 피어오르는 새털구름"인데 구름의 머리가 다섯 개여서 '오두운五頭雲 무늬'라 부른다고 한다. 이보다 후에 제작된 운학문 구름은 머리가 세 개인 삼두운 무늬로 간략화된다는 설명이 덧붙는다.¹⁴ 곰브리치에 따르면 이러한 구름 띠cloud-

▲▲구름무늬(운문).

▲ 구름 패턴의 기본형. E. H. Gombrich, *Sense of Order: A Study in the Psychology of Decorative Art* (N.Y.: Phaidon Press, 1984), p. 190에서 재인용.

▼ 구름 패턴에서 페이즐리 패턴의 발생.

▼▼페이즐리 패턴의 사례.

band 패턴은 중국에서 발생해 발전한 것으로 이후 서양으로 전해져 패턴의 역사에 큰 영향을 미쳤다. 예를 들어 물방울처럼 생긴 페이즐리paisley 패턴은 중국의 구름 패턴에서 파생해 발전한 것이라는 게 그의 주장이다.[15]

능화문
그림의 창

이제 또 하나의 패턴을 살펴보는 것으로 장식 패턴의 질서를 탐색하는 오늘의 국립중앙박물관 투어를 마무리하기로 하자. 마지막으로 살펴볼 패턴은 능화문菱花紋이다. 능화문은 13세기에 제작된 〈청자상감 운학모란문 판〉의 중앙에 그려진 뾰족뾰족한 형태를 지칭하는 용어다. 중국에서 곡절문曲折文이라고 부르는 능화문은 김리나 선생에 따르면 "주로 12곡의 마름모꼴로 사방의 끝이 바깥쪽으로 뾰족한 형태"를 말한다. 12곡형이 많지만 경우에 따라 8곡, 16곡 또는 20곡으로 변형된 무늬도 있다고 한다.[16]

이 패턴은 고려시대에 중국의 북방지역(요, 금, 원)에서 전해진 것으로 알려져 있다. 그리고 그 후에 자기, 금속기, 칠기 등 각종 공예

〈청자상감 운학모란문 판〉, 22.6×30.6cm, 고려, 13세기, 국립중앙박물관.

품에 활용되었다. 능화문의 가장 중요한 역할은 화창畵窓이다. 즉 공예품의 표면에서 국화, 모란, 공작, 봉황, 용 같은 상서로운 모티프를 담는 프레임으로 널리 활용되었다. 국립중앙박물관의 도자·금속 공예실에서 능화문을 발견하는 것은 어려운 일이 아니다. 전시실 도처에 있기 때문이다.

하지만 능화문 자체의 원류나 의미에 대해서는 거의 알려져 있지 않다.[17] 그런 의미에서 그것은 곰브리치가 말했던 "의미가 망각된 신비로운 상징"에 해당한다. 그것을 처음 만든 옛 예술가는 거기에 '오랜 지혜'를 담았겠지만 지금의 우리는 그 지혜에 접근할 길이 없다.[18] 의미가 망각된 옛 장식 패턴들은 그 외에도 많다. 아니 대부분의 장식 패턴의 상징적 의미는 거의 망각되었다고 해도 틀리지 않을 것이다. 그러나 그것은 여전히 미적, 윤리적으로 높은 가치를 갖는다. 이슬람 미술사의 대가인 올레그 그라바가 말한 대로 장식은 좀 더 보편적인 수준에서 작동하는 시각적 질서visual order에 관계한다.[19] 즉 우리가 오늘 살펴본 대로 빼어난 장식 패턴들은 독특한 방식으로 세계의 질서와 보편적 원리를 가시화한다. 그 질서와 원리를 탐색하려면 우리는 지적, 감정적으로 작품에 빠져들어야 한다. 그것은 꽤 강도 높은 심적 에너지를 투여하는 일이지만 그만큼 우리 몸과 마음에 강렬한 즐거움을 선사한다.

・ ・ ・

    오늘의 국립중앙박물관 투어는 가벼운 마음으로 시작했으나 문 밖을 나설 때가 되자 피로가 엄습한다. 역시 옛 걸작들을 보는 것은 쉬운 일이 아니다. 이촌역으로 향하는 지름길(지하통로)을 마다하고 정문을 나와 이촌역으로 향하는 길을 잡았다. 텅 빈 하늘을 보면 종일 패턴들을 관찰하느라 지친 눈을 쉬게 할 수 있지 않을까? 하지만 눈에 보이는 것에서 질서를 찾는 추적자의 눈은 여전히 활성화되어 있다. 게다가 그 작동을 당장 멈추게 하는 스위치는 내게 주어져 있지 않다.

    지금 내 발밑에는 국립중앙박물관 표지가 있다. 내 눈은 그 표지판 주변으로 형성된 보도블록들의 패턴을 더듬는다. 여기에도 어떤 질서가 있다. 박물관에서 만난 창의적인 패턴들에 비할 바가 아니지만 보도블록 디자이너는 바닥에 나름의 흥미로운 질서를 펼쳐놓지 않았는가!

보도블록 패턴.

감사의 말

책을 완성하기까지 많은 분들의 도움을 받았다. 무엇보다 모요사출판사의 손경여 기획실장님과 김철식 대표님께 감사를 전하고 싶다. 두 분의 날카로운 논평과 따뜻한 격려, 그리고 인내가 없었다면 이 책은 나올 수 없었을 것이다.

추천사를 써주신 최열 선생님, 경주 답사를 함께 한 정진우, 류희정 선생께 각별한 애정을 전한다. 그리고 소중한 조언을 주신 많은 분들이 있다. 특히 서울시립대학교 김석 교수님, 단국대학교 박덕규 교수님, 오랜 답사동료인 장원 선배에게 감사한다.

단국대학교 부설 한국문화기술연구소 김수복 소장님과 강상대, 최수웅 교수님, 든든한 스승이자 동료였던 전영선, 오창은, 임옥규, 배인교, 김선아, 정영권, 이지용, 김미나 선생님, 그리고 김영락, 황희정, 김보경, 박은혜, 김지현, 윤나혜, 천예린에게 감사한다. 지도교수인 김복영 선생님과 오래 스터디를 함께 한 이상준, 오원영, 양정화, 노해율, 김재도, 김보라, 배혜정 선생님들께도 감사 인사를 드리고 싶다. 오월五月 연구모임, 남북문학예술연구회의 여러 선생님들께 진심으로 감사드린다.

끝으로 아주 특별한 감사를 가족에게 전하고 싶다. 아버지와 어머니, 장인어른과 장모님, 누나와 동생, 매형과 처남, 조카들에게 감사와 애정의 마음을 담아 고마움을 전한다. 늘 흔들림 없는 지지를 보내며 곁을 지켜준 아내 혜미에게는 이렇게 말하고 싶다. "고맙고 사랑해요."

서문

1 고유섭, 「조선 고대미술의 특색과 그 전승 문제」, 『춘추』 제2권 제6호, 조선춘추사, 1941년 7월, 『우현 고유섭 전집 1: 조선미술사 상(上)』, 열화당, 2007, 87~94쪽.

2 고유섭, 「조선 미술문화의 몇낱 성격」, 『조선일보』 1940년 7월 26일~27일, 『우현 고유섭 전집 1: 조선미술사 상(上)』, 열화당, 2007, 110쪽.

3 김용준, 「회화로 나타나는 향토색의 음미」, 『동아일보』 1936년 5월 3일~5일, 『근원 김용준 전집 5: 민족미술론』, 열화당, 2010, 133쪽.

인경이 있던 자리 - 보신각종, 종로 네거리, 그리고 종각

1 이태준, 「고완」, 『무서록』(1941), 깊은샘, 1994, 138쪽.

2 이영호, 「신라 가지산문의 법통과 위상 인식」, 『신라문화』 제32집, 2008, 289쪽.

3 고유섭, 「우리의 미술과 공예(7)」, 『동아일보』 1934년 10월 16일.

4 배상현, 「진경 심희의 활동과 봉림산문」, 『사학연구』 제74호, 2004, 127쪽.

5 「우설(雨雪)에 덮인 채 일 년 - 박물관 마당에 방치된 승묘탑」, 『동아일보』 1949년 9월 27일.

6 곽동해, 『범종 - 생명의 소리를 담은 장엄』, 한길아트, 2006, 160쪽.

7 윤철승 기자, 「517년 만에 퇴역하는 보신각종」, 『경향신문』 1985년 8월 2일.

8 송작생, 「오래인 벙어리 鍾路인경의 신세타령」, 『별건곤』 제23호, 1929, 78~79쪽.

9 최순우, 『무량수전 배흘림기둥에 기대서서: 최순우의 한국미 산책』, 학고재, 2008, 310~317쪽.

10 김원용·안휘준, 『한국미술의 역사: 선사시대에서 조선시대까지』, 시공사, 2003, 404쪽.

11 김원용, 『한국 고미술의 이해』(1980), 서울대학교출판부, 2007, 216쪽.

12 이중화, 「종루와 보신각종에 대하야」, 『진단학보』 제6호, 1936, 108~110쪽.

13 「학대받는 인경뎐의 운명」, 『동아일보』 1924년 2월 12일.

14 凉山(양산은 신남철의 호), 「서울풍경(5)」, 『동아일보』 1935년 7월 2일.

15 「조선이 걸어온 5년의 변천 – 은퇴한 종각종」, 『동아일보』 1934년 1월 1일.

16 이길룡 기자, 「신록의 대경성부감기(7)」, 『동아일보』 1933년 6월 16일.

17 「종로 인경도 웨친다」, 『동아일보』 1946년 1월 1일.

18 「감격도 새로웁게, 보신각의 인경」, 『경향신문』 1949년 8월 15일.

19 고봉준, 「김수영의 '보신각'」, 『근대서지』 제3호, 2011, 314쪽에서 재인용.

그림 같은 풍경 – 서울 수성동 계곡, 광화문, 그리고 덕수궁

1 김팔봉(김기진), 「꿈꾸는 바다의 생활」, 『동아일보』 1934년 7월 6일. 팔봉(八峯)은 김기진의 호다.

2 김도태, 「지상 수학여행 '부산'편」, 『동아일보』 1940년 5월 26일.

3 박두진, 「해수(海愁)」, 『경향신문』 1949년 3월 19일.

4 이원수, 「내 고향의 봄 – 잔잔한 은빛 바다에」, 『동아일보』 1962년 4월 1일.

5 고연희, 『조선시대 산수화, 아름다운 필묵의 정신사』, 돌베개, 2007, 238쪽.

6 유홍준, 『화인열전 1: 내 비록 환쟁이라 불릴지라도』, 역사비평사, 2001, 313쪽.

7 문주영 기자, 「300년 전 겸재 정선의 그림 속 '수성동 계곡' 원형에 가깝게 복원」, 『경향신문』 2012년 7월 10일.

8 김현우 기자, 「2014 대한민국 국토도시디자인대전 대통령상 – 서울 종로구 수성동 계곡 복원」, 『파이낸셜뉴스』 2014년 9월 28일.

9 『매일신보』 1915년 11월 2일.

10 상섭(想涉), 「세 번이나 본 공진회」, 『개벽』 1923년 11월 1일, 61~63쪽.

11 이구열, 『한국근대회화선집 – 안중식』, 금성출판사, 1990, 91쪽.

12 「광화문」, 『경향신문』 1968년 12월 11일.

13 김생, 「시비곡직(是非曲直)은 몰나요. 궁문 안에 은거생활」, 『동아일보』 1925년 9월 15일.

14 「朝鮮美展의 李王家 買上」, 『동아일보』 1929년 9월 25일.

15 김주경·오지호, 『오지호, 김주경 二人畫集』, 한성도서주식회사, 1938, 김주경 도판, 13쪽.

16 김종태, 「제8회 美展評(2)」, 『동아일보』 1929년 9월 4일.

17 김주경, 「조선미술전람회와 그 기구」, 『신동아』 1936년 6호, 242~246쪽.

전형의 탄생 – 경주의 전형석탑 순례기

1 건국대학교박물관 홈페이지 http://museum.konkuk.ac.kr/new2008/03_coll/coll01_04.htm.

2 고유섭, 『우현 고유섭 전집 4 – 조선탑파의 연구 하(下)』, 열화당, 2010, 69쪽.

3 백승목 기자, 「경주 '삼기·팔괴·삼보'를 아시나요」, 『경향신문』 2012년 7월 16일.

4 고유섭, 『우현 고유섭 전집 3 – 조선탑파의 연구 상(上)』, 열화당, 2010, 33쪽.

5 고유섭, 위의 책, 72쪽.

6 고유섭, 위의 책, 72쪽.

7 유홍준, 『유홍준의 한국미술사 강의 2』, 눌와, 2012, 56~57쪽.

8 고유섭, 『우현 고유섭 전집 3 – 조선탑파의 연구 상(上)』, 91쪽.

9 한정호, 「경주지역 신라 전형석탑의 전개과정에 관한 연구」, 『불교고고학』 제4호, 2004, 106쪽.

10 김영기, 「고적답사, 경주 진덕왕릉 나원리탑」, 『자유신문』 1949년 1월 16일.

11 현진건, 「고도순례 – 경주(6)」, 『동아일보』 1929년 8월 4일.

12 이응노, 「신라예술의 기백 – 경주기행」, 『동아일보』 1956년 5월 17일.

13 고유섭, 『우현 고유섭 전집 4 – 조선탑파의 연구 하(下)』, 63쪽.

14 위의 책, 63쪽.

15 위의 책, 72쪽.

16 이여성, 「조선탑파 연구 서문」(1947), 『우현 고유섭 전집 3 – 조선탑파의 연구 상 (上)』, 320쪽.

17 고유섭, 「경주기행의 일절」(1940), 『우현 고유섭 전집 9 – 수상, 기행, 일기, 시』, 열화당, 2013, 242쪽.

18 「국보순례(72) 고선사지 삼층석탑」, 『동아일보』 1963년 3월 1일.

19 「한국 최고(最古)의 동종 나올까」, 『동아일보』 1982년 9월 13일.

20 고유섭, 『우현 고유섭 전집 4 – 조선탑파의 연구 하(下)』, 68쪽.

21 고유섭, 「경주기행의 일절」(1940), 『우현 고유섭 전집 9 – 수상, 기행, 일기, 시』, 열화당, 2013, 245~246쪽.

22 위의 글, 246쪽.

길을 잃었을 때 마주친 세상–화순 운주사

1 최완수, 「운주사」, 『명찰순례 2』, 대원사, 1994, 214~215쪽.

2 최완수, 위의 책, 213쪽에서 재인용.

3 천득염, 「운주사 석탑의 조형 특성에 대한 고찰」, 『운주사 종합학술조사』, 전남대학교박물관, 1991, 177쪽.

4 임영진, 「운주사 불적의 분포와 변천」, 『운주사 종합학술조사』, 전남대학교박물관, 1991, 23쪽.

5 이태호·천득염·황호균, 『운주사』, 대원사, 1994, 11쪽.

6 여상현, 「욱어진 잡초 속에 흐터저 누운 운주사곡의 천불천탑」, 『동아일보』 1932년 8월 19일.

7 천득염, 앞의 글, 197쪽.

8 강우방, 『원융과 조화: 한국고대조각사의 원리 I』, 열화당, 1990, 474쪽.

9 강우방, 위의 책, 474쪽.

10 천득염, 앞의 글, 190~191쪽.

11 천득염, 위의 글, 191쪽.

12 강우방, 앞의 책, 474쪽.

13 강우방, 위의 책, 477쪽.

14 이태호·천득염·황호균, 앞의 책, 18쪽.

15 김동수, 「운주사의 역사적 고찰」, 『운주사 종합학술조사』, 전남대학교박물관, 1991, 45쪽.

16 김동수, 위의 글, 43쪽.

17 김동수, 위의 글, 47~48쪽.

18 김동수, 위의 글, 43쪽.

19 송기숙, 「운주사 천불천탑 관계 설화」, 『운주사 종합학술조사』, 전남대학교박물관, 1991, 350쪽.

20 김병인, 「화순 운주사의 사명(寺名) 변화와 그 함의」, 『호남문화연구』, 제57집, 2015, 19쪽.

21 지월리 1구 박현철(남, 58)의 구술, 송기숙, 앞의 글, 356쪽.

22 이태호·천득염·황호균, 앞의 책, 13쪽.

23 강우방, 앞의 책, 474~477쪽.

24 천득염, 앞의 글, 200쪽.

25 황석영, 『장길산』 12권, 창비, 2004, 296쪽.

26 아르놀트 하우저, 최성만·이병진 옮김, 『예술의 사회학』, 한길사, 1983, 212~213쪽.

27 1980년대 문학, 예술과 운주사의 관계에 대해서는 정경운의 다음 논문을 참조. 정경운, 「문화적 기억으로서의 운주사」, 『호남문화연구』 제55집, 2014, 271~295쪽.

28 요헨 힐트만, 이경재 외 옮김, 『미륵 – 운주사 천불천탑의 용화세계』, 학고재, 1997, 73쪽.

29 송기원, 「운주사 불상들 – 선인들의 미륵세계 향한 비원 담아」, 『동아일보』 1988년

1월 29일.

30 아르놀트 하우저, 앞의 책, 212쪽.

31 요헨 힐트만, 앞의 책, 137쪽.

32 이태호·천득염·황호균, 앞의 책, 59쪽.

33 요헨 힐트만, 앞의 책, 141쪽.

34 황석영, 앞의 책, 291~298쪽.

최대의 불상과 최초의 근대조각가 – 논산 관촉사 은진미륵

1 윤범모, 『김복진 연구 – 일제 강점하 조소예술과 문예운동』, 동국대학교출판부, 2010, 227~228쪽.

2 「금산사에 신명물, 은진미륵 다음가는 대미륵상 불원(不遠) 완성」, 『조선중앙일보』 1936년 7월 5일; 「38척의 불상 김복진 씨 제작 중 – 은진미륵의 아우님」, 『동아일보』 1936년 7월 5일.

3 「대작 춘향과 미륵 – 신춘 미술계의 낭화(朗話) 양제」, 『조선일보』 1939년 1월 10일; 『김복진 전집』, 최열·윤범모 엮음, 청년사, 1995, 395쪽에서 재인용.

4 위의 글, 395쪽.

5 김도태, 「수학여행 – 경부선편(9) 법주사」, 『동아일보』 1939년 1월 22일.

6 이광수, 「천재 조각가 김복진 씨」, 『삼천리』 제12권 제10호, 1940년 12월 1일.

7 김복진, 「선전의 성격 – 주마간산기」, 『매일신보』 1939년 6월 10일~16일; 『김복진 전집』, 119쪽에서 재인용.

8 김복진, 「조선 조각도의 향방」, 『동아일보』 1940년 5월 10일.

9 아주 오랫동안 사람들은 이 작품을 '은진미륵'이라고 불렀다. 하지만 이 보살상은 미륵보살상이 아니라 관음보살이라는 반론이 일찍부터 제기되었다. 예를 들어 고유섭 선생은 "은진 관촉사 석불은 본래 관음상이로되 세간은 미륵이라 한다"고 주장했다[고유섭, 「약사신앙과 신라미술」, 『춘추』 제2권 2호, 1941년 3월, 『우현 고

유섭 전집 1 - 조선미술사(上)』, 열화당, 2007, 310쪽]. 지금도 많은 사람들이 이 작품을 관음보살상으로 본다. 그 가장 중요한 근거는 머리 위 보관에 (지금은 없지만) 화불(化佛)이 있었다는 기록이다. 본래 불상 머리 위 사각의 이중 보개 사이에 금동불이 안치되어 있었는데 1907년 일본인들이 깊은 밤을 노려 탈취해 갔다는 것이다(최선주, 「고려 초기 관촉사 석조보살입상에 대한 연구」, 『미술사연구』 제14호, 2000, 17~18쪽). 또 이 불상이 오른손에 철로 만든 연꽃가지를 들고 있다는 점도 이 불상을 관음상으로 보는 근거 중 하나다. '보관에 화불, 한 손에 가지(버드나무 또는 연꽃가지)'는 관음보살을 나타내는 중요한 특징이다. 여기에 더해 이 불상의 왼손이 취하고 있는 수인(手印)이 손목을 꺾어 엄지와 장지를 맞댄 중품중생인(中品中生印)으로 보인다는 점도 중요하다. 중품중생인은 "나무아미타불 관세음보살"이라는 염불이 말해주듯 관음보살과 깊은 연관을 갖는 아미타여래의 구품인(九品印) 가운데 하나이기 때문이다. 하지만 이 불상을 여전히 미륵상으로 보는 견해도 많다. 이러한 입장에 서 있는 미술사가들은 국립중앙박물관 소장의 감산사 석조미륵보살입상처럼 확실히 미륵보살상으로 확인되는 작품 가운데 보관에 화불이 있는 사례가 있다는 점, 그리고 오른손에 들고 있는 꽃가지를 미륵의 특징인 용화(龍華)로 해석하는 것이 가능하다는 점, 그리고 왼손의 수인 역시 미륵보살의 것으로 보는 것이 가능하다는 점을 들어 이 불상을 미륵보살상으로 간주한다(최선주, 위의 글, 29쪽). 나로서는 이 가운데 어떤 주장이 옳은지 판단할 능력이 없다. 다만 현재 문화재청 홈페이지에서 확인되는 이 작품의 공식 명칭은 '논산 관촉사 석조미륵보살입상'이라는 점은 짚어두어야겠다. 관음보살보다 미륵보살로 보는 견해가 조금 우세한 것이다. 그러니 이 글에서 이 작품을 은진미륵이라고 불러도 무방할 것이다.

10 유홍렬, 「논산명물 은진미륵」, 『동아일보』 1926년 8월 23일.

11 최원낙, 「지하의 명암이 돌출, 그 돌로 범상을 만들었다 – 영험 많은 미륵불」, 『동아일보』 1932년 6월 30일.

12 「지리상으로 본 조선 제일」, 『동아일보』 1935년 1월 2일.

13 「연희전문학교생 호남 여행」, 『동아일보』 1922년 5월 17일.

14 이병기, 「사비성을 찾는 길에(1)」, 『동아일보』 1928년 11월 23일.

15 김광달, 「고적의 유흥장화」, 『동아일보』 1949년 5월 3일.

16 청오(靑吾), 「호서잡감(湖西雜感)」, 『개벽』 제46호, 1924년 4월 1일. 청오는 차상찬 (1887~1946)의 호다. 그는 한국 잡지의 선구자로 『개벽』, 『별건곤』, 『신여성』, 『혜성』과 같은 잡지의 주간 또는 기자로 활약했다. 차상찬에 대해서는 다음 신문기사를 참조. 안건혁, 「여명의 개척자들(20) 차상찬」, 『경향신문』 1984년 7월 28일.

17 이병기, 「사비성을 찾는 길에(2)」, 『동아일보』 1928년 11월 24일.

18 이병기, 위의 글.

19 논산시 홈페이지 http://tour.nonsan.go.kr/tour.do?mno=sub01_01_01.

20 「대작 춘향과 미륵 – 신춘 미술계의 낭화(朗話) 양제」, 『조선일보』 1939년 1월 10일; 『김복진 전집』, 395쪽에서 재인용.

21 김리나, 「고려시대 석조불상 연구」, 『미술사학연구』, 제166·167호, 1985, 65쪽.

22 김용준, 「승가사의 고적」, 『경향신문』 1947년 12월 14일.

23 김원용, 「한국 불상의 변천양식(下)」, 『사상계』, 1961년 3월호, 제9권 제3호, 284쪽.

24 김원용, 『한국 고미술의 이해』(1980), 서울대학교출판부, 2007, 94쪽.

25 김원용·안휘준, 『한국미술의 역사: 선사시대에서 조선시대까지』, 시공사, 2003, 383쪽.

26 김원용, 앞의 책, 1~3쪽.

27 「제2급 국보 386점」, 『동아일보』 1963년 1월 18일.

28 김리나, 앞의 글, 66쪽.

29 최선주, 앞의 글, 7쪽.

30 정성권, 「고려 광종대 석불의 특성과 영향」, 『문화사학』 제27호, 2007, 590쪽.

31 정성권, 위의 글, 599쪽.

32 최선주, 앞의 글, 15쪽.

33 김리나, 앞의 글, 65쪽.

34 최성은 외, 『알기 쉬운 한국미술사』, 미진사, 2009, 150~151쪽.

35 유홍준, 『유홍준의 한국미술사 강의 2』, 눌와, 2012, 292쪽.

36 수전 손택, 이민아 옮김, 『해석에 반대한다』, 이후, 2002, 60쪽.

37 홍득순, 「은진미륵」, 『동아일보』 1935년 8월 25일.

38 「세계 최대의 미륵불 건립」, 『경향신문』 1947년 8월 12일.

39 「침묵을 깨트릴 24년 만의 미소」, 『경향신문』 1963년 1월 21일.

40 위의 기사.

41 이구열, 「멋대로 완성되는 법주사 미륵불」, 『경향신문』 1964년 4월 8일.

42 오명철 기자, 「속리산 법주사 청동미륵불 자태 드러냈다」, 『동아일보』 1989년 11월 11일.

43 위의 기사.

44 「법주사 청동미륵대불 회향법회」, 『한겨레신문』 1990년 4월 11일.

다다익선, 여행자와 유목민 – 경천사지 십층석탑과 원각사지 십층석탑

1 고유섭, 『우현 고유섭 전집 3 – 조선탑파의 연구(上)』, 열화당, 2010, 308~313쪽.

2 고유섭, 『우현 고유섭 전집 4 – 조선탑파의 연구(下)』, 열화당, 2010, 216쪽.

3 유홍준, 『유홍준의 한국미술사 강의 2』, 눌와, 2014, 262쪽.

4 『세종실록지리지』 해풍군 조에 "괴석이 군 서쪽 경천사의 동쪽 산등성이에서 나는데 마을 사람들이 침향석이라고 부른다"는 기록이 있는데 어쩌면 침향석이 대리암을 지칭할지도 모른다. 신은정, 「경천사십층석탑의 조형연구」, 『불교미술사학』 제4집, 2006, 21쪽.

5 윤정국, 「경천사지 십층석탑 실내로 옮긴다」, 『동아일보』 1994년 11월 22일.

6 손영옥 기자, 「국립현대미술관 과천관 비어 있던 중앙홀의 '다다익선' 설계자는 "답답하다" 말하는데…」, 『국민일보』 2016년 2월 22일.

7   고유섭, 『송도의 고적』, 열화당, 1977, 128쪽.

8   진홍섭·강경숙 외, 『한국미술사』, 문예출판사, 2006, 572쪽.

9   진홍섭·강경숙 외, 위의 책, 573쪽.

10 고유섭, 『우현 고유섭 전집 4 – 조선탑파의 연구(上)』, 열화당, 2010, 315쪽.

11 고유섭, 『송도의 고적』, 열화당, 1979, 129쪽.

12 고유섭, 위의 책, 131쪽.

13 고유섭, 『우현 고유섭 전집 1 – 조선미술사(上)』, 열화당, 2007, 358쪽.

14 김원용·안휘준, 『한국미술의 역사』, 시공사, 2003, 621쪽.

15 신소연, 「원각사지 십층석탑의 서유기 부조 연구」, 『미술사학연구』, 제249호, 2006, 93쪽.

16 신소연, 위의 글, 97쪽.

17 허종식 기자, 「탑골공원 원각사지탑 유리보호막 설치공사」, 『한겨레신문』 1999년 12월 11일.

18 고유섭, 「우리의 미술과 공예」(1934), 『우현 고유섭 전집 1 – 조선미술사(上)』, 열화당, 2007, 176쪽.

조선백자의 고향에서 보낸 하루 – 경기도 광주 분원 유람기

1   백철, 『문학자서전 – 진리와 현실(후편)』, 박영사, 1976, 368~372쪽.

2   상허(이태준), 「도변야화」, 『춘추』 1942년 8월호, 114쪽.

3   방병선, 『순백으로 빚어낸 조선의 마음, 백자』, 돌베개, 2002, 82~86쪽.

4   「고(古)문방구 전람회」, 『자유신문』 1946년 8월 4일.

5   김미자, 「이여성론 – 『조선복식고』를 중심으로」, 『한국민속학』 제28집, 1996, 146~147쪽.

6   이헌구, 「사회학적 예술비평의 발전」, 『동아일보』 1931년 3월 29일~4월 8일(연재). 이 연재글은 1)선구자적 테느, 2)2대 창설자 플레하노프와 하우젠쉬타인, 3)조직

자로서의 프리체, 4)실행자로서의 캘버튼으로 구성되어 있다.

7 청정학인(이여성), 「이조백자와 분원」, 『춘추』 1942년 7월호, 127쪽.

8 상허(이태준), 앞의 글, 114쪽.

9 청정학인(이여성), 앞의 글, 124쪽.

10 편석촌(김기림), 「분원유기」, 『춘추』 1942년 7월호, 81쪽.

11 백자에 산화동을 인료로 그리면 붉은색으로 나타난다. 흔히 이런 기법을 진사(辰砂)기법이라 하는데 산화동의 붉은 발색이 진사 염료의 발색과 유사하기 때문이다. 윤용이 선생에 따르면 그 붉은빛은 실제 진사 염료가 아니라 산화동을 쓴 것이므로 진사기법이라는 명칭은 부적절하다. 윤용이, 『우리 옛 도자기의 아름다움』, 돌베개, 2007, 348쪽.

12 편석촌(김기림), 앞의 글, 81쪽.

13 최순우, 『무량수전 배흘림기둥에 기대서서: 최순우의 한국미 산책』, 학고재, 2002, 300~301쪽.

14 성동기 기자, 「경기 광주 분원마을」, 『동아일보』 1997년 7월 28일.

15 위의 글.

16 김기림, 「동양의 미덕」, 『문장』 제1권 제8호, 1939년 9월, 167쪽.

17 이태준, 「고완품과 생활」, 『무서록』, 1941; 『무서록』, 깊은샘, 1994, 143쪽에서 재인용.

18 김용준, 「미술」, 『조광』 1938년 8월호; 『새 근원수필』, 열화당, 2001, 180쪽에서 재인용.

19 상허(이태준), 「도변야화」, 『춘추』 1942년 8월호, 114쪽.

20 상허(이태준), 위의 글, 114쪽.

21 상허(이태준), 위의 글, 116쪽.

22 윤용이, 앞의 책, 294쪽.

22 윤용이, 앞의 책, 301쪽.

23 정양모,『한국의 도자기』, 문예출판사, 1991, 172쪽.

24 방병선,『순백으로 빚어낸 조선의 마음, 백자』, 돌베개, 2002, 75쪽.

25 상허(이태준), 앞의 글, 116쪽.

26 김환기,「항아리」(1963),『어디서 무엇이 되어 다시 만나랴』, 환기미술관, 2005, 228쪽.

27 천관우,「한강파노라마(6) 광주분원」,『경향신문』1962년 7월 26일.

폐허의 시학 – 여주와 원주의 폐사지 기행

1 星海(이익상),「폐허잡기」,『폐허』제2호, 1921년 1월.

2 염상섭,「폐허에 서서」,『폐허』제1호, 1920년 7월.

3 「황폐해가는 겨레의 문화유산」,『동아일보』1966년 10월 13일.

4 김용선,「현욱, 심희, 찬유와 여주 고달사」,『한국중세사연구』제21호, 2006, 130~138쪽.

5 유홍준,『유홍준의 한국미술사 강의 2』, 눌와, 2012, 111쪽.

6 고유섭,「사적순례기」(『신동아』, 동아일보사, 1934년 8월),『우현 고유섭 전집 9 – 수상, 기행, 일기, 시』, 열화당, 2013, 172쪽.

7 고유섭, 위의 글, 172쪽.

8 고유섭,「우리의 미술과 공예」(『동아일보』1934년 10월 9일~20일),『우현 고유섭 전집 1 – 조선미술사 상(上)』, 열화당, 2007, 155쪽.

9 유홍준, 앞의 책, 271쪽.

10 Alois Riegl, *Die Entstehung der Barockkunst in Rom*(Vienna: Schroll, 1908), Edited and translated by Andrew Hopkins and Arnold Witte, *The Origins of Baroque Art in Rome* (LA: Getty Pub, 2010), pp. 20~21, p. 117.

11 김훈,『자전거 여행 2』, 문학동네, 2014, 81쪽.

12 고유섭,「사적순례기」(『신동아』, 동아일보사, 1934년 8월),『우현 고유섭 전집 9 –

수상, 기행, 일기, 시』, 열화당, 2013, 173쪽.

13 원상호 기자, 「각종 보물 발견 흥법사지 국사사적 지정해야」, 『강원일보』 2014년 12월 20일.

14 신상철, 「18세기 프랑스 미술에서 고전 취향의 부활과 위베르 로베르의 폐허 미학」, 『미술사학』 제28집, 2014.

15 김두진, 「나말여초의 선종산문과 그 사상의 변화」, 『신라문화』 제27집, 2006, 129~130쪽.

16 「잃어버린 국보 원공국사승묘탑」, 『동아일보』 1948년 6월 18일.

17 「원주 거돈사 원공국사 승묘탑 제막」, 『연합뉴스』 2007년 11월 26일.

18 조희정·김종경, 「두 편의 낭만주의 소네트에 나타난 고대의 '폐허'」, 『영미문화』 제11권 제3호, 2011, 257쪽.

19 조희정·김종경, 위의 글, 258쪽.

20 김대식, 「지광국사비에 나타난 고려의 용화세계」, 『고문화』 제70집, 2007, 18~21쪽.

21 최병헌, 「혜덕왕사 소현과 귀족불교」, 『한국사 시민강좌』 제39집, 일조각, 2006, 58~59쪽.

22 제자리를 떠난 지광국사현묘탑의 사연을 알고 싶다면 다음의 글을 찾아 읽어볼 것을 권한다. 이순우, 「법천사 지광국사현묘탑의 일본 반출 경위에 대하여」, 『제자리를 떠난 문화재에 관한 조사보고서 1』, 하늘재, 2002, 165~241쪽.

장식의 리듬, 몸의 박자 – 국립중앙박물관, 한국미술의 장식 패턴들

1 E. H. Gombrich, *Sense of Order: A Study in the Psychology of Decorative Art* (NY: Phaidon Press, 1984), pp. 1~3.

2 심영섭, 「상공업과 미술 – 시대성과 상품가치」, 『동아일보』 1932년 8월 19일.

3 양성혁, 「신석기시대 토기 연구 성과와 과제」, 『신석기시대 연구의 성과와 과제』, 국립중앙박물관 학술 심포지엄 자료집, 2015, 125쪽

4 김원용, 『한국 고미술의 이해』(1980), 서울대학교출판부, 2007, 226쪽.

5 김원용, 위의 책, 226쪽.

6 유홍준, 『유홍준의 한국미술사 강의 1』, 눌와, 2010, 30~31쪽.

7 고유섭, 「내 자랑과 내 보배-우리의 미술과 공예(1)」, 『동아일보』 1934년 10월 9일.

8 E. H. Gombrich, 앞의 책, pp. 182~188.

9 강우방, 「고구려 벽화의 영기문과 고려 조선 공포의 형태적 상징적 기원: 고구려 고분벽화의 靈氣 표현으로 읽어본 고려와 조선의 건축」, 『미술자료』 제70, 71집, 2004, 6~8쪽.

10 안승주, 「한국미의 뿌리(4) 백제 무령왕릉과 부장품」, 『동아일보』 1984년 6월 16일.

11 최정호, 「홀연히 나타난 금동향로」, 『경향신문』 1993년 12월 24일.

12 E. H. Gombrich, 앞의 책, p. 266.

13 E. H. Gombrich, 위의 책, p. 267.

14 유홍준, 『유홍준의 한국미술사 강의 2』, 눌와, 2012, 379쪽.

15 E. H. Gombrich, 앞의 책, p. 190. 물론 이것은 아직 추정에 불과하다. 18~19세기 스코틀랜드에서 본격적으로 사용되기 시작한 페이즐리 패턴의 기원으로 이란, 인도, 중국 등 여러 지역이 거론된 바 있다.

16 김리나, 「능화문의 동서교류」, 『미술사학연구』 제242·243호, 2004, 91쪽.

17 김리나, 위의 글, 66쪽.

18 E. H. Gombrich, 앞의 책, p. 218.

19 Oleg Grabar, *The Mediation of Ornament*, Bollingen Series XXXV. 38, Princeton University Press, 1992, p. 5.

답사의 맛!

© 홍지석, 2017

초판 1쇄 발행 2017년 7월 28일

지은이	홍지석
펴낸이	김철식
펴낸곳	모요사
출판등록	2009년 3월 11일(제410-2008-000077호)
주소	10209 경기도 고양시 일산서구 가좌3로 45 203동 1801호
전화	031 915 6777
팩스	031 915 6775
이메일	mojosa7@gmail.com

ISBN   978-89-97066-34-6 03810